KÖLN KRIMI 28

Rolf Hülsebusch ist Kölner von Geburt und Naturell, schrieb als Werbeberater seine Texte am liebsten selbst und lebt heute in seiner Heimatstadt als freier Schriftsteller, Drehbuchautor und Filmemacher. Von ihm erschienen im Emons Verlag der Episodenroman »… und nebenbei war Krieg«, der Köln Krimi »Hundert Nächte Lösegeld« und die Köln Krimis für Pänz »Die Spur führt zurück«, »Hundeklau« und »Das Gesicht an der Decke«.

ROLF HÜLSEBUSCH

NEKROPOLIS COLOGNE

KÖLN KRIMI

Emons Verlag

© Hermann-Josef Emons Verlag
Alle Rechte vorbehalten
Umschlagzeichnung: Heribert Stragholz
Druck und Bindung: Clausen & Bosse GmbH, Leck
Printed in Germany 2006
ISBN 3-89705-427-2

www.emons-verlag.de

1.

Tolle Wohnung, das sagen alle. Beste Ringlage, die Flaniermeile und die Szenelokale gleich vor der Haustür. Wer hat schon so was. Dazu der Blick auf die restaurierte Hahnentorburg und die sensationelle Aussicht auf die Ruinen der Kölner Innenstadt; unverändert seit März 1945, als die letzten Bomben der Amerikaner die Trümmer noch einmal aufgemischt hatten.

Das ist jetzt mehr als fünfzig Jahre her, aber den zerstörten Stadtkern, die Trümmer und Ruinen, gibt es immer noch. Im Halbkreis um sie herum hat sich das neue Köln hauptsächlich nach Westen und Norden hin ausgedehnt. So gesehen wohne ich auf dem Hohenzollernring am Stadtrand.

Auf WDR 5 läuft das Morgenecho mit einem Bericht über die gestrige Ratssitzung. Wenn sich die Umweltschützer durchsetzen, wird es Probleme mit dem Grünzeug in den Ruinen geben. Aber wie soll man das wegkriegen ohne Gift? Von den Ratten ganz zu schweigen. Doch das ist nicht mein Problem.

Ich beende mein Single-Frühstück und balanciere die letzte Tasse Kaffee hinüber zum Fenster. Schräg gegenüber, zwischen den beiden Rundtürmen der Hahnentorburg, läuft unermüdlich ein Schriftband und verkündet, was hinter ihr zu besichtigen ist: »Nekropolis Cologne. Das historisch einmalige Zeugnis des Bombenkriegs gegen Nazi-Deutschland«.

Nekropolis, Totenstadt. Was für ein Name für eine Touristenattraktion! Geschmacklos, aber werbewirksam. Für mich kein Grund zur Aufregung, denn das Geschäft mit der Trümmerstadt läuft gut und sorgt für mein ansehnliches Gehalt. Drüben in der Hahnentorburg wartet mein Büro auf mich. Hochmodern, edel in Holz und elektronisch vernetzt. Ein Anachronismus in den mittelalterlichen Mauern.

Ich bin verantwortlich für Sicherheit und Ordnung in diesem weltbekannten *War Museum*. Ein Status, um den mich manch einer beneidet. Nicht nur die ehemaligen Kollegen im Polizeipräsidium. Unter meinem Kommando stehen zweiunddreißig Wachleute. Darüber hinaus gibt es noch zwei Angestellte für die Überwachungstechnik und fürs Büro. All das läuft im Organisationsplan unter *Dept. Supervision and Security.*

Justus Lukas, zweiunddreißig, ehemaliger Hauptkommissar bei der Kripo Köln, hat es geschafft, dem grauen Einheitsschreibtisch und dem tyrannischen Dienstplan im Präsidium zu entkommen. Verdient schönes Geld, leistet sich eine feine Wohnung und fährt einen Spider. Na bitte, wer fragt da noch nach dem verlorenen Pensionsanspruch? Zugegeben, manchmal tue ich es doch. In letzter Zeit jedenfalls, seitdem eine starke Lobby erreichen will, dass Nekropolis Cologne platt gemacht wird. Finanziert und organisiert wird der Verein von der Bauwirtschaft und natürlich von Banken. Endlich soll in Köln eine neue, hochmoderne Innenstadt entstehen. Eine grandiose Einkaufs- und Erlebniswelt im Schatten des Doms. Entwürfe und sogar Modelle hat man schon in den Zeitungen gesehen. Tenor: Was brauchen die Menschen heute noch dieses Nekropolis? Sollen sie sich doch Bildbände von der alten Trümmerstadt kaufen, davon gibt es ohnehin viel zu viele.

Ehrlich gesagt mache ich mir mehr Sorgen um meinen Job, als ich zugeben möchte. Um mein beachtliches Gehalt vor allem. Woher die Miete nehmen für die teure Wohnung? Hanna ist zum Glück nicht auf Luxus aus. Der Karriereknick würde allerdings wehtun.

Vor knapp zwei Jahren habe ich den Staatsdienst verlassen. Den Beamten auf Lebenszeit eingetauscht gegen den Job bei *Historic Enterprises,* dem amerikanischen Betreiber der Ruinenshow. Die Ausschreibung der Position als Sicherheitschef für Nekropolis hatte in Kollegenkreisen einigen Wirbel verursacht. Dass die Wahl schließlich auf mich gefallen ist, verdanke ich wohl der Empfehlung von Chief Jeremy bei der Staatspolizei in Washington, den ich während eines Polizei-Austauschprogramms kennen gelernt habe. Darüber hinaus gab es eine Reihe von Pluspunkten in meinem Dossier, die exakt den Forderungen von *Historic Enterprises* entsprachen: Ein Kriminalbeamter unter vierzig, dem Tatkraft und eine besondere Fähigkeit zur Führung von Einsatzgruppen bescheinigt wurde. Ein paar Neider behaupteten allerdings, dass Ms Pelham, die aus den USA angereiste Leiterin der Personalabteilung, mich aus einem anderen Grund bevorzugt hätte. Aber das ist bloß dummes Gerede, ehrlich.

Ich schätze das Panorama, das sich mir bietet, wenn ich morgens aus dem Fenster meiner Wohnung schaue. Den Großstadtverkehr auf dem Hohenzollernring, das Bild der lebendigen, geschäftigen Stadt vor der düsteren Kulisse von Nekropolis Cologne. Der Hohenzollernring vor meinem Haus wird im Stadtführer als Boulevard bezeichnet. Aber das ist er nicht. Trotz seiner Flaniermeile ist der Ring eher ein Stück verengte Verkehrsader, das östlich an einen hässlichen Stacheldrahtzaun grenzt. Dahinter stehen die Ruinen der ehemals prächtigen Bürgerhäuser. Ein erhebender Anblick ist das nicht, aber die meisten Besucher finden ihn sensationell. In den verrotteten Fassaden gähnen Fensterhöhlen. An rissigen Wänden hängen Fetzen von vergammelten Tapeten und Placken von bemoosten Kacheln. Leitungsrohre ragen aus dem Mauerwerk. Reste von üppigem Deckenstuck erinnern an vergangenen Wohlstand. Auf den Kellerdecken lasten Trümmerhaufen, aus denen sich verrostete Stahlträger recken. An manchen Stellen hat sich Grünzeug breit gemacht und versucht die Trostlosigkeit zu verdecken. Aber da sind bereits die Männer mit dem Gift dabei, ihm den Garaus zu machen. Nekropolis heißt Totenstadt, da hat kein Grün zu wachsen.

Den heutigen Tag werde ich mit Büroarbeit verbringen müssen. Die letzten Berichte der Wachmannschaften sichten, die Statistik auf den neuesten Stand bringen. Vor allem den überfälligen Monatsreport an *Historic Enterprises* diktieren. Im Stillen hoffe ich auf einen Zwischenfall im Gelände, der mich von meinem Schreibtisch loseist. Mir fällt ein, dass der neue Leiter der Informationsabteilung, Bodo von Herwarth, heute Vormittag seinen ersten Vortrag vor Besucherpublikum halten wird. Den werde ich mir anhören.

Auf dem Parkplatz vor dem Hahnentor ist bereits der erste Bus angekommen und entlässt eine Ladung steifbeiniger Touristen. Darunter ein Dutzend alte Leute, Zeitzeugen aus ganz Europa, wie sie Tag für Tag anreisen und die mit ihrem Geld die Kassen von Nekropolis Cologne füllen. Sie kommen nach Köln, besichtigen die konservierten Ruinen der Innenstadt und frischen ihre Dankbarkeit auf, im Krieg davongekommen zu sein.

Nekropolis Cologne ist eine Touristenattraktion von beträchtlicher finanzieller Bedeutung für die Stadt Köln. Davon künden die Übernachtungszahlen der Hotels und die Umsätze der Gastronomie. Es gibt kaum ein Gewerbe im näheren Umkreis der Trümmerstadt, das nicht auf die eine oder andere Art von ihr profitiert. *Historic Enterprises* hat ebenfalls keinen Grund zur Klage. Die Attraktion der Trümmerstadt und die Bereitschaft des Publikums, die relativ hohen Eintrittspreise zu zahlen, ist ungebrochen. Trotzdem nehmen die Aufforderungen aus den USA zur Kosteneinsparung kein Ende, was mich immer wieder zu finanziellen Ausweichmanövern zum Schutz meiner Leute zwingt.

Ich wende meinem Fensterpanorama den Rücken zu und betrachte die Reste meines Frühstücks. Bauernschnitten aus der Cellophantüte, schon ein bisschen krumm, Butter im angebrochenen Paket, Käsescheiben, bunte Eierschalen von einem hart gekochten Party-Ei. Alles in allem keine tolle Landschaft.

Ich beginne den Tisch abzuräumen und frage mich wieder einmal, ob es nicht an der Zeit wäre, mit Hanna über ein Zusammenleben zu sprechen. Heute Abend vielleicht?

Es wird Zeit, rüber ins Büro zu gehen. Früher hätte ich Dienstbeginn gesagt. Aber das war einmal. Ich gehe ins Schlafzimmer, um mich entsprechend meiner Position als Sicherheitschef anzuziehen. Entscheide mich für das braune Jackett. Das sitzt locker und wirkt einigermaßen lässig. Dazu Jeans, was sonst. Von der Innenseite der Schranktür sehen mich Schlipse an. Nein. Der Hemdkragen bleibt offen. Aber die neuen Slipper? Ja.

In der Diele schleiche ich mich an meiner altgedienten Lederjacke vorbei und verlasse die Wohnung. Draußen vor der Aufzugtür wartet Frau Münchmeier. Eine attraktive Geschiedene, die mich anlächelt. Sie ist sehr gesprächig und benutzt ein schreckliches Parfum, das die Aufzugkabine ausfüllt, als wäre sie damit geflutet. Ich grüße eilig und nehme die Treppe.

Vor der Haustür drängt sich ein Grüppchen Jugendlicher, das mich ungern durchlässt. Vor der U-Bahn-Treppe gibt es einen Menschenauflauf. Da steht einer im Weg und lässt sich herumschubsen, er reckt ein Schild in die Höhe, auf dem steht: »Ganz Köln den Kölnern. Weg mit dem Schandfleck Nekropolis.«

Gibt schon zu denken, dass diese Leute immer häufiger in der Gegend herumstehen. Ich bin sicher, dass sie von der Lobby bezahlt werden, die Nekropolis platt machen will. Kann einem schon die Laune verderben, wenn man dort sein Gehalt verdient.

Wie jeden Morgen um diese Zeit gibt es einen Stau auf dem Hohenzollernring. Auto an Auto, bis über die Ampel zur Aachener Straße hinaus. Ich sehe über die Autodächer hinweg auf die gegenüberliegende Fahrbahn, wo der Drahtzaun die Grenze zwischen dem neuen Köln und den zwei Quadratkilometern Trümmerstadt bildet. Wie lange wird das Monstrum da noch stehen und mir meinen Job erhalten? Die Ampel am Überweg befiehlt *go* und verscheucht meine pessimistischen Gedanken. Fürs Erste jedenfalls.

Vor der Hahnentorburg setzt sich der leere Touristenbus langsam in Bewegung, Richtung Norden, zum Busparkplatz am Kuhweg. Seine Ladung hat sich inzwischen am Eingang zu Nekropolis zu einer Schlange vor dem Kassenschalter formiert.

Ein Dutzend Leute steht um Heinrich Zimmermann herum, dem ältesten der Touristenführer. Zimmermann winkt mir freundschaftlich zu und setzt sich dann an die Spitze der Gruppe. Der Letzte in der Reihe ist ein alter Mann, der mit dem Gehen Schwierigkeiten hat und von einer jüngeren Frau gestützt wird. Seine Tochter vielleicht. Hilft ihrem Vater, sich noch einmal seines Überlebens im Krieg zu freuen.

Vor der Gittertür innerhalb des Sperrzauns, der an den linken Rundturm anschließt, steht einer von meinen Leuten und passt auf, dass sich dort keiner ohne Eintrittskarte durchmogelt. Wir begrüßen uns mit Handschlag. Das mache ich immer.

Auf dem Weg zu meinem Büro, die steile Treppe im Turm hinauf, höre ich schon die Stimme von Bodo von Herwarth, der im ersten Stock den Einführungsvortrag für eine Touristengruppe hält. Wegen der fehlenden Klimaanlage steht die Tür zum Vortragsraum offen. Ich werfe im Vorbeigehen einen Blick hinein und steige weiter die Treppe hinauf.

Vor ungefähr einem Jahr habe ich Hanna als meine Sekretärin eingestellt. Als sich herumsprach, dass sie außerdem meine Freundin ist, hat man sich erst mal das Maul darüber zerrissen. Wisst ihr schon? Die Steguweit schläft mit dem Chef! Na und?

Inzwischen ist Hanna beliebt bei den Leuten, wie man hört: Attraktive Frau, jünger als der Lukas, sehr selbstbewusst, aber nicht eingebildet, immer freundlich zu allen, legt auch mal ein gutes Wort beim Chef für einen ein.

Sie ist fast so groß wie ich und blond und hat ein schmales Gesicht und seegrüne Augen, mit denen sie einen ansieht wie eine hübsche, junge Lehrerin, der man nichts vormachen kann. Jetzt steht sie neben dem Aktenregal im Vorzimmer und sieht ungnädig auf ihre Armbanduhr, weil ich zehn Minuten zu spät bin. Ihr Vater ist Offizier beim Bund, da kann sie nicht anders. Ich schließe die Tür hinter mir und nähere mich ihr wortlos und zielstrebig. Aber sie dreht den Kopf zur Seite und sagt: »Nix da, Bürokuss nur auf die Wange, weißt du doch.«

Dann angelt sie sich meinen Terminkalender vom Tisch und wedelt damit. Aber ehe sie damit anfangen kann, mir meine heutigen Büropflichten vorzubeten, schüttele ich den Kopf und sage, dass ich noch mal eine Etage runtergehe. »Will mir anhören, wie der von Herwarth das macht mit seinem Vortrag.« Und bin schon an der Tür, ehe mich der erste Termin einholen kann.

Bodo von Herwarth, neuer Leiter der Abteilung Information und Public Relations, steht neben dem Rednerpult, eine Hand lässig auf der Kante der Tischfläche. Ein sportlicher Fünfziger, eisengraues zentimeterkurzes Haar, ein schmales strenges Gesicht, bis auf das weiche Kinn, das er augenscheinlich zu überspielen sucht, indem er seinen Kopf beim Sprechen zurücklegt und sein Publikum von oben herab betrachtet.

Alle Stühle im Vortragsraum sind besetzt. Einige Besucher

stehen notgedrungen an der Wand. Für größere Gruppen ist der Raum reichlich klein. Doch daran lässt sich innerhalb der mittelalterlichen Mauern nichts ändern.

Ganz vorn an der Wand lehnt ein Japaner, gleich neben dem goldgerahmten Bild von Konrad Adenauer. Als von Herwarth nach seinen Begrüßungsworten mit ausgestrecktem Arm auf das Bild zeigt, kommt ihm der Japaner zuvor:

»Dieser Herr dort war erster Bundeskanzler von Deutschland. Hat regiert bis 1963. Aber sein Bild hängt immer noch. Sagen Sie, warum?«

Von Herwarth lächelt den Japaner frostig an, nickt und beginnt seinen Vortrag. Er spricht langsam und akzentuiert, nimmt Rücksicht auf ausländische Touristen, die er unter seinen Zuhörern vermutet:

»Im April 1945 hatten die amerikanischen Truppen das nahezu zerstörte Köln eingenommen. Der damalige Stadtkommandant, Chef des *Military Government*, war ein Colonel Patterson. Der setzte Konrad Adenauer als neuen Oberbürgermeister ein. Denn das war Adenauer vor der Nazi-Zeit schon einmal gewesen. Nachdem Hitler 1933 die Macht übernommen hatte, wurde Adenauer aus dem Amt gejagt und politisch verfolgt. Vielleicht verstanden sich Patterson und Adenauer auch aus diesem Grund gut. Er beauftragte Adenauer mit der Planung des Wiederaufbaus der zerbombten Stadt. Da die Kölner Innenstadt fast völlig zerstört war, kam dieser zu der Überzeugung, dass es nicht sinnvoll wäre, die Trümmerwüste mit den wenigen zur Verfügung stehenden Mitteln aufzuräumen. Er schlug deshalb vor, den Kern der Ruinenstadt zunächst unangetastet zu lassen und Köln nur außerhalb dieses Kerns unter Eingemeindung der Orte im Umland neu aufzubauen.«

Hier macht von Herwarth eine Pause und schaut fragend ins Publikum. Einige Köpfe beginnen folgsam zu nicken. Man hat alles verstanden. Er verlässt seine Rednerposition am Vortragspult und wandert vor seinem Auditorium langsam hin und her.

»Diesem Adenauerplan folgte man. Inzwischen war das große Touristikunternehmen *Historic Enterprises Inc., New York,* mit der Idee an die Militärregierung und die Stadtverwaltung herangetreten, ihr den zerstörten Stadtkern von Köln zu verpachten, um ihn als authentisches *War Museum* für die Nachwelt zu erhalten. Natürlich stimmte man dem auch auf deutscher Seite gern zu, da auf diese Weise begehrte US-Dollar in die Stadtkasse fließen würden. Die Frage der privaten Grundstücksrechte wurde unter dem geltenden Besatzungsrecht durch Abfindungen geregelt. Der Name ›Nekropolis Cologne‹«, fährt er fort, »wurde übrigens von den Werbeleuten der Firma *Historic Enterprises* erfunden. ›Nekropolis‹ kommt aus dem klassischen Griechisch und bedeutet soviel wie ›Totenstadt‹ – ein Name, der ohne Zweifel zutreffend ist, wie Sie nachher bei der Führung gewiss bestätigen werden.«

Wieder nicken ein paar Köpfe. Wie es scheint, ist man an weiteren Details nicht sonderlich interessiert. Von Herwarth tritt neben den Stadtplan an der Wand und zeichnet mit dem Finger die Begrenzungslinien von Nekropolis nach.

»Im Westen der Hohenstaufenring und ein Teil des Hohenzollernrings, dann die Linie Ehrenstraße – Breitestraße über die Hohe Straße hinaus bis zum Dombunker. Im Süden Begrenzung durch die so genannten Bäche, wie die Straßen Rothgerberbach und Blaubach allgemein bezeichnet werden.«

Das Areal zwischen Neumarkt und den Bächen ist auf der Karte gelb unterlegt. Auf diese Fläche legt von Herwarth jetzt seine gespreizte Hand und erklärt in eindringlichem Ton, dass dieses Gebiet für Besucher gesperrt sei.

»Hier befand sich ein eng bebauter Stadtteil mit alten Häusern, schmalen Straßen und Gassen, hauptsächlich bewohnt von einer urkölnischen, einfachen Arbeiterschicht. Das Gebiet wurde bereits bei dem legendären 1000-Bomber-Angriff der Royal Air Force im Mai 1942 in Schutt und Asche gelegt. Die Zivilbevölkerung erlitt hier besonders hohe Verluste. Wenn Sie an diesem traurigen Kapitel interessiert sind, verweise ich auf einen Bildband mit dem Titel ›1000 Bomber über Köln‹, den Sie neben anderen Veröffentlichungen in unserem Bookshop im Dombunker finden. Anmerken möchte ich noch, dass in den Ruinen und Kellern dieses Gebietes gegen Ende des Krieges Kämpfe zwischen der Gestapo und Fremdarbeitern sowie deutschen Widerstandsgruppen stattgefunden haben. Heute ist das Gebiet gesperrt, weil ständig Ruinen einstürzen und verrottete Kellerdecken unter den überwucherten Trümmerhaufen gefährliche Fallen darstellen. Verstehen Sie dies bitte als eine eindringliche Warnung davor, bei der anschließenden Führung eine Besichtigung auf eigene Faust zu wagen.«

Ich registriere erleichtert, dass aus dem Publikum keine Fragen über die in der Presse oft erwähnte Kriminalität in der Trümmerstadt kommen. Doch da würde sich von Herwarth sowieso bedeckt halten. Keine Zahlen nennen, keine Einzelheiten, nichts über die dunklen Seiten von Nekropolis. Nichts über die Schlupfwinkel von Kriminellen und Illegalen in den Kellern unter den Ruinen, über die Drogenszene, die süchtigen Teenager-Nutten, die Dealer und Junkies und Stricher. Nichts über die Tatsache, dass Nekropolis Cologne in letzter Zeit zu einem gefährlichen Pflaster geworden ist, jedenfalls für Besucher, die die Ruinenlandschaft auf eigene Faust erkunden wollen.

»Sehen Sie jetzt«, sagt von Herwarth und drückt auf einen Knopf unter seinem Pult, »einige historische Aufnahmen aus dem noch unzerstörten Köln.«

Mit leisem Surren senken sich schwarze Blenden vor die beiden Fenster, und auf der Projektionsfläche hinter dem Rednerpult beginnt eine Bilderschau über das alte Köln. Man sieht als Erstes eine Aufnahme des Rheinpanoramas aus den dreißiger Jahren, im Vordergrund die Hängebrücke und dahinter die pittoreske Kulisse der schmalgiebligen Häuser am Fischmarkt, überragt von Groß St. Martin. Dann das Rheingassenviertel, den Buttermarkt mit der Lintgasse, bevölkert von Anwohnern, die für die Kamera posieren. Die Hohe Straße voller Menschen, das Café Wien am Ring mit seiner modernen Neonbeleuchtung, die sich im regennassen Asphalt spiegelt, Innenaufnahmen des prächtigen Rathaussaals, das Opernhaus von außen und innen, ebenso der Gürzenich, das Stapelhaus, der Altermarkt voller Marktweiber, Hausfrauen und Dienstmädchen. All die Fotos, die heute in den Bildbänden zu finden sind, die in den Bücherschränken der alten Kölner stehen.

Den Kommentar zu den Bildern besorgt von Herwarth live.

Ich finde, dass er das auf beeindruckende Weise tut. Jedenfalls folgt seiner Vorstellung fast eine Minute lang Schweigen.

»Diese Hahnentorburg hier«, fragt dann doch noch der Japaner, »ist diese aus mittelalterlicher Zeit gemauert?«

Von Herwarth lächelt nachsichtig und nickt. »Die Hahnentorburg stammt aus dem dreizehnten Jahrhundert und ist ein Teil der ehemaligen Stadtmauer, die allerdings im neunzehnten Jahrhundert zum größten Teil abgerissen wurde. Sie blieb, wie auch einige andere mittelalterliche Stadttore, die den Bombenkrieg einigermaßen heil überstanden haben, als Denkmal erhalten. Auf Initiative von *Historic Enterprises* wurde sie komplett restauriert, um Räumlichkeiten für die Büros und Service-Einrichtungen von Nekropolis zu schaffen.«

Zum Live-Programm von Nekropolis Cologne gehört auch der Originalton einer Luftschutzsirene, die man zum Ende der Vortragsschau über Lautsprecher ertönen lässt und die bei manchen Besuchern die kalkulierte Gänsehaut hervorruft. Sie beeindruckt das Publikum auch heute. Bodo von Herwarth nutzt die entstandene Unruhe und geht mit schnellen Schritten zum Ausgang. Im Vorbeigehen lächelt er mir zu.

»Übernehmen Sie, Lukas? Die Sicherheitseinrichtungen sind ja Ihr Bereich. Im Übrigen muss ich mal dringend austreten. Ich warte dann unten auf die Horde.«

Austreten sagt er. Ich sehe ihm nach, wie er eilig die Treppe nach unten nimmt. Bodo von Herwarth drückt sich gepflegt aus. Adel verpflichtet. Ein »von« auf der Liste der Mitarbeiter imponiert den Amis in der Geschäftsleitung und auch denen, die angereist kommen und sehen wollen, was ihre Bomber zustande gebracht haben.

Sehr kollegial, dieser neue PR-Chef, denke ich und unterdrücke einen aufkommenden Ärger. »Übernehmen Sie, Lukas?«, das klang nach Offizierskasino. Oder spricht man so mit einem »von« vor dem Namen? Bodo von Herwarth, das weiß ich, war freier Public-Relations-Berater, bevor er zu Nekropolis Cologne gekommen ist. Hatte wahrscheinlich Pech mit seiner Agentur, dafür aber wohl einen Spezi bei der Stadt. Kölscher Klüngel, aber das kennt man ja. Ich nehme mir vor, mit ihm auszukommen. Übernehme also die Touristengruppe wie von Herrn von Herwarth gewünscht, was soll's. An der Tür und dahinter im Vortragsraum gibt es einen Stau. Man fragt, wie das jetzt weitergehe mit der Führung. Ich stelle mich vor und sehe erwartungsvolle Gesichter. Der Mann ist Chef vom Sicherheitsdienst? Der wird sicher Interessantes zu zeigen haben.

Mir fällt die Runde mit den Journalisten vor einem halben Jahr ein. Die Jungs waren knallhart gewesen. Hatten mich mit ihren Fragen über die zunehmende Kriminalität in Nekropolis gelöchert. Aber das ist von den Touristen wohl nicht zu befürchten.

Zuerst werde ich ihnen den Bereitschaftsraum für die Sicherheitskräfte zeigen. Ich hoffe, dass wenigstens ein paar Leute von der Tagesschicht anwesend sind.

»Sie sehen gleich unseren Mannschaftsraum, in dem sich die Männer aufhalten, die gerade von einem Streifengang zurückgekehrt sind und eine Ruhepause haben. Hier finden auch die Lagebesprechungen und Diensteinteilungen statt.«

Während ich vorausgehe, gebe ich über die Schulter ein paar unverbindliche Auskünfte über Mannschaftsstärke und Aufteilung in Einsatzbereiche. Dann öffne ich die Tür zum Bereitschaftsraum der Sicherheitskräfte. Drei von den zwanzig Wachleuten der Tagesschicht lümmeln um einen Tisch herum und spielen Karten. Dass sie ihre Schulterhalfter mit den Pistolen nicht abgelegt haben, gefällt mir nicht. Bringt die Leute nur auf dumme Gedanken. Von wegen gefährliches Pflaster Nekropolis. Schadet dem Geschäft.

Hinter mir defilieren die Touristen langsam an der offenen Tür vorbei und sehen neugierig in die angestrengt grinsenden Gesichter der drei Wachleute.

»Jetzt über den Gang und dann rechts, bitte.« Im Video-Überwachungsraum bilden achtundzwanzig Monitore eine Panoramawand, tauchen den Raum in blasses, graues Licht.

Wieder meldet sich der Mann aus Japan. Fragt, ob er unseren Video-Operator, Hilde, die füllig an ihrem Pult vor den Monitoren sitzt, etwas fragen dürfe. Aber natürlich doch!

»Nein, Kriminelles erscheint eigentlich nie auf einem Monitor«, sagt sie. »Wir achten darauf, dass Besucher sich nicht außerhalb der ausgeschilderten Wege in den Trümmern verirren, was hauptsächlich für die Bereiche zwischen Neumarkt und Rothgerberbach gilt.«

»Und was, wenn es doch passiert?« Der kleine Japaner beugt sich über Hildes Schulter. Hilde zeigt sich erfreut darüber, plötzlich im Mittelpunkt zu stehen. Sie fasst nach seiner Hand und führt sie an einen Hebel, der wie ein Joystick vor ihr aus dem Schaltpult ragt.

»Sehen Sie auf Monitor acht – und jetzt langsam nach vorn schieben.«

Langsam löst sich das Bild von Monitor acht aus der Bewegungslosigkeit der übrigen Bildschirme und wird größer, ruckt ein wenig nach links und erfasst einen Mann, der auf einem Trümmerhaufen steht und einen Mauerstumpf anpinkelt.

»Das ist die längste Zoomeinstellung unserer Kameras«, grinst Hilde, »*it's a Sony, Mister!*«

Ich ignoriere das Gelächter aus der Besuchergruppe und zeige auf den Wegeplan an der Wand, wo jetzt in einem Planquadrat ein rotes Signal aufleuchtet.

»Wenn die Kollegin auf einem Monitor eine unsichere Situation erfasst, verständigt sie per Funk einen der Wachmänner, der den Besucher wieder auf den richtigen Weg bringt.«

»Und wenn was Kriminelles passiert, haben Ihre Leute ja immer ihre Pistolen dabei, wie beim Kartenspielen eben«, sagt eine spitze Frauenstimme aus dem Hintergrund.

»Klar, Sicherheit geht über alles«, sage ich ungerührt, während sich der Japaner zum Abschied eckig vor Hilde verbeugt und die Gruppe zum Ausgang drängt.

Als ich hinter der Besucherschlange als Letzter ins Freie trete, sehe ich von Herwarth bereits vor dem Ausgang stehen. Leutselig unterhält er sich mit dem Touristenführer, der hier auf die Gruppe wartet. Bodo von Herwarth hat Wichtigeres zu tun, als mit ihr durch die Ruinenstadt zu fahren. Gleich wird die Trümmerbahn ankommen und die Leute zu einer Fahrt durch die Ruinenstadt einladen.

Die Trümmerbahn ist eine der Attraktionen von Nekropolis.

Ruckelnd und stoßend rollt sie über die Schmalspurgleise ihres Rundkurses. Hahnentor, Neumarkt, Schildergasse, Hohe Straße, Dombunker und zurück. Noch vor einem Jahr sind die Wagen von einer kleinen altersschwachen Dampflok gezogen worden. Aber die hatte eines Tages ihren Geist aufgegeben und wurde durch eine offene Diesellok ersetzt. Als Erste rumpeln drei Kipploren hinter ihr her, gefüllt mit Trümmerschutt, um Kriegsambiente zu erzeugen. Dann folgen fünf schmale Aussichtswagen. Drei Leute können auf den Holzbänken eng nebeneinander sitzen. Unter den Überdachungen aus hässlichem grauen Segeltuch hängen kleine Lautsprecher für die Informationen, die viersprachig vom Tonband kommen, Deutsch, Englisch, Französisch und Holländisch.

Als die Trümmerbahn vorfährt, hat sich plötzlich der Himmel bezogen und hängt grau über den Ruinen. Ein paar der Leute kramen bereits in ihren Umhängetaschen nach Regenschirmen. Dann fegt eine erste Sturmbö über den Platz und treibt einige von ihnen zurück in den Windschatten der Hahnentorburg.

Von Herwarth gibt die Führung an den Zugbegleiter ab, der die Tickets für die Rundfahrt mit einer altmodischen Knipszange locht.

Von Herwarth sieht zu mir herüber und kommt auf mich zu und zieht mich in den Eingang zum Turm. Fragt, ob ich einen Moment Zeit für ihn habe. »Natürlich«, sage ich, »wo brennt's denn?«

Statt einer Antwort zieht er einen schmalen Prospekt aus der Innentasche seines Jacketts. »Was halten Sie hiervon, Lukas? Ist nur mal ein Entwurf. Wäre mir wichtig, Ihre Meinung.«

Dabei faltet er das Blatt auseinander, und ich sehe, dass es kein richtiger Prospekt ist, sondern ein Computerausdruck, vielleicht aber auch eine Fotokopie in Schwarzweiß, mit Bildern und Textzeilen. Als ich mich vorbeuge, um genauer hinsehen zu können, fegt ein Windstoß durch den Türeingang.

»Kommen Sie«, sagt von Herwarth und fasst mich am Arm, »es hat keinen Zweck hier, wir gehen in mein Büro.«

Ich nicke und folge ihm die Treppe hinauf. Was soll das bedeuten, dass ich um meine Meinung gefragt werde? Ein Annäherungsversuch? Fehlt nur noch, dass er mir den Arm um die Schulter legt.

Die PR-Abteilung ist im rechten Turm der Hahnentorburg untergebracht. Ich kenne das Büro, in dem bis vor einem Monat von Herwarths Vorgänger gesessen hat. Herr Schneidereit, ein ziemlich großmäuliger Typ, der wenig zustande gebracht hat, außer einer Menge Spesenrechnungen von so genannten Arbeitsessen mit Journalisten und Amtspersonen.

Der Raum ist größer als meiner. An den Schreibtisch hat man einen Konferenztisch herangerückt, an dem auf beiden Seiten Stühle stehen. Außerdem gibt es eine Sitzgruppe mit drei Sesseln. Gegenüber dem Rundbogenfenster steht auf einem Ständer ein großformatiges Clipbord, auf dessen unterer Abschlussleiste ein paar dicke Filzschreiber in verschiedenen Farben liegen.

»Bitte nehmen Sie Platz«, sagt von Herwarth und deutet auf einen der Sessel. »Ich lasse uns einen Kaffee kommen.« Dass ich betont auffällig auf meine Uhr schaue, scheint er nicht zu bemerken. Das Telefon auf dem niedrigen Tisch zwischen den Sesseln hat eine Taste, auf der »Lukas« steht. Heißt das, dass von Herwarth beabsichtigt, mich häufiger zu konsultieren?

Hanna meldet sich sofort. »Frau Steguweit«, sage ich und sehe, dass von Herwarth die Mundwinkel hochzieht. Natürlich weiß er, dass Hanna nicht nur meine Sekretärin ist.

»Ich bin aufgehalten worden, sitze bei Herrn von Herwarth, der mit mir reden möchte. Viertelstunde, denke ich, dann bin ich oben, okay?«

Hanna sagt gleichfalls okay, aber ein bisschen ärgerlich, weil das meinen Terminplan durcheinander bringt, der auf ihrem Schreibtisch liegt.

Der Kaffee wird von einem jungen Mann gebracht, der neu in der Torburg ist.

»Mein Assistent«, sagt von Herwarth. »Heißt Peter, schreibt auch für mich.«

Peter? Vorname oder Nachname? Junger Freund von Bodo? Schwul?

»Bleiben Sie gleich hier«, sagt von Herwarth zu ihm. »Herr Lukas wird uns sagen, was er von unserem Prospektvorschlag hält.« Damit legt er das Faltblatt auf den Tisch und dreht es so, dass man die komplette Innenseite sieht. Quer über das ganze Blatt läuft eine fette Schriftzeile: »Auch das sollten Sie wissen über Nekropolis Cologne.« Darunter sechs, sieben, acht Bilder. Alle zeigen Situationen während oder nach einem Luftangriff, jeweils mit erklärenden Untertiteln. Halbwüchsige mit Luftschutzhelmen vor einer Motorspritze, während im Hintergrund Flammen aus einem Haus schlagen. Flüchtende Menschen, brennende Straßenzüge. Ausgebombte Familien mit ihrer letzten Habe vor zerstörten Häusern. Auch ein Bild, auf dem man Bombenopfer sieht, Leichen von Frauen und Kindern, die aufgereiht am Straßenrand liegen.

»Ich denke, wir sollten Faltblätter dieser Art drucken und sie kostenlos an unsere Besucher verteilen«, erklärt von Herwarth. »Schließlich geht es uns doch darum, dass Nekropolis einen wirklich nachhaltigen Eindruck hinterlässt. Bislang kommen die Leute und bestaunen die Ruinen und fahren wieder nach Hause, und das war's. Sie sehen nur Trümmer und haben keine Vorstellung davon, wie es den Menschen während der Bombenangriffe ergangen ist. Und das zeigen diese Bilder. Die Leute sehen und erfahren, was sich in dieser Stadt abgespielt hat, bevor sie zu Nekropolis Cologne wurde.«

Der Mann meint es ernst mit seinem Job. Ich nehme das Faltblatt vom Tisch und schaue es mir in Ruhe an. Nicht schlecht das Ganze, auch der Text. Schlicht, aber eindringlich formuliert. Wenn er das selbst geschrieben hat, kann er was. Ich weiß nicht, ob er ein Lob erwartet. Stattdessen sage ich, dass mir die Idee gefällt und dass er meine Unterstützung hat, wenn es darum geht, Geld dafür locker zu machen.

Peter, der hinter ihm steht, lächelt beflissen. Von Herwarth nickt und bedankt sich bescheiden. Dass ich wieder auf meine Uhr sehe, kann er nicht als Unhöflichkeit ansehen.

»Ich muss rauf«, sage ich und strecke ihm die Hand hin. »Wirklich, sehr sinnvoll dieser Prospekt, Kollege.« Von Herwarth schaut erfreut. Wohl auch, weil ich Kollege gesagt habe.

»Wird Zeit, dass du kommst«, sagt Hanna, die wegen meiner Verspätung verärgert hinter ihrem Schreibtisch sitzt und den Blick nicht von ihrem Computer lässt. »Als Erstes solltest du den Monatsreport machen, der muss noch heute raus. Mr Haskins hat schon angerufen.«

Haskins ist der Ami, der den ganzen Laden hier leitet. Organisatorisch und kaufmännisch. Er ist verantwortlich gegenüber den Bossen in Los Angeles. Seine Abteilung hat die Hälfte des rechten Turms der Hahnentorburg belegt und pflegt wenig Kontakt mit dem übrigen Personal.

Ich nicke brav zu Hanna hinüber und gehe durch die Verbindungstür in mein Büro und lasse mich in meinen Schreibtischsessel fallen. Mitten auf der Schreibtischplatte liegt provokativ ein Stapel von Tagesberichten. Die ersten durchblättere ich flüchtig. Einige sind schludrig ausgefüllt, andere listen penibel jede Stunde auf. Da ich mir von allen wichtigen Vorkommnissen mündlich Bericht erstatten lasse, brauche ich sie eigentlich nur als Erinnerungsstützen für meinen Bericht. Ich schalte das Diktiergerät ein und handele die wichtigsten Vorfälle nacheinander ab.

Zwei meiner Leute sind auf einem Trümmergrundstück in der Apostelnstraße auf ein Trio von Dealern gestoßen, das gerade dabei war, miteinander ein Geschäft abzuwickeln. Die Festnahme war nicht möglich, weil einer der Männer einen scharfen Hund dabei hatte. Ich füge als Anmerkung die Frage an, ob der Sicherheitsdienst nicht über Spürhunde verfügen sollte.

In der Krebsgasse wurde ein Keller ausgehoben, der einer Jugendgang als Quartier diente, die in den letzten Monaten Überfälle auf Besucher verübt hatten. Ich rege an, Alleingänge der Besucher durch eindringlichere Warnungen zu verhindern. Dafür sollte eine geeignete Form gefunden werden.

Mehrfach wurden nach Einbruch der Dunkelheit minderjährige, meist drogensüchtige Mädchen aufgegriffen, die am Rande des Sperrbezirks auf Freier warteten. Frage, ob dem Sicherheitsdienst nicht zumindest eine Sozialarbeiterin zur Verfügung stehen sollte.

Wie immer bestand die Hauptarbeit der Männer darin, zu verhindern, dass sich Personen auf dem Trümmergelände in Gefahr begaben. Gelegentlich gab es Beschwerden über ein schroffes Auftreten von Wachleuten, was ich jedoch nicht erwähne.

Ein spektakuläres Ereignis war der Raubüberfall auf eine Touristengruppe in einem alten Luftschutzkeller in der Thieboldsgasse. Dieser Keller ist so wiederhergerichtet worden, wie er einmal während des Krieges ausgesehen hatte. Man gelangt durch einen halb verschütteten Hauseingang an eine so genannte Schutzraumtür, zu der die Touristenführer einen Schlüssel haben. Innen stehen zwei doppelstöckige Betten, die allerdings eher nach einem Zukauf bei IKEA aussehen. Weiterhin ein Tisch, auf dem halb niedergebrannte Kerzen stehen. Um ihn herum und an der Wand Stühle und ein alter Ohrensessel. Auf einer Konsole ein Volksempfänger, aus dem laufend Meldungen über anfliegende Bomberverbände tönen, deren Kurs man auf der daneben hängenden Luftlagekarte verfolgen kann. In den Volksempfänger hat man ein Tonbandgerät eingebaut, das Luftlagemeldungen im Original wiedergibt, sobald der Touristenführer einen Schalter an der Rückwand betätigt. Eine monotone Frauenstimme sagt dann mehrmals hintereinander: »Starke Bomberverbände im Anflug auf das Stadtgebiet von Köln. Mit einem Angriff ist in Kürze zu rechnen«, was meistens eine starke Wirkung auf die Besucher hat.

In diesen Keller hatte der Touristenführer Zimmermann seine Gruppe geführt und die schwere Schutzraumtür hinter sich geschlossen, um ihre Funktion zu erläutern. Die Leute standen an die Wände gelehnt und hörten seinem Vortrag zu. Plötzlich tauchte in dem Kellerdurchbruch, der im Krieg als Notausstieg zum Nachbarkeller gedient hatte, ein maskierter Mann auf, dem zwei Komplizen folgten. Sie waren mit Pistolen bewaffnet und zwangen die verängstigten Touristen, ihre Brieftaschen und Wertgegenstände herauszurücken. Darauf verschwanden die Banditen wieder durch den Durchbruch in der Kellerwand. Diese Durchbrüche waren von der Luftschutzbehörde vorgeschrieben und führten von einem Keller zum anderen. Für die Bande ein idealer Fluchtweg, der irgendwo draußen im Trümmergelände endete, wo sie unentdeckt entkommen konnten.

Natürlich handele ich alle Vorkommnisse in einer angemessenen Breite ab. Stoff für Mr Haskins, der sich als Big Boss daran machen wird, meinen Bericht in seinem Sinne neu zu formulieren und nach L.A. weiterzugeben.

Ich lehne ich mich zurück und verschränke die Hände im Nacken, überdenke noch einmal meinen Bericht. Ich entschließe mich, dem Report noch eine Kopie des Originalberichts von Touristenführer Zimmermann über den Überfall beizufügen, und angele ihn aus meinem Ablagekorb.

Erleichtert verabschiede ich mich von meinem Diktiergerät und rufe Hanna, die es entgegennimmt und anerkennend lächelt, weil ich so zügig gearbeitet habe. Plötzlich meldet sich mein Sprechfunkgerät, das neben dem Telefon liegt. Es ist Fritz Zünder, der Chef von der Kampfmittelbeseitigungstruppe, der gleich zur Sache kommt.

»Es geht um den Blindgänger, der in der vergangenen Nacht hochgegangen ist. Wir haben die Stelle gefunden. Am Rothgerberbach. Da ist was, das ich dir zeigen will. Komm am besten gleich her, ich bin mit dem Jeep am Wasserturm. Geht das?«

Ein Blindgänger ist hochgegangen in der vergangenen Nacht? Ich erinnere mich dunkel. Da war ein dumpfer Krach gewesen, und in der Küche hatte Porzellan geklirrt. Kein Anlass, sich nicht auf die andere Seite zu drehen und weiterzuschlafen. Ein Blindgänger im Trümmergelände ist eigentlich kein Fall für den Sicherheitsdienst. Zünder wird seinen Grund haben, mich zu verständigen.

»Bin schon unterwegs«, sage ich, erfreut, dass mich der Blindgänger nach draußen ruft. Ich klemme das Sprechfunkgerät mit seinem Futteral an den Hosengürtel und ziehe mein Jackett an, das sich über dem eckigen Ding unschön ausbeult. Hanna sieht kurz auf, als ich vor Ihrem Schreibtisch stehe.

»Willst du weg?«

»Da ist im Sperrgebiet ein Blindgänger hochgegangen. Eigentlich nichts Besonderes. Ist ja früher schon mal passiert. Geht uns auch im Grunde nichts an. Trotzdem will mir Zünder was zeigen. Mehr hat er nicht gesagt. Er wartet am Wasserturm auf mich, ich gehe zu Fuß hin. Wird nicht lange dauern.«

»Na dann«, sagt Hanna. »Und vergiss nicht, dass du noch allerhand auf dem Schreibtisch liegen hast.«

Draußen setze ich mich in Trab. Biege hinter der Hahnenstraße rechts in den Rinkenpfuhl. Der gehört zu den halbwegs aufgeräumten Straßenzügen. Aber das gilt nur für die begehbar gemachte Straßenmitte, die streckenweise auf die Breite eines Fußwegs geschrumpft ist. Wo im März 1945 noch ausgebrannte Häuser wie leere Schachteln ohne Deckel standen, bilden heute bemooste Steinhaufen zwischen einsam aufragenden Mauerresten eine bizarre Hügellandschaft. Zusammengefegt und aufgetürmt von den Bombeneinschlägen eines letzten sinnlosen Luftangriffs.

Obwohl vom Hohenstaufenring das monotone Geräusch des Großstadtverkehrs herüberweht, scheint über der Ruinenlandschaft eine merkwürdige Stille zu liegen. Mein Weg führt mich in das Herz der Totenstadt.

Wo der Mauritiussteinweg beginnt, steht am linken Straßenrand ein Warnschild: »Sperrgebiet – Betreten verboten! Lebensgefahr!« Kurz dahinter beginnt der Trümmerpfad, der durch das verwüstete Gassengewirr zum Rothgerberbach führt.

An einem Mauerrest lehnt einer von meinen Männern und hat sein Sprechfunkgerät in der Hand. »Werd mal durchgeben, dass Sie rüberkommen, Chef. Die warten schon auf Sie.«

2.

Ich hätte meine neuen Slipper im Schrank lassen sollen. Dieser Trümmerpfad wird sie ruinieren. Schartige Betonbrocken, scharfkantige Ziegelsteine, verrostetes Eisengeflecht, dazwischen lehmige Wasserpfützen. Am Rand dorniges Gestrüpp, das nach meinen Hosenbeinen greift.

Der Pfad ist der schnellste Weg zum Wasserturm und verläuft im Zickzack über Trümmerhügel und Senken, in denen unter Grünzeug tückische Fallen lauern.

Nach den ersten zwanzig Metern führt eine Rutschbahn aus vergammeltem Zinkblech gefährlich nahe an einem verfallenen Kellereingang vorbei. Auf einer Stufe sitzt eine Ratte und schaut mich an. Dreht mir dann gleichgültig das Hinterteil mit dem langen nackten Schwanz zu und verschwindet in einem Loch.

Ich muss ein Gebüsch umgehen, das den Pfad überwuchert, stolpere und hole mir die ersten Schrammen auf meinem schönen, teuren Schuhwerk. Hinter dem Gesträuch versperrt ein Trümmerhaufen den Pfad und zwingt mich zu einer weiteren Stolpertour über die Reste einer Hauswand, die wahrscheinlich durch die Blindgängerexplosion in der Nacht zusammengestürzt ist. Ich verdränge die Vorstellung, dass unter meinen Füßen der Zahn der Zeit an einem anderen Blindgänger nagt.

Der Wasserturm hat als einziges hohes Bauwerk den Bombenhagel überstanden. Ein riesenhaftes Fass aus rußgeschwärztem Mauerwerk, angefüllt mit im Feuer verglühten und verbogenen Streben und Stahlträgern. Je näher ich ihm komme, umso bedrückender wirkt die Ruinenlandschaft, die er überragt. Zwischen vereinzelten Ruinen haben die letzten Bombenteppiche tiefe Krater in die längst eingeebneten Trümmerfelder geschlagen. Aufgerissene Kellerdecken und Gänge lassen mich an die Bilder denken, auf denen verkohlte und geschrumpfte Leichen zu sehen waren.

Ich schüttele die Vorstellung ab und beeile mich, das letzte

Stück des Trümmerpfads hinter mich zu bringen. Der Rothger-berbach ist eine der wenigen Straßen, die für Autos passierbar sind. Dort, schräg vor einer Toreinfahrt, die ins Leere führt, steht der Jeep der Bombenräumer. Auf den Sitzen räkeln sich zwei Männer und dösen. Am linken Kotflügel lehnt der Chef der Bombenräumer und sieht mir entgegen. Fritz Zünder. No-men est omen, denke ich. Ein Wunder, dass dieser Mann nach den mehr als tausend Bomben und Granaten, denen er nach dem Krieg die Zünder rausgedreht hat, noch lebt.

Nekropolis Cologne war in den vergangenen Jahren eines sei-ner arbeitsreichsten Einsatzgebiete. Und noch immer vermutet man Blindgänger unter den Trümmern, die außerordentlich schwierig aufzuspüren sind. Oft genug hat man die Ruinenstadt mit einem Minenfeld verglichen. Was natürlich übertrieben ist. Aber die Angst bleibt, dass es einmal zu einer Bombenexplo-sion kommen könnte, der Touristen zum Opfer fallen.

Fritz Zünder kennt sich mit Bombenzündern aus, als hätte er sie erfunden. Sein freundliches, rundes Gesicht strahlt Frieden und Vertrauen aus. Es fehlt nur ein runder weißer Kragen, und man könnte ihn für einen Pfarrer halten.

»Tach«, sagt er. »Hat ja ganz schön gekracht vergangene Nacht. Und jetzt hat der Lukas Angst, dass er Ärger kriegt des-wegen, obwohl er doch nix dafür kann, dass die Amerikaner und Engländer so beschissene Zünder gebaut haben, die erst nach Jahren funktionieren.« Dabei streckt er mir die Hand ent-gegen, die über Leben und Tod entscheidet, wenn er neben ei-nem Blindgänger hockt und einen verkeilten Zünder heraus-dreht. Dann klopfen hinter der Absperrung die Herzen der Helfer und Polizisten schneller. Jedenfalls ist es mir die beiden Male so ergangen, die ich dabei war.

»Klar, dass es Ärger geben wird«, sage ich und schüttele seine Hand. »Morgen malt die Presse wieder den Teufel an die Wand. Ich sehe schon die Schlagzeilen: ›Versagen des Sicherheitsdiens-tes. Wie sicher ist Nekropolis?‹«

Zünder nickt, Mitgefühl im Pfarrergesicht. »Sag den Amis, dass sie mehr Geld für die Instandhaltung des Sperrzauns aus-geben sollen. Sind doch überall Löcher, wo jeder durchkommt, der sich bücken kann.« Damit dreht er sich um und holt ein Klemmbrett aus dem Jeep.

»Hier ist der Bericht für dich. Den anderen kriegt die Stadtverwaltung. Steht nicht viel drin. Der Blindgänger war ein kleines Kaliber. Wahrscheinlich von einem Jagdbomber abgeworfen. Hat in einem Trümmerhaufen über einem Keller gesteckt. Komm, ich zeig dir die Stelle.«

Ich werfe einen flüchtigen Blick auf das Formular, falte es und stecke es in die Innentasche. Dann folge ich Zünder, der bereits ein paar Schritte vorausgegangen ist. Auf der Kuppe eines mit Gestrüpp bewachsenen Trümmerberges hole ich ihn ein.

»Da drüben ist es«, sagt er, »da, wo die ganze Hausruine zusammengestürzt ist, dieser helle Steinhaufen.«

Na schön, denke ich. Ein Bombentrichter und ein neuer frischer Steinhaufen. Ist das so wichtig, dass ich dafür über die verdammten Trümmer stolpern musste? Ich zeige mich höflich interessiert und sehe zu dem Steinhaufen hinüber. Als ich mich umdrehe, um den Rückweg anzutreten, hält er mich am Arm fest.

»Nicht so schnell, Herr Sicherheitschef. Es gibt da noch was anderes.«

Zünder tastet sich die bemoosten Steine des Trümmerhügels hinunter auf den hellen Steinhaufen zu. Dann bleibt er stehen und bedeutet mir, ihm zu folgen. Als ich ihn erreiche, geht er in die Hocke und zeigt auf zwei dünne Drähte, die aus dem Steinhaufen herausragen. Einer rot, einer blau, vielleicht zwanzig Zentimeter lang. Sie bilden eine kurze Schlaufe, ehe sie wieder unter den Steinen verschwinden.

»Was hältst du hiervon?«

Ich bücke mich und ziehe an einem der Drähte. »Sieht aus wie eine Zündleitung, oder?«

»Könnte sein. Könnte, muss aber nicht«, sagt Zünder. »Hab auch nichts davon im Bericht erwähnt. Wenn das eine Zündleitung ist, fällt die Sache sowieso in deinen Bereich. Vielleicht Sabotage. Bestellt von der Bau-Lobby. Die versuchen doch alles, um euch Ärger zu machen.«

Zünder schlägt mir auf die Schulter. »Mach was draus, oder

lass es. Ich hau jetzt ab. War schon viel zu lange hier für einen Blindgänger, der sich selbst erledigt hat.«

»Werd drüber nachdenken«, sage ich unentschlossen. Schließlich hat Zünder gewusst, warum er die Drähte in seinem Bericht nicht erwähnt hat. Wenn ich den Verdacht auf einen Sabotage-Akt melde, bringe ich eine Untersuchung ins Rollen. Und die wird unnötige Aufmerksamkeit auf die Frage nach der Sicherheit im Trümmergelände lenken. Keine gute Sache für Nekropolis. Trotzdem, ich muss wissen, woran ich bin. Als ich höre, wie Zünder mit seinen Leuten davonfährt, bücke ich mich und ziehe erst an dem einen und dann an dem anderen Draht. Nach ein paar Zentimetern sitzen sie fest. Wenn ich es mit Gewalt versuche, werde ich sie abreißen. Ich räume ein paar Steine weg und versuche es noch einmal. Auch das bringt nichts. Ich überlege. Irgendwo müssen die Drähte ja enden. Wenn die Bombe über diese Leitung gezündet wurde, wird das aus einer sicheren Deckung heraus geschehen sein. Finde ich diese Stelle und gibt dort es Spuren, habe ich den Beweis für einen Sabotage-Akt. Was ich dann damit anfange, kann ich immer noch entscheiden.

Ich richte mich auf und inspiziere die Umgebung. Wo konnten derjenige oder diejenigen genügend Schutz vor der Druckwelle und den emporgeschleuderten Steinen gefunden haben? Ich schätze, in mindestens fünfzig Metern Entfernung. Denke ich mir eine Linie vom Bombentrichter zu den beiden Drähten und verlängere sie, dann führt sie zu dieser einsamen Hausruine dort drüben, die sich in einem Trümmerfeld standhaft behauptet hat.

Ich fürchte, dass der Weg dorthin mühsam sein wird. Längst haben sich Büsche und kleine Bäume ihr Lebensrecht in den Trümmern erkämpft. Da muss ich mich hindurchkämpfen. Und wer weiß, was mich sonst noch erwartet.

Der Weg stellt sich als weniger schwierig heraus als angenommen. Die alten Häuser, die hier einmal gestanden haben, waren durchweg aus Ziegelsteinen erbaut, die im Laufe der Zeit trittfest zusammengebacken sind. Als ich vor der Hausruine stehe, sehe ich, dass auch ihr Inneres den Bomben einigermaßen standgehalten hat. Jedenfalls existiert noch die Zwischendecke zum ersten Stockwerk. Von oben blickt der Himmel in den leeren Kasten, der einmal ein Haus war. Vor den Fensterhöhlen im Erdgeschoss wuchert Gestrüpp. Ich finde eine Türöffnung. In verrosteten Angeln hängt schief eine Eisentür, die sich knirschend bewegt, als ich dagegen trete. Ich drücke sie vollends auf und stehe in einem Flur. Links geht es in ein Zimmer, dessen Boden mit Mörtelbrocken übersät ist. Dazwischen sprießt Grünzeug. Von den Wänden hängen vermoderte Tapetenreste herab und flappen im Zugwind. Ich misstraue den morschen Dielenbrettern und gehe vorsichtig in die Mitte des Raums. Augenscheinlich war er einmal das Wohnzimmer der Familie. In einer Ecke steht ein Schrank mit zersplitterten Glastüren. Die Schmutzschicht, die ihn bedeckt, ist Jahrzehnte alt. Die Leiche eines Polstersessels mit verfaulten Stofffetzen an nackten Sprungfedern lehnt schief dagegen. In einer Ecke Gerümpel. Zerbrochenes Geschirr und das Drahtgestell einer Stehlampe. Eine Bronzebüste liegt auf der Seite und lässt ihr hohles Inneres sehen. Ich stoße sie mit dem Fuß an. Sie dreht sich, und aus toten Augen sieht mich Adolf Hitler an. Solche Führerbüsten haben in den Wohnungen von überzeugten Nazis gestanden. Neben ihr liegt ein gerahmtes Foto auf dem Boden. Durch das schmutzblinde Glas erkenne ich ein Familienbild. Ich hebe es auf und wische das Glas sauber. Auf einem geschwungenen Sofa sitzt eine Frau mit einem Kind auf dem Schoß, neben ihr ein Mann in Wehrmachtsuniform. Ein Familienvater auf Heimaturlaub?

Ich frage mich, wie diese Hinterlassenschaften die Jahre überdauert haben. Aber wer holt schon altes Gerümpel aus einer einsturzgefährdeten Ruine. Bestenfalls die Hitlerbüste hätte einen Liebhaber finden können, wenn nur jemand riskiert hätte, hier herumzustöbern.

Spuren, die darauf schließen lassen, dass von diesem Raum aus eine Bombe gezündet worden ist, sehe ich keine. Was vermutlich auch zu gefährlich gewesen wäre. Schließlich hätte die Druckwelle die Wände der Ruine zum Einsturz bringen können. Der Keller wäre da schon sicherer. Den Eingang zum Keller finde ich am Ende des Flurs. Er ist so dunkel wie der Eingang zur Unterwelt. Modrige Luft schlägt mir entgegen. Da hinunter, ohne eine Taschenlampe? Mein Blick fällt auf die oberste Stufe der Kellertreppe, dort liegt etwas Grünes. Ein Gasfeuerzeug. Ein Gasfeuerzeug? Es glänzt mir blitzsauber entgegen, als wäre es gerade aus einer Hosentasche gefallen. Kein Zweifel, jemand muss noch vor kurzer Zeit in den Keller hinuntergestiegen sein.

Ich bücke mich und nehme es in die Hand und drehe an seinem Rädchen. Schon beim ersten Mal springt ein Flämmchen auf. Das Ding ist so gut wie neu. Ein Indiz? Ich denke, derjenige, der es verloren hat, wird mehr im Sinn gehabt haben, als hier in Ruhe eine Zigarette zu rauchen. Das Gasflämmchen hilft mir, mich die dunkle Kellertreppe hinabzutasten. Einmal stütze ich mich an der Wand ab und fasse in klebrige Spinnweben. Unter meinen Füßen knirschen Kalkbrocken. Dann beginnt die Feuerzeugflamme zu zittern und verlischt. Im Dunkeln folge ich der Treppe, die scharf um die Ecke biegt, und es zeigt sich ein schwacher Streifen Tageslicht auf den untersten Stufen. Er weist mir den Weg in einen Gang, an dessen Ende mir das helle Viereck eines Kellerfensters entgegenscheint. In seinem Rahmen stecken noch Reste von Drahtglas. Doch es gibt den Blick frei in Richtung der Bombenexplosion. Der ideale Platz, um ohne Risiko den Blindgänger zu zünden. Einfach die Drähte der Zündleitung durch das Fenster hereinziehen, den Kurbelinduktor anschließen und den Stromstoß losschicken. Kein Problem für Leute, die sich mit so was auskennen.

Bestimmt war es nicht nur ein einzelner Mann, der die Aktion ausgeführt hat. Einer allein würde es nicht geschafft haben, den Sprengsatz am Blindgänger anzubringen, die lange Zündleitung zu verlegen und den Induktor im Keller zu installieren. Drei, vier Leute müssen das gewesen sein. Spuren haben sie nicht hinterlassen. Abgesehen von den Resten der Zündleitung natürlich, draußen zwischen den Trümmern.

Auf dem Boden unter dem Kellerfenster liegen ein paar zertretene Bruchstücke vom Verputz der Kellerwand. Also muss hier jemand herumgetrampelt sein. Aber das ist kaum ein stichhaltiger Beweis. Ratlos scharre ich mit dem Fuß zwischen den Brocken herum. Und da sehe ich sie: zwei kurze Stücke Plastikummantelung, wie sie übrig bleiben, wenn man die Enden einer elektrischen Leitung abisoliert. Eins blau, das andere rot. Na bitte! Hier hat einer zwei Drähte blank gemacht, um sie an die Klemmen des Zündinduktors anschließen zu können. Ich lese sie auf und verwahre die beiden Stücke Isoliermaterial in einem Papiertaschentuch.

Das Gasfeuerzeug brauche ich nicht mehr, um aus dem Keller herauszufinden. Die frische Luft draußen ist eine Wohltat. Ich ertappe mich dabei, zufrieden vor mich hin zu grinsen. Ja, Lukas ist immer noch ein hervorragender Ermittler. Kein Bürohengst. Nicht mal für schönes Geld.

Als ich überlege, wie ich auf direktem Weg zurück zum Rothgerberbach komme, meldet sich das Sprechfunkgerät. Es ist Hanna, die mir die Nachricht von einem Leichenfund an der Fleischmengergasse durchgibt. Mord an einem Touristen. Man warte auf mich, ich solle mich beeilen.

3.

Meine Leute sind schon am Tatort. Der alte Wehrmachts-Kübel-wagen, den sie aus optischen Gründen benutzen müssen, steht quer am Anfang der Fleischmengergasse. Ein Stück weiter knattert ein rot-weißes Absperrband im Wind. Davor steht Hans, der so etwas wie ein Unteroffizier in unserer Mannschaft ist, und begrüßt mich. Mit Handschlag, versteht sich.

»Dahinten liegt der Mann«, sagt er, »wo der Zimmermann mit der Touristengruppe steht.«

»Hat der ihn gefunden?«, frage ich.

»Ja, ist gerade mal eine halbe Stunde her. Wir sind gleich hergekommen und warten jetzt auf die Mordkommission.«

Heinrich Zimmermann, pensionierter Hauptkommissar, ist heute Touristenführer. Nach vierzig Jahren Mord und Totschlag. Und nun steht er wieder bei einer Leiche, die eine Kugel im Kopf hat. Als er mich kommen sieht, macht er mir Platz zwischen den Leuten, die im Halbkreis um den Toten herum stehen. Der Mann liegt am Rand der Straße, halb verdeckt von einem verwitterten Mauerbrocken. Liegt da mit ausgestreckten Armen, als ob er mit erhobenen Händen vornüber gefallen wäre. Am Hinterkopf, deutlich erkennbar, ein Einschussloch, dunkel schwarzrot. Das weiße Haar ist von Blut verkrustet.

Zimmermann sagt seinen Touristen, wer ich bin, und bittet sie, weiter zurückzutreten. Es sind ungefähr ein Dutzend. Diejenigen, die ganz vorn stehen, tun es unwillig. Ich weiß, was in ihren Köpfen vorgeht: Ein Mord in Nekropolis! Und man war dabei, als die Leiche entdeckt wurde! Sensationell, davon zu Hause erzählen zu können! Gleich wird eine echte Mordkommission kommen und die ganzen Sachen machen, die man aus dem Fernsehen kennt. Da kann die Tour durch die Ruinen gern warten!

Ich knie mich neben die Leiche, berühre sie aber nicht. Schließlich bin ich kein Polizist mehr. Ein alter Mann ist das. Mitte siebzig vielleicht. Sein Gesicht ist nur im Profil zu sehen.

Ein starres Auge, schon milchig gebrochen. Eine fleischige Nase über einem kurz gestutzten Schnurrbart. Der Mund steht offen wie nach einem letzten Schrei.

Ich stehe auf und sehe auf den Toten hinunter. Der Mann ist mittelgroß und knochig. Er trägt ein bräunliches Tweedjackett mit Lederflecken an den Ellbogen. Ausgestreckt, wie er daliegt, zeigen die Füße nach außen. Man sieht, dass seine braunen Schuhe frische Schrammen haben. Hat er sich die in den Trümmern geholt? Und überhaupt, wie kam er hierher? War er ein Tourist auf Abwegen, mitten in der Nacht? Da wird es keine Zeugen geben, die sich freiwillig melden. Unsere Überwachungskameras sind bei Dunkelheit abgeschaltet. Ob einer von unserer Nachtstreife einen Schuss gehört hat? Allerhand Fragen.

Ich fasse Zimmermann am Arm und ziehe ihn beiseite. »Gibt es etwas, das ich wissen sollte, ehe die vom Präsidium kommen?«

Zimmermann schüttelt den Kopf. »Nichts, was uns schaden könnte. Sonst nur ein paar Vermutungen.«

»Und die wären?«

»Der Mann war ein Tourist. Wahrscheinlich ein Engländer, wenn ich nach seinem Aussehen gehe. Die Kleidung zum Beispiel. Wer würde bei uns noch so ein grobes Tweedjackett tragen?«

»Da ist was dran, kommen ja viele Engländer hierher«, sage ich. »Ein Raubüberfall, oder?«

Zimmermann zuckt mit den Achseln. »Abwarten, bis die vom Morddezernat kommen und gucken, ob er Geld in den Taschen hat. Seine Armbanduhr ist noch da, wie du siehst.«

»Und der Tathergang? Wo kam er her, wo wollte er hin? Was glaubst du?«

Zimmermann nimmt sich Zeit mit der Antwort, lässt nachdenklich den Blick über das Ruinenfeld schweifen.

»Es könnte ja sein, dass der Mann sich zwischen den Trümmern verirrt hat. Plötzlich ist ihm schlecht geworden, und er konnte nicht mehr weiter. Das wäre ja kein Wunder bei seinem Alter. Hatte es vielleicht mit dem Kreislauf oder so. Er musste sich also einen Platz zum Ausruhen suchen. Da hat er gesessen, bis es schließlich dunkel wurde. Und als er wieder auf die Beine kam, ist er losmarschiert. Und dabei seinem Mörder begegnet. Raubmord wahrscheinlich.«

»Das wird wieder eine Menge Ärger geben«, sage ich. »Und dazu noch die Sache mit dem Blindgänger, der in der Nacht beim Wasserturm hochgegangen ist. Ich war gerade dort. Zünder hat gemeint, es wäre keine große Sache gewesen. Kleines Kaliber. Ist keinem was passiert. Trotzdem wird die Bau-Lobby Theater machen. Schlecht für unser Image und für den Stuhl, auf dem ich sitze.«

Vom Neumarkt her kommt die Mordkommission angerückt. Angeführt von Theo Hucklenbroich, meinem ehemaligen Kollegen. Was mich freut, weil dann alles schnell über die Bühne gehen wird.

Hauptkommissar Hucklenbroich ist mein Freund, auch wenn wir uns heute seltener sehen als früher. Seine Frau Elvira kann Hanna nicht leiden. Sie sind zu fünft, den Polizeiarzt mit seinem Köfferchen und den Fotografen eingeschlossen. Zwei von den Kameraden mit den weißen Mützen schreiten gewichtig hinter ihnen her. Wir begrüßen uns, und die Prozedur geht los, wie wir sie alle kennen. Der Polizeiarzt sieht streng in die Runde, und ich sage meinen Leuten, sie sollen das Publikum auf Abstand bringen. Dann widmet er sich der Leiche und stellt den Tod offiziell fest. Schildchen werden angebracht, die Leiche wird fotografiert und umgedreht.

Einer von Theos Leuten beginnt die Taschen des Toten zu leeren. Was er findet, reicht er ihm an. Eine Brieftasche, einen Pass, Kleingeld und ein Ledermäppchen, aus dem Geldscheine herausflattern und auf dem Bauch des Toten landen. Geldscheine, Euro und Pfund. Also kein Raubüberfall. Das verkompliziert die Sache.

Zimmermann geht näher ran und grinst mir zu, weil er Recht gehabt hat mit dem Engländer. Dann sagt er, dass es für ihn Zeit wird zu verschwinden. Seine Gruppe hat Eintrittskarten für die neue Bomben-Show im Dombunker, und die fängt in einer halben Stunde an. Seinen Bericht über den Leichenfund wird er morgen schriftlich an Hucklenbroich geben. Er spricht mit seinen Touristen, die vermutlich gern noch ein Weilchen zugesehen hätten. Tatort Reality, wann erlebt man schon mal so was? Zögernd verlassen sie den Ort des Geschehens, Zimmermann als Letzter, damit keins von seinen Schäfchen verloren geht. Ein Herr mit Kamera vor dem Bauch kommt noch mal zurück und macht ein Foto vom Tatort. Er stelzt verlegen davon, als ihm sein Blitzlicht böse Polizistenblicke einbringt.

Hucklenbroich kommt auf mich zu und hält den Plastikbeutel mit den eingesammelten Asservaten in der Hand.

»Ich sag dir mal, was wir bis jetzt wissen: Der Mann ist Engländer und heißt John Peabody. Er ist ein Tourist aus einem Ort namens Duxfield und hat einen Zimmerausweis bei sich vom Brabanter Hof im Belgischen Viertel. Ich lasse gerade nachforschen, ob er da allein gewohnt hat. Soweit vorerst feststellbar, hat er außer dem Schuss in den Kopf keine Verletzungen.«

Theo sieht besorgt aus. »Was denkst du von der Sache, Lukas? Ein Raubüberfall war das nicht.«

Um wenigstens etwas beizusteuern, sage ich dasselbe wie Zimmermann vorhin. Der Mann wäre vielleicht allein unterwegs gewesen, hätte sich verirrt, dann einen Schwächeanfall gehabt und so weiter und so fort.

»Vielleicht hat er etwas gesehen, was er nicht sehen sollte«, fällt mir dann ein. »Wäre ja möglich, dass es mit den Banditen zu tun hat, die den Überfall in dem alten Luftschutzkeller verübt haben. Auch wenn es augenscheinlich kein Raubmord war«.

»Na ja«, meint Theo und schlägt mir auf die Schulter und wendet sich wieder seinen Leuten zu, »ist ja auch nicht mehr dein Bier.«

Ich sehe ihm nach und denke flüchtig an seinen Einheitsschreibtisch im Präsidium, der exakt der gleiche ist wie der, dem ich entkommen bin.

Inzwischen hat sich der Himmel zugezogen und droht mit Regen, passend zu den Männern mit den schwarzen Schirmmützen, die gerade angekommen sind und einen Blechsarg neben dem Toten absetzen.

Die Mordkommission II der Kölner Kripo hat es eilig, wegzukommen. Hucklenbroich ruft mir noch zu, dass er sich melden wird, damit wir uns endlich mal wiedersehen, zu viert. Ich nicke und denke an Elvira und weiß, dass bestenfalls ein Männerbier in der Kneipe daraus wird.

Auch unsere Mannschaft hat sich versammelt und marschiert ab. Plötzlich ist der Tatort leer wie eine Bühne, nachdem das Stück zu Ende ist. Eigentlich sollte ich von Berufs wegen immun gegen Stimmungstiefs bei Mordsachen sein. Ist aber nicht so. Der alte Mann, der aus England angereist gekommen ist und vielleicht ein paar schöne Tage am Rhein verbringen wollte, hätte im Bett sterben sollen, und nicht im Kölner Trümmerschutt mit einer Kugel im Kopf.

Es wird Zeit, zurück ins Büro zu gehen. Die Sonne hat ein Loch in der Wolkendecke gefunden und lässt mein Stimmungsbarometer wieder ansteigen.

Ich gehe quer über den von alten Bombentrichtern zernarbten Neumarkt. Auf seiner Nordseite steht eine von den neuen Bildtafeln. Ein großes Foto unter Glas, auf einen Pfosten montiert. Es zeigt den Neumarkt um 1930 und das Richmodishaus mit den beiden Pferdeköpfen am Giebel. Darunter steht in drei Sprachen die Legende von der schönen Frau Richmodis, die bei der großen Pest von 1357 gesund ihrem Grab entstiegen war.

Tafeln wie diese hat man inzwischen an vielen Plätzen aufgestellt, an denen Köln einmal schöne und bedeutende Bauwerke aufzuweisen hatte, die im Krieg zerstört worden sind. Die Idee zu den Bildtafeln hatte Heinrich Zimmermann gehabt. Auf seinen Führungen hält er vor jeder Tafel an und erzählt den Leuten vom alten Köln.

Heinrich ist ein Ur-Kölner. Geboren in der Friesenstraße, wo seine Eltern eine Metzgerei hatten. In seiner Jugend hat er den Bombenterror erlebt. Als Hitlerjunge an der Motorspritze mit dem Stahlhelm auf dem Kopf und stolz darauf, an der so genannten Heimatfront zu kämpfen. Wovon er auch gern seinen Touristen erzählt. Er hat sich 1950 bei der Kölner Polizei beworben. Die Geschichten von seinen Heldentaten bei den legendären Einsätzen der »Peterwagen« gegen die Ringmafia machen heute noch die Runde. Manch einer hat nicht verstanden, dass er mit seinem Ruhestand nichts anzufangen wusste. Wäre seine Frau nicht so früh gestorben, hätten die Dinge vielleicht anders ausgesehen. Doch da hat ihm, obwohl er bereits tot war, mein Vater, sein Freund und ehemaliger Kollege Franz Lukas geholfen. Denn ich, der Sohn von Franz, konnte ihm den Job als Fremdenführer bei Nekropolis Cologne verschaffen. Wofür er mir dankbar ist. Und ich habe einen Freund und Ratgeber in meiner Nähe.

Als ich die Gleise der Trümmerbahn erreiche, warte ich, bis die Lok auf meiner Höhe ist. Der Lokführer sieht mich und grüßt im Vorbeifahren. Als der letzte Wagen vorbeizieht, springe ich auf das Trittbrett. Worüber sich ein dicker Alter entrüstet, der sich erst beruhigt, als er das Plastikschildchen mit dem Dienstausweis sieht, das an meinem Jackett baumelt.

Hanna hat meinen Bericht vom Morgen fertig. Ich lese ihn und stoße auf Sätze, die besser formuliert sind, als ich sie diktiert habe. Das macht sie öfter, und wir verlieren kein Wort darüber.

Dann steht sie in der Tür zum Vorzimmer und balanciert eine Pappschachtel und fragt, ob wir uns eine Pizza teilen wollen. Wir setzen uns an den Besuchertisch und kämpfen mit den zähen Käsefäden, die eine Spezialität von Antonio auf der Aachener Straße sind.

Ein Bericht von dem Leichenfund an der Fleischmengergasse ist beim Essen unerwünscht, den muss ich sowieso nachher diktieren. Die Sache mit dem Blindgänger lasse ich erst mal aus, weil ich noch nicht weiß, ob ich die Zündleitung erwähnen soll oder nicht.

Am späteren Nachmittag erscheint Heinrich Zimmermann und fragt: »Lust auf ein Kölsch beim Päffgen? Mir ist danach.« Dabei sieht er auch Hanna an.

»Tut mir Leid, Heinrich, ich habe noch einen Termin beim Arzt.«

Termin beim Arzt? Ist da was? Hanna sieht das Fragezeichen in meinem Gesicht und lässt mich einen Moment zappeln, bevor sie grinst und den Kopf schüttelt.

Wir gehen öfter auf ein Kölsch zum Päffgen in der Friesen-straße. Meistens gibt Zimmermann den Anstoß dazu. Die Frie-senstraße ist immer noch ein Teil seiner Welt. Auch wenn die al-ten Häuser nicht mehr stehen, zwischen denen er aufgewachsen ist. In den ersten Jahren des Wiederaufbaus war dort ein neues Milieu entstanden, in dem die Polizei häufig zu tun hatte. Klei-ne Bars und Kneipen, in denen die Jungs vom Boxsport den Ton angaben, ein Revier für Zuhälter und ihre Pferdchen und für ein paar Intellektuelle und Künstler, die sich gern ein bisschen ver-rucht vorkamen. Abenteuerlustige Bürger, die mal schnuppern wollten und zwischen die Parteien gerieten, kriegten gelegent-lich eins auf die Nase. Dann kam der nach seinem Funkrufnamen »Peter« benannte Streifenwagen. Alarmiert über Polizeifunk, der damals noch was Neues war.

Wir verabreden uns für acht Uhr, weil ich noch ein paar Stunden für meinen überfälligen Bürokram brauche. Nachher, beim Päffgen, werde ich Zimmermann von der Zündleitung be-richten. Meldung machen oder nicht? Mal hören, was er dazu meint.

Als ich Schluss mache für heute und die Treppe hinunterge-he, sehe ich kurz in den Bereitschaftsraum. Da versammelt sich gerade die Spätschicht. Einer der Männer spricht mich an, ich solle doch mal was Genaueres über dem Mord in der Fleisch-mengergasse sagen. Das mache ich, aber nur kurz, denn ich will noch mal rüber in meine Wohnung, um das Bürojackett loszu-werden.

In der Diele begrüßt mich meine Lederjacke. Das Jackett hän-ge ich akkurat auf seinen Bügel in den Schrank. Morgen ist sein blauer Nachbar dran.

Als ich draußen vor dem Aufzug stehe, fällt mir etwas ein. Ich gehe noch einmal zurück und hole das Taschentuch aus dem Jackett, in dem ich die beiden Stücke Isoliermaterial von der Zündleitung verwahrt habe. Die werde ich Zimmermann zei-gen, der glaubt ja nie was ohne Beweise.

4.

Gegenüber der Einmündung der Ehrenstraße auf den Ring wechsele ich die Straßenseite. Hier an der Ecke macht der Sperrzaun von Nekropolis den Knick nach Osten. Dahinter liegt die Trümmerstadt. Tot und dunkel.

Auf der linken Seite der Ehrenstraße beginnt gegenüber dem Sperrzaun das neue Köln. Dort stehen ehemalige Ruinen mit restaurierten Fassaden und neuem Innenleben neben neuer Architektur und dürftigen Zweckbauten aus den Fünfzigern. Die meisten haben ihr Parterre an Läden für die Bedürfnisse der jungen Generation abgetreten.

Auf dem Hohenzollernring schiebt sich gemischtes Publikum aneinander vorbei. Gesetzte Bürger, die dem abendlichen Fernsehprogramm zustreben, junge Typen, Mädchen untergehakt, manche mit Kopftüchern und dunklen Augen, unbeirrt sittsam schauend. Der Ring ist Lichter- und Neonwelt, von der Ehrenstraße bis zum Friesenplatz. Banken mit kühlen Glasfronten, Sexkinos hinter düsteren Fluren. Eine nüchterne Trattoria mit Durchblick vom Fenster bis zur Toilettentür. Nobelläden und Billigshops, Pizza, Pommes und Döner. Ein schicker Boulevard ist der Ring nicht.

Ich gehe schnell, Zimmermann hasst Unpünktlichkeit, und im Päffgen ist es um diese Zeit schwer, einen von den kleineren Tischen zu kriegen, an denen man ungestört reden kann. Die Pendeltür zur Brauwirtschaft ist von einem halben Dutzend Leuten blockiert, die nicht wissen, ob rein oder raus. Ich dränge mich an ihnen vorbei und nehme einen ersten Atemzug der vertrauten herbsäuerlichen Luft. Der Zappes hinter dem Tresen erkennt mich und grinst breit über sein dunkles Gesicht. Armand ist ein Multikultiköbes und deshalb stets freundlicher, als es die Köbestradition erlaubt.

Ich mache mich schmal und schiebe mich, Schulter voran, den Gang entlang zwischen den Tischen hindurch. Fast alle Tische sind besetzt. Bierseliges Stimmengewirr und immer neu aufbrandendes Gelächter. Das ist mein Päffgen, mein zweites Wohnzimmer sozusagen. Jedenfalls war es das bis vor ein paar Jahren. Ich lasse meinen Blick auf der Suche nach Zimmermann durch den Saal wandern und sehe ihn schräg gegenüber an einem Vierertisch sitzen. Seinen Express hat er über die halbe Tischplatte ausgebreitet, um Platzsuchende abzuschrecken.

Heinrich Zimmermann sieht aus wie einem Porträt von August Sander entstiegen. Er hat den typischen kölschen Kopp. Ein großes, fleischiges Gesicht, eine dicke Nase und scharf blickende Augen, die sich zwischen gepolsterten Falten listig klein machen. Unverwechselbar sein breites, kantiges Kinn, das an eine Schublade erinnert. Jedenfalls hat meine Mutter das mal freundschaftlich gesagt, was er mit einem Grinsen quittierte. Die breiten Schultern und die Pranken, die jetzt friedlich neben der Zeitung ruhen, lassen keinen Zweifel an den Geschichten aus seiner Zeit als Streifenpolizist aufkommen.

Kaum sitze ich ihm gegenüber, kommt der Arm in der blauen Köbesjacke über meine Schulter und setzt zwei Kölsch auf den Tisch, obwohl Zimmermann seins noch nicht ausgetrunken hat.

»Wat ze esse die Herren? Wat Kleines oder wat Jroßes? Wenn ihr flöck maat, bin ich och flöck widder he!«

Wir bestellen beide Spiegeleier mit Bratkartoffeln, und ich lasse mein Kölsch seine wunderbare Wirkung tun, die den Tag fürs Erste freundlich in die Vergangenheit entlässt. Kein Wort über den Mord in der Fleischmengergasse, der hat hier nichts zu suchen.

Langsam kommt das Gespräch in Gang, über dies und das. Heinrich will weg aus seiner alten Wohnung, die ihm zu groß geworden ist. Mehrmals hat er eine passende Bleibe gefunden, aber man wollte ihn nicht als Mieter, weil er bald siebzig ist. Das ist sein Thema seit langem und braucht eine Weile. Ich lasse mich über den Klüngel im Rathaus aus und rede von Urlaubsplänen. Nekropolis kommt nur beiläufig zur Sprache, als Zimmermann von der neuen Show »Bomben auf Köln« berichtet, die er mit seiner Touristengruppe im Dombunker besucht hat. Allerhand Aufwand, gut gemacht das Ganze, sagt er, aber zu viel Theater für einen, der das alles selbst erlebt hat. Dem Publikum habe es gefallen, jedenfalls den meisten. Müsse ich mir ansehen, damit ich Bescheid wisse, wenn da mal irgendwas passiert. Krawalle oder so.

Dann kommen die Spiegeleier mit Bratkartoffeln, und wir sind angenehm beschäftigt. Als der Köbes abgeräumt hat und das nächste Kölsch vor uns steht, rücke ich mit der Sprache raus. Besser gesagt, mit den beiden Stücken Isoliermaterial von der Zündleitung. Ich lege das Papiertaschentuch auf den Tisch und falte es auseinander.

»Wofür hältst du das?«, frage ich.

Zimmermann nimmt das blaue Stück in die Hand und zwirbelt es zwischen Daumen und Zeigefinger. »So was bleibt übrig, wenn man eine Leitung abisoliert. Ist was damit?«

Was damit ist, erzähle ich ihm und will wissen, ob ich den offensichtlichen Sabotage-Akt in meinen Bericht aufnehmen soll oder nicht. Zimmermann dreht nachdenklich sein Kölschglas auf dem Bierfilz hin und her.

»Ist schon komisch, dass du mich das überhaupt fragst. Natürlich musst du das melden. Wenn nicht, ist das Informationsvorbehalt und Behinderung der Ermittlungsarbeit.«

»Ich bin kein Polizist mehr, Heinrich«, sage ich. »Ermittlungen sind Polizeiarbeit. Was ich gesehen oder nicht gesehen habe, ist doch meine Sache, oder?«

Zimmermann wiegt seinen Kopf und nimmt sich Zeit für einen Schluck. »Sag mir einfach, dass du es nicht melden willst. Und warum.«

Der alte Fuchs sieht die Sache, wie sie ist. Also hole ich ein bisschen weiter aus und rede von den Problemen, die wir kriegen, wenn sich die Öffentlichkeit über mangelnde Sicherheit in Nekropolis aufregt. Und da sei doch so eine Story über ein Sprengstoffattentat Wasser auf die Mühle der Bau-Lobby und Konsorten, von denen mit Sicherheit einige im Stadtrat zu finden wären.

Langsam rede ich mich in Rage. »Was glaubst du, was allein die Presse für einen Wirbel machen würde! Bombenkrieg in Nekropolis. Bande sprengt Schlupfwinkel von Rivalen in die

Luft. Befreit Köln von diesem Rattennest! Wenn es denen gelingt durchzusetzen, dass Nekropolis platt gemacht wird, lieber Heinrich, darfst du in Zukunft deine Pension hinter dem Ofen genießen!«

Natürlich bleibt Zimmermann ruhig, wie immer, wenn ich mich aufrege.

»Weiß Zünder von der Sache? Der war doch vor dir da und müsste die Zündleitung gesehen haben.«

»Hat er auch«, sage ich. »Erwähnt aber nichts in seinem Bericht davon. Überlässt es mir. Sieht die Sache wohl genauso wie ich.«

»Und wenn er es sich anders überlegt?«

Ehe ich darauf antworten kann, tut er es selbst. »Nee, der muss ja den Mund halten, weil er nichts davon in seinem Bericht erwähnt hat.«

Womit, wie ich denke, die Frage geklärt ist. Ohne dass Zimmermann es wörtlich gesagt hat, meint er, dass ich die Sabotagegeschichte besser für mich behalten soll.

Wir nehmen das nächste Kölsch in Empfang und spendieren dem Köbes das seine. Ich sage nichts und Heinrich auch nicht.

Schließlich fragt er unvermittelt: »Wo der Blindgänger hochgegangen ist, war da ein Keller drunter?«

»Doch, muss ja wohl«, überlege ich. »Ein Haus hat da schon gestanden, jedenfalls waren da auf einer Seite noch Reste von einer Fassade.«

Zimmermann sieht angestrengt ins Leere. Legt die Hand an die Stirn, nimmt sie wieder runter, stiert auf die Tischplatte. Woran denkt der jetzt?, frage ich mich. Dass da ein Keller war, ist doch nichts Besonderes. Dann beugt er sich vor und sieht mich forschend an.

»Versuch mal, dich an den Toten in der Fleischmengergasse zu erinnern. Seine Kleider, waren die sauber?«

»Sauber?«

»Ja, kein Dreck, Schmutz, Staub oder so was?«

Zimmermann hat was im Sinn. Ich gebe mir Mühe und versuche mich genau an die Szene zu erinnern. Sehe den alten Mann vor mir, wie er daliegt mit ausgestreckten Armen. Das Tweedjackett mit den Lederflecken an den Ellbogen, die dunkle Hose, die braunen Schuhe

»Doch, da war so ein heller Staub, der auf ihm lag«, sage ich. »Ist es das, was du meinst?«

»Und die Schuhe, hatten die Kratzer vorne auf den Kuppen?«

»Ja, hab ich auch bemerkt.«

»Jetzt denk mal an den Blindgänger, der in den Trümmern hochgegangen ist, vermutlich über einem alten Keller. Klingelt da nichts bei dir?«

Ich schüttele den Kopf, weiß nicht, was da klingeln soll.

»Na, ja«, sagt Zimmermann, »kann es vielleicht auch nicht, hast es ja nicht selbst erlebt.«

»Was habe ich nicht erlebt?«

»Die Bombenangriffe. Hast die Leute nicht gesehen, die in den Kellern verschüttet waren und die man ausgegraben hat. Die waren fast immer mit solchem Mörtelstaub bedeckt wie der Engländer in der Fleischmengergasse. Und ich bin nicht draufgekommen!«

»Du meinst, der ist in dem Keller gewesen, über dem die Bombe hochgegangen ist? War verschüttet und hat sich befreien können und ist dann durch die Trümmer geirrt, bevor er erschossen wurde?«

»Genau«, sagt Zimmermann und winkt dem Köbes, dass wir zahlen wollen. »Vielleicht war der Mann nicht allein in dem Keller. Ist doch möglich, dass da noch andere verschüttet worden sind. Möglicherweise noch leben. Wir müssen dahin. Sofort! Los, komm!«

Er legt einen Schein auf den Tisch, drängt sich an unserem Köbes vorbei und steuert auf den Ausgang zu.

Draußen legt Zimmermann eine Gangart vor, die ich noch nie bei ihm erlebt habe. Läuft mir mit großen Schritten davon, rempelt Leute an, ohne sich zu entschuldigen, sieht sich ungeduldig nach mir um, ist nicht zu bremsen, nicht einmal von der roten Fußgängerampel am Friesenplatz.

»Mein Gott, Heinrich«, sage ich zu ihm, als wir nebeneinander den Ring in Richtung Hahnentorburg entlanghasten, »mach mal halblang, da brennt doch nichts!«

»Verbrennen geht schneller, als langsam unter Trümmern zu krepieren, Junge«, sagt er. »Ich weiß, wie das ist, wenn man in einem Keller verschüttet worden ist.«

Hat er das selbst erlebt? Gesprochen hat er nie davon. Ich sage nichts weiter und halte Schritt mit ihm. Überlege, ob ich Leute von der Bereitschaft mitnehmen soll. Werkzeug zum Graben haben wir nicht. Handlampen stehen im Geräteraum, die werden wir brauchen. Und das Sprechfunkgerät, das in meinem Büro liegt. Den Schlüssel zu der Gittertür neben dem Turm habe ich dabei.

Auf dem freien Platz vor dem Hahnentor stehen Jugendliche herum. Sie quatschen, rauchen, halten Bierflaschen in den Händen. Ein Typ mit einem Barett auf dem Kopf und eine Tussi mit Haaren bis über den Hintern lehnen am Zaun und knutschen, merken nicht mal, dass ich sie wegschiebe, um an die Pforte zu kommen. Ich schließe auf, wir gehen hindurch, und hinter uns fällt sie scheppernd ins Schloss.

Über dem Hintereingang zum linken Turm brennt das Notlicht, die Tür steht offen. Ich nehme eilig die Treppe hinauf zum Bereitschaftsraum. Zimmermann bleibt unten stehen, hat wohl doch zu wenig Luft nach dem Gewaltmarsch.

Im Bereitschaftsraum läuft der Fernseher. Davor sitzt Freddi, der noch Schonzeit hat, wegen seines Beins, von dem gerade der Gips runter ist. Sonst ist keiner da, die anderen machen die erste Streife der Spätschicht. Gehen jeweils zu zweit durch die dunkle Trümmerstadt, benutzen ihre Handscheinwerfer so selten wie möglich, um verdächtige Typen nicht aufzuscheuchen.

Freddi hat Bereitschaft an der Sprechfunkzentrale, den kann ich nicht abziehen. Er sieht mich verdutzt an und wundert sich, dass ich so spät noch mal auftauche, fragt, ob was Besonderes los sei. Ich schüttele den Kopf und lasse mir den Schlüssel zum Geräteraum geben. Dann gehe ich in mein Büro hinauf und hole das Sprechfunkgerät aus der Ladestation. Als ich das Büro schon wieder verlassen will, mache ich noch einmal kehrt und nehme meine Beretta aus dem Schreibtisch. Das empfiehlt sich in Nekropolis bei Nacht.

Im Geräteraum gehe ich an dem Regal entlang, auf dem die

Lampen stehen beziehungsweise liegen. Wir haben verschiedene Typen. Die langen runden mit dem Halogenlicht für die Streifengänge. Große Reflektoren mit einem Dreibein zum Aufstellen. Handlampen mit Griff und einem vierkantigen Fuß, in dem der Akku steckt. Die mit dem Griff sind schwer, geben aber genug Licht, um auch eine größere Fläche zu beleuchten. Ich nehme zwei aus dem Regal und schalte sie probeweise ein. Sie scheinen voll aufgeladen zu sein. Zusätzliche Halogenstrahler zur Reserve brauchen wir keine.

Freddi guckt erstaunt, als ich die Handlampen an der Tür zum Bereitschaftsraum vorbeitrage, sagt aber nichts. Zimmermann nimmt mir eine Lampe ab und sieht mich fragend an. »Hast du deine Waffe mit?«

Ich nicke und klopfe auf die Innentasche meiner Lederjacke.

»Ist schon besser so«, sagt er und scheint zu bedauern, dass ihm keine Pistole mehr erlaubt ist. »Könnte ja sein, dass die Bande aus der Thieboldsgasse noch einen Schlupfwinkel im Trümmergelände hat. War nur halber Kram, die Suchaktion nach dem Überfall.«

Die Abkürzung zum Wasserturm über den Trümmerpfad können wir bei Dunkelheit nicht nehmen. Da bleibt nur der längere Weg über den Mauritiussteinweg bis zum Rothgerberbach.

Wir gehen stumm nebeneinander her. Auch mir geht die Vorstellung nicht mehr aus dem Kopf, dass da noch Menschen eingeschlossen unter den Trümmern liegen könnten. Eingeklemmt unter Tonnen von Steinen, langsam verblutend. Vielleicht nach Luft ringend, die sich immer mehr verbraucht. Wie oft mögen sich solche Tragödien hier abgespielt haben, damals, nach den Luftangriffen. Hier, rechts und links von dieser Straße, die eigentlich keine mehr ist, nur eine freigeräumte Schneise, die wir möglichst schnell hinter uns bringen, um vielleicht noch Leben zu retten.

Die Akkulampen sind schwer. Der Weg bis zu der Stelle, wo die Bombe hochgegangen ist, zieht sich. Mir kommen Zweifel, ob ich sie wiederfinde. Im blassen Mondlicht erscheint alles flacher, ohne Schatten, schwerer zu erkennen als am Tag. Nicht weit vor uns überqueren ein paar Gestalten die Straße. Männerstimmen schallen herüber. Dazwischen das Lachen einer Frau. Dann reißt ein Blitzlicht die Silhouette einer Hausruine aus der Dunkelheit. Wahrscheinlich Touristen, die ein Loch im Sperrzaun gefunden haben und ein Foto von ihrer Tour durch verbotenes Gelände mit nach Hause bringen wollen. Wir erreichen den Rothgerberbach, und ich versuche mich zu erinnern, wo Zünder auf mich gewartet hat.

Als der massige Bau des Wasserturms auftaucht, schalte ich den Handscheinwerfer ein und leuchte das Gelände links von uns ab. Ich suche nach dem Bogen der Toreinfahrt, vor dem der Jeep der Bombenräumer gestanden hat. Dann, nur ein Stück voraus, taucht er im Lichtkegel meiner Lampe auf.

»Hier hat Zünder auf mich gewartet«, erkläre ich Zimmermann, »der Trümmerhügel rechts davon, da müssen wir rauf.«

»Na, dann los«, knurrt er ungeduldig und bleibt dicht hinter mir.

Ich schwenke mit dem Scheinwerfer einen Halbkreis vor uns ab, suche nach Einzelheiten im Gelände, an die ich mich erinnere. Weiter hinten muss die Ruine sein, von der aus die Bombe gezündet worden ist. Aber bis dahin reicht der Lichtkegel nicht. Langsam lasse ich ihn nach links wandern. Büsche und Gestrüpp werfen bizarre Schatten, erschweren die Orientierung. Dann sehe ich den hellen Steinhaufen, den die Bombe aufgeworfen hat.

»Dahinten ist es, warte, bis ich da bin«, sage ich. »Dann kommst du nach. Aber pass auf, wo du hintrittst.«

Zimmermann murmelt Unverständliches. Denkt wohl, ich halte ihn für klapprig, und bleibt wieder dicht hinter mir. Als wir am Rand des Bombentrichters stehen, schalten wir beide Handlampen ein. Der Trichter ist ziemlich flach, weil von seinen Rändern eine Menge Schutt nachgerutscht ist.

Das Haus hatte einen Anbau, von dem noch Mauerreste stehen geblieben sind. Ich vermute, dass da ein Kellerfenster ist, durch das ich hineinkommen kann.

»Ich versuche es von der anderen Seite«, sage ich und übergebe Zimmermann das klobige Sprechfunkgerät, das hinderlich sein wird. Das Gleiche gilt für meine Waffe, die bei ihm besser aufgehoben ist, wenn er hier zurückbleibt. Aber das tut er nicht, sondern rutscht und stolpert hinter mir um den Bombentrichter herum zur Rückseite des Anbaus.

Tatsächlich gibt es ein Kellerfenster. Aber davor wächst ein dichtes Gebüsch, für das man eine Machete brauchen würde. Ein paar Meter weiter links hat ein Baum seine Wurzeln in die Wand gekrallt. Irgendwann ist er umgestürzt und hat ein Loch in der Mauer hinterlassen. Gerade groß genug, um einen Mann hindurchzulassen. Ich hebe die Handlampe und leuchte hinein.

Der Kellerraum war früher eine Waschküche, vermutlich für das ganze Haus. Von den gekalkten Wänden hat sich der Putz gelöst und lässt das nackte Mauerwerk sehen. In den Ecken hängen dichte Spinnweben herab wie graue Fahnen. An der Kellerdecke bilden braun geränderte Wasserflecken ein bizarres Muster. In der Mitte biegt sie sich durch und zeigt frisch aufgebrochene Risse. Auf dem Boden steht ein ummauerter Kochkessel, vor dessen Feuertür noch Koksbrocken liegen. Neben ihm eine altmodische Waschmaschine, deren Fassdauben herausgefault sind. In einer Ecke eine Zinkwanne, aus der Fetzen von vermoderten Wäschestücken heraushängen. An der hinteren Wand der Waschküche ist ein Durchgang, der augenscheinlich ins Haus führt. Er ist zur Hälfte zugeschüttet. Unten rechts aber hat ein verkanteter Stahlträger den herabgestürzten Schutt aufgehalten. Da könnte ein Durchkommen sein.

Zimmermann schiebt mich zur Seite: »Die Decke, die hält noch. Keine Sorge.«

»Halte die Lampe«, sage ich und gehe in die Knie. Ich stütze mich nach vorn auf beide Hände und bringe erst das linke und dann das rechte Bein durch das Loch in der Mauer. Mache mich lang und schiebe mich langsam weiter. Das geht gut bis zum Bauch, dann fehlt noch ein gutes Stück bis zum Boden. Meine Füße suchen Halt und scharren an der Kellerwand entlang. Hat sich so der alte Engländer die Schrammen an seinen Schuhen geholt, als er sich an der Kellerwand hochgearbeitet hat?

Endlich spüre ich Boden unter den Füßen. Ich lasse den schartigen Rand des Mauerlochs los und nehme die Handlampe an, die mir Zimmermann nachreicht. Ich mache ein paar Schritte in den Raum hinein. Stolpere über einen Eimer, der scheppernd zur Seite rollt. Gehe um die alte Waschmaschine herum, trete auf eine von den morschen Fassdauben, die nicht einmal mehr einen Knacks von sich gibt, als sie zerbricht.

Ich setze die Handlampe auf den Boden und inspiziere die Türöffnung, die ins Innere des Hauses führt. Sie ist zu mehr als drei Vierteln mit Mauerschutt ausgefüllt. Nur ganz unten liegt ein Stück der Betondecke quer und hat den Schutt aufgehalten. Dort könnte ich hindurchkriechen. Doch was ist, wenn das alles ins Rutschen kommt und ich gerade darunter liege? Ist das eine Mutprobe, die ich mir hier leiste? Eine Aktion, die ich ausgebildeten Leuten mit schwerem Gerät überlassen sollte? Draußen wartet Zimmermann, der eigentlich vernünftiger sein sollte als ich. Durch das Mauerloch sehe ich seinen massigen Schädel gegen den blassen Nachthimmel stehen. Zimmermann wartet. Hat Bilder von verschütteten Bombenopfern im Kopf. Ist zu alt, um diese Arbeit selbst zu tun.

Ich hole mir die Lampe heran und lasse mich auf die Knie nieder, leuchte unter den Betonbrocken. Augenscheinlich stammt der Schuttberg von der zusammengestürzten linken Kellerwand und hat nur die Türöffnung zugeschüttet. Der Gang dahinter scheint frei zu sein. Jedenfalls die rechte Seite.

Ich überlege. Erst die Handlampe unter der Betonplatte durchschieben? Aber dann stehe ich hier im Dunkeln, was mir nicht gefallen will. Ich rufe Zimmermann zu, dass er seine Lampe einschalten und in die verdammte Gruft hineinleuchten soll. Er tut es, und ich ziehe meine Lederjacke eng um mich herum. Lege mich vor das Loch auf den Boden und beginne mich langsam voranzuschieben, der Lampe nach, die bereits einsam hinter dem Durchlass steht und in den Gang hineinleuchtet.

Als mein Kopf unter dem Betonbrocken liegt, habe ich deutliche Vorstellungen von den Steinmassen, die über mir lauern. Nur keine Panik jetzt. Ich robbe vorsichtig weiter, es wird enger. Einmal hakt sich Drahtgeflecht an meiner Jacke fest, und ich muss ein Stück zurück, um mich zu befreien. Ich zerre an dem Draht und reiße mir den Handballen auf. Fluche und habe

Mühe, an mein Taschentuch zu kommen, um das Blut zu stillen. Dann bin ich durch. Ich richte mich auf, hebe die Handlampe auf und gehe bis zum Ende, wo sich ein Quergang anschließt.

Plötzlich ist Dunkelheit um mich. Die Handlampe hat den Geist aufgegeben. Nur durch die Öffnung unter dem Balken fällt noch ein schmaler Streifen Licht. Dann verschwindet auch der. Zimmermann hat seine Lampe ausgeschaltet, will Strom sparen. Ich rufe, dass er sie wieder einschalten soll. Warum hört der mich nicht? Wahrscheinlich ist er das Rumstehen leid und hat sich draußen einen Platz zum Sitzen gesucht.

Die Dunkelheit ist schwarz wie ein Sargtuch. Ich taste nach dem Schalter an meiner Lampe. Knipse ihn zweimal hin und her. Nichts. Ich fluche und stelle sie hart auf den Boden. Das bringt sie zur Besinnung. Sie flackert einmal und funktioniert wieder. Ich bücke mich und schraube das Deckglas ab, drehe die Birne fest an und verbrenne mir die Finger.

Weiter. Der Kellerraum unter dem Bombentrichter muss jetzt rechts von mir liegen, am Ende des Quergangs. Ich befürchte, dass der nach ein paar Metern verschüttet sein wird. Doch das ist er nicht. Nur ganz am Ende reicht ein Berg von Steinen bis zur Decke hinauf.

Dann sehe ich auf der rechten Seite das Ganges eine stählerne Tür, die halb aus ihrem Rahmen gerissen ist. Eine Luftschutzraumtür mit Handhebeln oben und unten auf der Außenseite. Innen sind die Hebel abgeschraubt. Merkwürdig. Der Raum hinter der Tür muss meiner Schätzung nach unter dem Bombentrichter liegen. Was sich als richtig erweist, als ich das Licht der Lampe kreisen lasse. Ich sehe drei sauber verputzte Kellerwände, davor umgestürzte Holzbänke und eine zerfledderte Matratze, die auf dem Boden liegt. Hier haben die Hausbewohner bei den Luftangriffen Schutz gesucht. Die vierte Wand besteht aus einer Steinlawine, die den Raum bis zur Hälfte ausfüllt. Davor liegen Trümmerbrocken. Einer von ihnen ist so groß wie ein halber Kleiderschrank und liegt einem Mann auf der Brust, der mich mit gebrochenen Augen ansieht. Zwei Schritte weiter ragen Beine aus der Steinlawine hervor. Noch ein Toter.

Ich stelle die Handlampe auf den Boden und drehe den Reflektor nach oben gegen die Decke. Jetzt erhellt das Licht den Raum einigermaßen gleichmäßig. Ich bücke mich zu dem Toten hinunter, auf dessen Brust das große Trümmerstück liegt. Es ist ein alter Mann. Wie der in der Fleischmengergasse. Sein Kopf ist halb zur Seite gedreht. Aus dem Mund ist Blut geflossen, das im Mörtelstaub auf den Boden zu einer braunen Kruste geronnen ist. Ich gehe zu dem anderen Toten herüber, von dem nur die Beine zu sehen sind. Sein Gesicht unter den Steinen mag ich mir nicht vorstellen.

Opfer eines tödlichen Unfalls sind die beiden Männer nicht. Ich weiß es. Ich habe die Zündleitung gesehen. Das hier ist ein Tatort. Doch es gibt keine Kollegen um mich herum wie früher, als ich noch Polizist war. Keine krächzenden Stimmen aus den Funkgeräten, kein Publikum hinter den Absperrungen, keine Zeitungsleute. Ich bin allein mit den beiden toten Männern in dieser feuchten Gruft, in der sich mir modrige Luft auf die Brust legt.

Ein Tatort. Zwei Männer sind unter Trümmern umgekommen. Ermordet durch eine Bombe, die man über ihnen gezündet hat. Welches Motiv kann es dafür gegeben haben?

In einer Ecke liegt ein großes Foto auf dem Boden. Die Ecken sind ausgerissen, als ob es vorher an der Wand gehangen hätte. Ich bücke mich und nehme es in die Hand. Es ist mit Mörtelstaub bedeckt, aber das Bild ist gut zu erkennen: Auf einer Straße, vor den Trümmern eines zerbombten Hauses, liegen Leichen. Drei Frauen und zwei Kinder. Vor ihnen stehen Leute und sehen auf sie herab. Vor den Männern auf dem Bild Werkzeuge auf der Erde. Pickhacken und Schaufeln. Einer kniet vor der Leiche eines Kindes. Zwei Frauen halten sich umschlungen. Eine bedeckt ihr Gesicht mit den Händen. Quer über den oberen Teil des Bildes läuft ein handgeschriebener Text:

»Pilots and bombaimer! Look at the victims and you know why you are here. Above your head is a misfire of a british bomb. Prepared to kill you in 20 minutes from now. This is no bloody joke. Count the minutes.«

Ich lasse meine Hand mit dem Bild sinken und blicke hinüber

zu den beiden Toten. Die Botschaft auf dem Bild war für sie bestimmt. Jemand hat gewusst, dass sie während des Krieges Piloten und Bombenschützen waren. Sie haben die Bomber geflogen und die Bombenschächte über Köln geöffnet. Nur so können diese Zeilen zu verstehen sein. Die Aufforderung, die toten Frauen und Kinder auf dem Bild anzusehen. Die Ankündigung, dass über ihren Köpfen ein Blindgänger steckt, der in zwanzig Minuten gezündet würde, um ihnen das gleiche Schicksal zu bereiten. Die Versicherung, dass es sich nicht um einen blutigen Scherz handele. Die Aufforderung, die Minuten bis zu ihrem Tod zu zählen. Ein Doppelmord, inszeniert wie ein Theaterstück. Und ich bin sicher, dass es noch ein drittes Opfer gibt: den Toten in der Fleischmengergasse.

Alles fügt sich zu einem Horrorszenario zusammen: Man hat die englischen Flieger in diesen Keller gelockt. Auf welche Weise auch immer. Der Blindgänger wurde zur Explosion gebracht, und zwei Männer starben unter den Trümmern. Ein Dritter überlebte und konnte sich aus dem Keller befreien. Irrte durch die Trümmerlandschaft und wurde gleichfalls getötet. Weil er davongekommen war.

Wer waren die Mörder? Ein Einzelner kann es kaum gewesen sein. Aber einer muss den Plan gehabt haben. Einer, der eine späte Rache nehmen wollte. Aber er hat Spuren hinterlassen. Vor allem das Bild mit den Bombenopfern, die Botschaft an die Engländer, mit der Hand geschrieben. Ich rolle es zusammen und weiß erst mal nicht, wohin damit. Einfach knicken? Das geht, obwohl es aus dickem Fotopapier ist. Ich falte es zusammen und schiebe es in meine Jackentasche. Warum tue ich das, anstatt es an Ort und Stelle liegen zu lassen, so, wie ich es als Polizist getan hätte? Habe ich einen Hintergedanken dabei, über den ich mir noch nicht klar bin?

Die Steinlawine, unter der die Toten liegen, hat den Keller nur zur Hälfte zugeschüttet. Neben den beiden Toten ragt ein Metallbügel aus den Trümmern. Ich bücke mich und versuche ihn herauszuziehen. Dabei lösen sich ein paar Steine und poltern mir vor die Füße. Ich gebe es auf, weil ich auch so erkenne, wozu dieser Bügel gehört. Es ist eine Handlampe, ähnlich wie meine. In ihrem Licht haben die Männer ihr Todesurteil gelesen. Und auf ihren Uhren die Minuten bis zu ihrem Ende gezählt. Grausam.

Ich verdränge die Vorstellung, und es kommt mir ein Gedanke, den ich längst hätte haben sollen: *Pilots and bombaimer.* Wer sagt, dass damit nur diese beiden Männer und der Tote in der Fleischmengergasse gemeint waren? Könnte es nicht noch weitere Opfer in diesem Keller geben? Verschüttet, tot oder womöglich noch lebendig? Ein Räumtrupp muss her. Die Feuerwehr, das THW. Wer auch immer.

Ich hebe die Handlampe auf und lasse die toten Augen hinter mir im Dunkel zurück. Als ich wieder in der alten Waschküche stehe, fühle ich mich plötzlich erleichtert.

Zimmermann streckt die Hand durch den Mauerdurchbruch und hilft mir hinaus. Wieder scharren meine Schuhe an der Kellerwand entlang, und ich muss an den alten Engländer denken, der jetzt im Leichenschauhaus liegt. Das dritte Opfer. Zimmermann reicht mir das Sprechfunkgerät, und ich gebe meinen Bericht an die Wache in der Hahnentorburg durch. Dabei spreche ich von einem Unfallort, nicht von einem Tatort.

Eine halbe Stunde danach rückt die Feuerwehr an. Es stellt sich heraus, dass es außer den beiden Toten keine weiteren Opfer unter den Trümmern gibt. Gegen drei Uhr gehen Zimmermann und ich müde nach Hause. Das Foto schließe ich in meinen Schreibtisch ein. Doch damit ist es nicht aus meinem Kopf. Es bringt mich auf einen Gedanken, über den ich morgen mit Hanna reden muss.

5.

Zeitungsleute sind gefährlich, wenn man etwas zu verheimlichen hat. Da habe ich meine Erfahrungen. Und ein halbes Dutzend von ihnen wartet jetzt in von Herwarths Büro auf mich. Seit fast einer Stunde. Was ihnen genug Zeit gelassen haben wird, sich zu ärgern und Fragen zurechtzulegen, die mir nicht in den Kram passen. Vor allem die: Wusste ich von einer Zündleitung, die man vielleicht doch noch gefunden hat? Könnte Zimmermann geredet haben, obwohl er mir versprochen hat, es nicht zu tun? Eigentlich hat er doch akzeptiert, dass ich sie verheimlichen wollte.

Die lange Nacht bei den Bergungsarbeiten am Wasserturm sitzt mir noch in den Gliedern. Aber ich muss wachsam sein bei dem, was ich sage. Dieser Vormittag wird mir wenig Freude machen. Von Herwarth hat die Sache mit der Presse in die Hand genommen und mir die Reporter vom Hals gehalten, die mich schon in meinem Büro interviewen wollten. Also begrüße ich ihn mit einem dankbaren Lächeln. Nahezu herzlich bemühe ich mich um die Presse, die um den großen Tisch herumsitzt, den von Herwarth an den seinen angedockt hat. Es sind Frank Siebert vom Express, Neubauer vom Stadtanzeiger und Bühring von der Rundschau. Zwei andere sehen auch aus, als wären sie von der Presse, aber die kenne ich nicht. Mit dem Rücken zum Fenster steht der Fotograf, der schon während der Nacht Bilder bei den Räumarbeiten gemacht hat. Die liegen bereits ausgebreitet auf dem Konferenztisch. Den Stuhl an der Schmalseite hat man offensichtlich für mich freigehalten. Ich setzte mich und sehe freundlich in die Runde.

Von Herwarth macht den Anfang und stellt mich vor. Unnötigerweise, wo doch alle wissen, auf wen sie hier fast eine Stunde gewartet haben. Ich entschuldige mich, und alle tun verständnisvoll. Bedauernswerter Sicherheitschef, musste die halbe Nacht zugucken, wie man Leichen ausgräbt.

Der Fotograf löst sich vom Fenster, langt über den Tisch und schiebt die Fotos zu mir herüber. Dabei stützt er sich vertraulich auf meine Schulter, als wären wir in der Nacht Kumpel geworden. Ich warte, bis er die Hand wegnimmt und sehe mir das erste an. Es zeigt den Aufmarsch der Rettungsmannschaft, die um den Bombentrichter herumsteht und beratschlagt. Mit den nächsten Fotos ist der Fortgang der Arbeiten dokumentiert. Alle sind eindrucksvoll schwarzweiß fotografiert und haben eine bedrückende Ähnlichkeit mit den vertrauten Kriegsbildern. Auf den letzten sieht man die beiden zugedeckten Toten neben dem schwarzen Leichenwagen auf der Erde liegen. Und, was ich nicht verhindern konnte, meine Gestalt im Hintergrund. Ich schiebe die Bilder zusammen und sehe für einen Augenblick das Foto mit der Todesbotschaft an die englischen Flieger vor mir, das zu Hause in meinem Schreibtisch liegt. Und das eigentlich mit auf dem Tisch liegen müsste.

»Gute Bilder«, sage ich. »Sehr geeignet, um Leute gegen Nekropolis aufzubringen. Wenn man so was will.«

Frank Siebert grinst mich an: »Die Presse ist verpflichtet, ihre Leser wahrheitsgemäß zu informieren. Da ist es nicht zu vermeiden, dass in diesem Falle ein paar Leute Angst kriegen und keine Lust mehr haben, auf dem Minenfeld Nekropolis spazieren zu gehen.«

Minenfeld! Das ist das Stichwort für Bodo von Herwarth.

»Ich kann mir wirklich nicht vorstellen, dass Sie ein Wort wie ›Minenfeld‹ in Ihrer Berichterstattung benutzen werden, verehrter Herr Siebert. Ich verstehe es als eine nicht ernst gemeinte Wortwahl. Zumal wir ja hier zusammensitzen, um uns den Ablauf der Dinge von Herrn Lukas im Einzelnen schildern zu lassen. Was, wie ich vermute, genug Stoff für die Presse hergeben wird.«

Doch zu der interessanten Story lassen es die Herren Journalisten erst gar nicht kommen. Sie fragen. Der Erste ist Neubauer: »Gehört es nicht zu Ihren Aufgaben als Sicherheitschef, dafür zu sorgen, dass keine Unbefugten das Sperrgebiet betreten können, wenn schon nicht ausgeschlossen werden kann, dass immer noch Bombenblindgänger in den Trümmern liegen?«

Ein Angriff. Ungeschminkt. Ich zwinge mich, ganz, ganz ruhig zu antworten.

»Sie alle kennen den hohen, teilweise sogar mit Stacheldraht bewehrten Zaun rings um Nekropolis. Er hat insgesamt eine Länge von fast fünf Kilometern. Es ist eine absolute Unmöglichkeit zu verhindern, dass es gelegentlich gelingt, ihn so zu beschädigen, dass ein Durchlass entsteht. Deshalb wird er täglich von unserem Bautrupp kontrolliert, der möglichst sofort für eine Reparatur sorgt. Eine denkbare Alternative wäre eine Mauer. Dass sie jedoch keine bessere Lösung wäre, beweist das Beispiel der Berliner Mauer, um die herum die DDR sogar noch Sicherheitszonen anlegen musste, um sie dicht zu machen. Zugegeben ein etwas makabres Beispiel. Tatsächlich aber ist ein Drahtzaun, der Sicht auf das Gelände freigibt, die bessere Lösung. Und vergessen Sie bitte nicht, dass überall Schilder eindringlich vor dem Betreten der Trümmerfelder warnen. Dass ein mutwilliges Übertreten auf eigene Gefahr geschieht, ist damit jedem klar. Womit Ihre Frage nach meiner persönlichen Verantwortung hierfür wohl beantwortet sein dürfte.«

Frank Siebert kommt mir zur Hilfe, besinnt sich wohl auf die vielen Biere, die wir gemeinsam im Päffgen getrunken haben.

»Na ja, das ist vielleicht auch nicht der Punkt, an dem wir in erster Linie interessiert sind. Wichtiger wäre uns zu erfahren, wie du auf die Vermutung gekommen bist, dass in dem Keller Menschen gewesen sein könnten, als der Blindgänger hochgegangen ist. Schließlich war das ja nicht unbedingt zu erwarten.«

Ich muss herausfinden, was die bereits wissen. Also frage ich, ob ihnen die Personalien der Unfallopfer bekannt sind. Ja, das wären sie, sagt Bühring und hat keine Einwände gegen die Bezeichnung Unfallopfer. Was mit Sicherheit der Fall gewesen wäre, wenn er etwas von der Zündleitung gewusst hätte.

»Es waren Engländer, alle über siebzig. Haben zu dritt im Brabanter Hof gewohnt«, sagt er und sieht auf seinen Notizblock, der vor ihm liegt. »Heißen Coullen, McNeal und Peabody. Wie vielleicht nicht alle hier am Tisch wissen, ist dieser Mr Peabody der Ermordete, den man gestern Morgen in der Fleischmengergasse aufgefunden hat. Wo ist da eine Verbindung? Ein krimineller Zusammenhang wäre denkbar, bei der Unsicherheit, die inzwischen in Nekropolis herrscht. Der Raubüberfall in dem alten Luftschutzkeller beispielsweise. Gibt doch zu denken.«

Von Herwarth am anderen Ende des Tisches hält sich bedeckt, blättert in seinen Papieren herum. Neubauer meldet sich. Sieht auf seine Uhr, als ob die etwas zu tun hätte mit dem, was er loswerden will. Beugt sich vor und spricht mich direkt an.

»Wie von Herrn Zünder, dem Chef vom Kampfmittelbeseitigungsdienst, zu erfahren war, haben Sie mit ihm gemeinsam den Ort besichtigt, an dem die Explosion stattgefunden hat.«

Ich nicke. Was kommt jetzt? Doch die Sache mit der Zündleitung?

»Das war am Vormittag gegen neun Uhr dreißig«, referiert Neubauer. »Aber erst gegen zwanzig Uhr haben Sie sich mit dem Touristenführer Zimmermann aufgemacht, um in dem verschütteten Keller nach Überlebenden zu suchen. Können Sie uns das erklären?«

»Kann ich«, sage ich und lächele möglichst gewinnend in die Runde. »Jetzt kommt die Story, mit der Sie etwas anfangen können, im journalistischen Sinne, meine ich.«

Von Herwarth schaut ermunternd.

»Wie Sie ganz richtig bemerkt haben, bestand kein Anlass, die Blindgängerexplosion mit einem Personenschaden in Verbindung zu bringen. Also habe ich mir lediglich den entstandenen Bombentrichter angesehen und den Bericht durchgelesen, den Zünder bereits aufgesetzt hatte. Ohne Zweifel eine unangenehme Sache, diese Explosion. Aber auch nicht mehr. Dann, auf dem Rückweg zu meinem Büro, erreichte mich per Sprechfunk die Nachricht von dem Leichenfund in der Fleischmengergasse. Eine Angelegenheit, die den Sicherheitsdienst weitaus mehr interessieren musste als dieser Blindgänger.«

Einige Herren von der Presse machen sich Notizen, und ich frage, ob die wesentlichen Einzelheiten zu dem Mordfall bekannt sind. Man nickt. Ich mache eine bedeutungsvolle Pause und präsentiere den Knüller, den sie brauchen.

»Was jedoch weder der Kripo noch sonst jemandem aufgefallen ist, war der Mörtelstaub, der stellenweise auf der Leiche lag. Erst Herr Zimmermann, der als Zeitzeuge die Bombenangriffe noch selbst erlebt hat, erinnerte sich später daran, dass die Bombenopfer, die man nach den Angriffen aus den verschütteten Kellern ausgegraben hatte, häufig mit Mörtelstaub bedeckt waren. Das brachte ihn auf den Gedanken, dass der Ermordete in der Fleischmengergasse möglicherweise vorher bei der Bombenexplosion am Wasserturm verschüttet wurde. Und dass dort eventuell noch weitere Personen zu Schaden gekommen waren. Nach dieser alarmierenden Überlegung haben wir uns sofort zur Unfallstelle begeben und nachgeforscht.«

Ich lehne mich zurück und sehe schon die Schlagzeilen in ihren Köpfen. »Mörtelstaub löst Bergungsaktion für Bombenopfer aus.« Das wäre doch mal was. Natürlich sind die Jungs noch nicht zufrieden mit dem, was ich ihnen erzählt habe. Die wollen erfahren wie das ist, wenn man in einem verschütteten Keller herumkriecht und Schauriges entdeckt. Können sie. Ich habe immer schon gern Geschichten erzählt. Frank Siebert kennt das von den Pressekonferenzen, auf denen Hauptkommissar Lukas das Wort führte. Deshalb gibt er mir auch verstohlen grinsend das Stichwort.

»Du hast ja was riskiert, als du allein in die verschütteten Kellerräume vorgedrungen bist. Das wird unsere Leser schon interessieren. Erzähl einfach mal.«

Das tue ich dann auch. Ein bisschen lockerer im Ton als früher im Polizeipräsidium, aber angemessen bescheiden. Streiche Heinrich Zimmermann als den Initiator heraus und habe kein Problem damit, das Foto mit der Todesbotschaft total zu vergessen. Mein Bericht dauert knappe fünf Minuten, reicht aber offensichtlich aus, um den Herren von der schreibenden Zunft genug Stoff für eine publikumswirksame Fassung zu geben. Als ich abschließend in die Runde sehe, gibt es ein flüchtiges Danke, schon halb im Stehen, weil alle schnell in ihre Redaktionen wollen.

Auch von Herwarth hat es eilig, wegzukommen. Genau wie ich. Morgen früh wird unser geschätzter Mr Haskins sein Deutsch an den Zeitungsartikeln erproben, die von dem Zwischenfall im Sperrgebiet berichten. Dramatische Formulierungen könnte er in den falschen Hals kriegen. Ich muss zusehen, dass mein Report noch vorher in seine Hände kommt. Hanna wird ihn gleich in den Computer tippen.

Kaum sind wir mit dem Bericht fertig, meldet sich am Telefon die Filmcrew, die in den Ruinen an der Krebsgasse Kriegsszenen dreht. Es gibt Probleme mit der Absperrung. Randalierer haben sich an den Nazi-Uniformen der Komparsen gestört. Man hat die Dreharbeiten stoppen müssen und will, dass wir eingreifen. Dieser Tag hält mich auf Trapp.

Drehgenehmigungen in Nekropolis sind ein gutes Geschäft für die Company. Es vergeht selten ein Monat, in dem keine Kriegsruinen für einen Film gebraucht werden. Dazu kommt, dass die Filmarbeiten eine zusätzliche Attraktion für unsere Besucher sind. Also sind wir sehr an ihnen interessiert. Allerdings nur, solange wir nicht zusätzliches Personal zur Absicherung einsetzen müssen.

Der Aufnahmeleiter hat die Sache dringend gemacht. Will möglichst viele Leute von mir bekommen, da sei irgendwas im Busch. Ich ahne, was es ist, und trommele alle verfügbaren Männer der Tagesschicht für einen Alarmeinsatz zusammen. Hans, der Wachhabende, fragt, ob sie die Schlagstöcke mitnehmen sollen, die normalerweise im Schrank bleiben. Weil ich bereits gewisse Vorstellungen von dem habe, was uns gleich am Drehort erwartet, sage ich ja.

Wir bewegen uns im Laufschritt Richtung Neumarkt. Eine Touristengruppe, die gerade die Ruine der Apostelnkirche besichtigt, sieht uns verwundert nach.

Der Drehort ist weiträumig mit rot-weißen Bändern abgesperrt. Ein paar Dutzend Schaulustige haben sich daran entlang aufgereiht und recken die Hälse. Am Set steht eine Reihe von großen Scheinwerfern, die dunkel in die Gegend glotzen. In der Mitte der Krebsgasse hat man Schienen verlegt, auf denen ein einsamer Kamerawagen wartet. Ein paar Filmleute stehen vor einem Gerätewagen zusammen und diskutieren. An einer Stelle liegt das Absperrband auf der Erde, dort, wo eine Gruppe von Leuten an das Set vorgedrungen ist. Alles kräftige Gestalten, meist in Bomberjacken. Fehlen nur die Strumpfmasken, und die Szene könnte in Berlin Kreuzberg spielen. Die Typen johlen und schreien auf die Komparsen in den SA-Uniformen ein, die sich verschreckt zu einem braunen Igel formiert haben.

Eine echte Demo kann das nicht sein. Neonazis würden nicht auf SA-Uniformen losgehen. Und Anti-Nazis? Was hätten die für einen Grund? Höchstens, dass man die armen Komparsen beschuldigt, für Geld die Symbole der Nazizeit zum Leben zu erwecken. Lächerlich! Ich sehe nur einen Grund: Die Typen sind bestellt und bezahlt, um Volkszorn gegen Nekropolis darzustellen. Bilder zu liefern, die sich gut in den Medien machen. Wer fragt da schon nach Motiven? Ein Kameramann ist auch dabei. Und zwei Fotografen, die sich professionell gebärden.

Wir drängen uns durch die Zuschauer. Dann zwischen die Demonstranten. Schaffen Distanz zu den Braunen. Meine Leute tragen ihre dunkelblaue Uniform. Aber das verschafft ihnen kaum Respekt. Es scheinen die amerikanischen Schlagstöcke mit dem abgewinkelten Griff zu sein, die abschrecken, ohne dass sie zum Einsatz kommen. Oder haben die Typen Anweisung, sich nicht auf Gewalt einzulassen?

Einer von ihnen hat eine Trillerpfeife, mit der er ein Signal gibt. Keine Minute später sind die Bomberjacken verschwunden. Meine Leute stecken die Schlagstöcke weg, und der braune Igel löst sich auf. Die Filmleute brauchen Zigaretten, und der blasse Regisseur kommt, um sich zu bedanken.

Gleich im Büro habe ich wieder einen Bericht zu schreiben. Wie ich das liebe! Aber heute Abend, heute Nacht, bin ich bei Hanna. Wir sollten sehen, dass wir keine Überstunden machen.

6.

Hanna mag meine Wohnung nicht. Verrückte Designermöbel, vom Yuppie-Vormieter übernommen. Kalte, pickelige weiße Raufaserwände, Bilder ohne Sinn an den Wänden. Hier würde sie nicht einziehen, sagt sie. Was mich betrifft, ist ein Geschmackswandel angesagt. Vorausgesetzt, es bleibt bei meinem derzeitigen Kontostand.

Ich nehme eine Dusche, und die kräftigen Wasserstrahlen aus dem edlen englischen Brausekopf spülen Stress und Zukunftssorgen in den freundlich gurgelnden Abfluss. Als ich die Wohnung verlassen will, um nach Weiden in die Ostlandstraße zu fahren und Hanna in ihrem bescheidenen Heim zu besuchen, meldet sich ein Problem. Soll ich Hanna das Foto zeigen, das ich unterschlagen habe? Wenn sie mir meinen Plan ausreden will, den Fall allein aufzuklären, ist der Abend gefährdet. Ich entscheide mich dafür, der Gefahr ins Auge zu sehen, und gehe zurück zu meinem Schreibtisch, in dem ich das Foto eingeschlossen habe. Ich stecke es in die Innentasche meiner Jacke, ohne es noch einmal anzusehen.

In der Diele nehme ich den Autoschlüssel vom Haken und gehe hinüber zur Tiefgarage am Rudolfplatz.

Es gibt mir ein gutes Gefühl, mich im Ledersitz meines alten Fiat Spiders zurechtzuräkeln. Den Oldtimer aus den Siebzigern habe ich von meinem USA-Aufenthalt mitgebracht. Inzwischen ist er zu einem teuren Reparaturspaß geworden. Ich beginne das übliche Spiel mit Choke und Gaspedal, bis er mir die Freude macht, anzuspringen. Während ich die beiden Etagen der Tiefgarage hinauffahre, lausche ich angestrengt auf das Blubbern des Auspuffs. Dann beginnt die Maschine rund zu laufen, und meine Sorgenfalten auf der Stirn glätten sich. Vor der Ausfahrt blockiert ein babyblauer BMW die Schranke. Ich verkneife mir die Hupe und nutze die Zeit, um meinen warmen Schal vom Rücksitz zu fischen, der mir bisher die teure Reparatur des undichten Verdecks erspart hat. Endlich erscheint eine verwegen gestylte

Dame, die entschuldigend mit ihrem Parkticket wedelt. Als sie mit quietschenden Reifen entschwunden ist, fahre ich die Ausfahrt hinauf und reihe mich in die Abbiegerspur zum Hohenstaufenring ein. Dann beginnt der lästige Turn rund ums Karree, zurück zur Aachener Straße.

Wie immer ist der abendliche Verkehr stadtauswärts eine Stop-and-go-Tour. Im Rückspiegel verfolgt mich die angestrahlte Hahnentorburg, in der morgen neue Probleme auf mich warten werden.

Die Aachener Straße hat mit einigen Fassaden aus der Vorkriegszeit noch etwas von ihrem ehemaligen Gesicht behalten. Dazwischen stehen die glatten Neubauten. Fast alle Häuser beherbergen Geschäfte oder Gastronomie. Im Schatten der Millowitschbühne stemmen sich ehrgeizige kleine Theater gegen den Publikumsgeschmack. Neben noblen Läden sorgen voll gestopfte Kioske mit bierseligem Stehpublikum für kölsches Flair. Hinter der Eisenbahnbrücke verbreitert sich die Fahrbahn. Mehrere Abzweigungen führen in das ausgedehnte Neubaugebiet entlang der Inneren Kanalstraße. Hier haben die ehemaligen Grünflächen Bauten weichen müssen, die man gern auf dem Gelände von Nekropolis errichtet hätte. Eine wenig attraktive Ansammlung von Bürokomplexen, Wohnhäusern und Ladenzeilen. Dazwischen ein paar Wohntürme, die mit ihrer Aussicht auf den Dom werben.

Als ich noch Polizist war, habe ich hier ein Apartment bewohnt, dessen Hauptvorteil darin bestand, dass unten im Haus eine berüchtigte Single-Kneipe war. Und ich dort ein gern gesehener Thekengast.

Vor der Kreuzung mit der Stadtautobahn trifft mich ein Blitz aus der Radarfalle. Zum zweiten Mal in diesem Monat. Reumütig nehme ich den Fuß vom Gas.

Hinter Melaten kriege ich für die nächsten Kilometer die grüne Welle zu packen. Dann staut sich der Verkehr vor dem Abbieger zur A1, wo ein Sattelschlepper die Kurve nicht gekriegt hat. In der Ostlandstraße fahre ich die endlose Reihe geparkter Autos ab und suche eine Lücke. Dann schert vor mir ein Off-Roader mit blitzendem Stoßstangenschmuck aus. Der Dicke hinter dem Lenkrad schaut mich von oben herab an. Ich parke in die Lücke ein, steige aus und muss die Fahrertür zwei Mal zuschlagen, ehe sich der Schlüssel dreht. Wieder ein neues Oldtimer-Wehwehchen. Ich wandere die Häuserreihe entlang und schaue zu den Fenstern hinauf. Warum haben so viele Menschen eine Deckenbeleuchtung mitten im Zimmer? Haben die Angst vor dunklen Ecken? Jedes Mal muss ich in dieser Straße auf die Hausnummern achten. Alle Häuser sind gleich, bis auf die Graffitis an den Mauern. Neben Hannas Haustür ist ein neues Werk entstanden. Ein Hakenkreuz, dessen Haken in die falsche Richtung zeigen.

Auf einem Messingschildchen steht der Name Hanna Steguweit ordentlich eingraviert. Ich klingele. Dann quäkt die Sprechanlage. Ich sage mit barscher Stimme »Sicherheitsdienst« in das Blechgitter. »Sie können raufkommen«, antwortet Hanna, »ich bin nicht angezogen.« Hannas Humor. Den kann ich heute gebrauchen.

Hanna hat die Wohnungstür angelehnt und verursacht Tellergeklapper in der Küche. Ich hänge meine Lederjacke auf und schleiche mich vorsichtig an.

»Treten Sie ruhig näher, wenn Sie der Bulle aus der Sprechanlage sind«, sagt sie und bringt ihre Figur im lässigen Homedress vor dem Elektroherd zur Geltung.

»Oder sind Sie mein Chef, der nur gekommen ist, um was Gutes zu essen zu kriegen?«

»Nein«, sage ich und nehme sie in die Arme, »ich bin die Nachspeise, die Sie bestellt haben.«

Hannas Wohnung ist klein. Wohnzimmer, Schlafzimmer, Küche, Diele. Bad sogar mit Wanne. Die meisten Möbel von Ikea, sehr hübsch, wie ich ihr immer wieder versichert habe, wenn etwas Neues hinzugekommen ist. Als Letztes der Tisch mit der Glasplatte, an dem wir uns jetzt gegenübersitzen. Vor uns Quiche aus dem Backofen. Dazu Prosecco aus den geerbten Gläsern, in denen sich das Kerzenlicht spiegelt. Später beim Espresso aus der neuen Maschine wird es ernst.

»Reden wir doch mal über die Sache mit den Engländern«, sagt Hanna leichthin, als ob es um Büroklatsch ginge. »Ich krieg das alles nicht so richtig auf die Reihe. Der erschossene Mann, den Zimmermann gefunden hat, und die Toten von der Blindgängerexplosion. Irgendwas fehlt mir da in dem Bericht, den du diktiert hast.«

Im Hintergrund gibt sich der alte Kühlschrank einen Ruck und lässt die Teller klappern, die Hanna auf ihm abgestellt hat. Aus der Nachbarwohnung dringt Unfreundliches zwischen Mann und Frau herüber. Dann donnert eine Tür ins Schloss, und es wird still.

»Weg ist er. Macht er jeden Abend, wenn er zu Käthchen in die Kneipe will«, sagt Hanna und wartet darauf, dass ich zur Sache komme.

»Die Fakten kennst du ja«, sage ich. »Bis auf zwei.«

Hanna zieht die Augenbrauen hoch und sagt leise: »Aha.«

»Als ich Zünder am Wasserturm getroffen habe, hat er mich auf zwei verdächtige Drähte aufmerksam gemacht, die zwischen den Steinen herausragten. Er meinte, dass es Reste von einer Zündleitung sein könnten und dass der Blindgänger vielleicht von irgendjemandem zur Explosion gebracht worden wäre. Aus welchem Grund auch immer. In seinem Bericht hat er aber nichts davon erwähnt. Wäre schließlich meine Sache, ob ich damit hausieren ginge und der Presse Futter für unangenehme Schlagzeilen geben würde.«

»Weiß Zimmermann davon?«, unterbricht mich Hanna und hat eine steile Falte auf der Stirn.

»Ja, ich habe ihm Stücke von den Drähten gezeigt. Am Abend im Päffgen. Und dabei ist er auf die Verbindung zu dem Toten in der Fleischmengergasse gekommen. Durch den Mörtelstaub, den der auf seiner Kleidung hatte. Aber das weißt du ja aus meinem Report.«

Hanna folgert: »Und das hat Zimmermann auf den Gedanken gebracht, dass der erschossene Engländer einem geplanten Anschlag zum Opfer gefallen ist. Zwei Mal sogar. Erst sollte er unter den Trümmern umkommen, und weil das nicht geklappt hat, ist er anschließend erschossen worden. Richtig?«

Ich nicke.

»Und jetzt glaubt die Polizei, dass der alte Mann von einem

Kriminellen umgebracht worden ist. Dein Freund Hucklenbroich ist also auf der falschen Fährte, und du weißt es.«

Hanna kneift die Augen zusammen.

»Und von den beiden verschütteten Engländern denken alle, dass sie nur ein paar leichtsinnige Touristen waren. Zufällig zwischen den Trümmern unterwegs, als der Blindgänger von allein hochgegangen ist.«

»Alles richtig«, sage ich. »Und jetzt zeige ich dir, warum das mit der falschen Fährte auch so bleiben soll. Vorerst jedenfalls.«

Ich stehe vom Tisch auf und gehe in die Diele, wo meine Jacke hängt, hole das Foto aus der Innentasche und setze mich wieder an den Tisch. Dann schiebe ich die Espressotassen zur Seite und falte das Bild mit der Todesbotschaft an die Engländer auseinander.

»Lies, was da steht, und du weißt, wie die beiden Fälle zusammenhängen.«

Ich warte und beobachte ihr Gesicht. Gleich wird sie sagen, dass ich ein falsches Spiel spiele, und fragen, warum zum Teufel ich so was mache. Aber das tut sie nicht. Sie zeigt mit dem Finger auf den oberen Teil des Fotos, wo der Text steht, und fragt scheinbar ungerührt: »Bombaimer, was heißt das?«

»Bombaimer heißt Bombenschütze«, sage ich und gebe zu, dass ich mir die Vokabel auch erst zusammensetzen musste. Bombe und Ziel. Eigentlich ganz einfach.

»Die Anrede bezieht sich ganz präzise auf Piloten und Bombenschützen«, überlegt Hanna. »Dann muss der Schreiber genau gewusst haben, wen er in dem Keller umbringen wollte. Nicht irgendwelche Besatzungsmitglieder, sondern Männer, die eigenhändig Bomber nach Köln geflogen oder auf den Auslöser für den Bombenabwurf gedrückt haben. Woher hat er die gekannt?«

Ich zucke die Achseln. »Persönlich gekannt nicht unbedingt. Aber mit Sicherheit ihre militärische Vergangenheit.«

Sie will mehr wissen. »Was sagt Zimmermann dazu, dass du das Foto unterschlagen hast?«

»Nichts. Er weiß nichts davon.«

Im Hintergrund stößt die Espressomaschine einen Schnarcher

aus und füllt die Pause. Dann setzt Hanna die Ellbogen auf den Tisch und stützt das Kinn mit beiden Fäusten.

»Du behältst dein Wissen für dich, weil du die Sache selbst aufklären willst. Auf die Gefahr hin, dass es dir nicht gelingt und der oder die Mörder ungestraft davonkommen. Lukas, der erfolgreiche Ermittler, der besser ist, als es die Polizei erlaubt. Wörtlich genommen. Findest du das in Ordnung?«

Ich bemühe mich um eine unbewegte Miene. Eitelkeit ist eine Unterstellung, die ich mir ungern gefallen lasse. Ich unterdrücke eine scharfe Erwiderung.

»Du solltest mich mal fragen, warum ich den Fall selbst aufklären will.«

»Also gut, ich frage. Was ist dein Motiv?«

Meine Antwort klingt nicht besonders freundlich. Schließlich haben wir oft genug über das Thema gesprochen.

»Wie lange gibst du Nekropolis noch, Hanna? Ein Jahr? Vielleicht nur noch ein halbes? Wie wird es dann mit meiner Zukunft aussehen? Lukas, der wegen eines ansehnlichen Gehaltsschecks seinen Job als Hauptkommissar an den Nagel gehängt hat, steht plötzlich im Regen. Wer nimmt schon einen ehemaligen Sicherheitschef, dessen Arbeitgeber den Laden dichtmachen musste, nicht zuletzt wegen unbestreitbarer Sicherheitsmängel?«

Hanna hat die Fäuste vom Kinn genommen und lehnt sich zurück.

»Du willst deinen eigenen Sicherheitsdienst aufmachen, ist es das? Und da soll dir die Aufklärung der beiden Fälle richtig Presserummel einbringen. Sozusagen als Gründungskapital. Justus Lukas, der ganz allein einen der sensationellsten Fälle der letzten Jahre löst. Wow!«

»Genau. Und dass die Mörder ungestraft davonkommen, darum mach dir mal keine Sorgen. Ich werde sie finden. Könnte ja auch sein, dass du mir dabei hilfst.«

Keine Antwort. Stattdessen eine lange Pause. Schließlich sagt sie: »Nehmen wir an, du klärst den Fall. Wie willst du begründen, dass du das Foto, das dir den Hinweis auf die Täter gegeben hat, vor der Polizei verheimlicht hast?«

Ich erlaube mir ein unschuldiges Lächeln. »Welches Foto? Kriminalistischer Spürsinn hat mich auf die Spur gebracht. Was sonst?«

Damit greife ich nach dem Corpus Delicti auf dem Tisch, reiße es zweimal durch und lege die Reste säuberlich zusammen.

Hanna schiebt mir mein Glas zu und wartet, bis ich ausgetrunken habe. Dann steht sie auf und beginnt wortlos den Tisch abzuräumen. Als sie aus der Küche zurückkommt, sehe ich ihrem Gesicht an, dass ich sie überzeugt habe.

Sie geht um meinen Stuhl herum und bleibt hinter mir stehen, und ich ahne, was sie jetzt tun wird. Sie spitzt den Mund und bläst mir ihren warmen Atem hinter das Ohr, und ich weiß, was das heißt: Schluss mit dem Gerede, komm ins Bett, Justus.

7.

Hanna ist mit ihrem Fiesta vorausgefahren und besorgt die Morgenzeitungen. Ich mache noch kurz Station in meiner Wohnung, um die Reste des zerrissenen Fotos wieder sicher unterzubringen. Aber das braucht Hanna nicht zu wissen.

Im Büro sitzt Hanna bereits über dem aufgeschlagenen Express. Ich stelle mich hinter ihren Schreibtischsessel und sehe ihr über die Schulter.

Die fette Schlagzeile »Bombenopfer in Nekropolis« ist rot unterstrichen. Darunter ein dramatisches Bild. Eins von denen, die gestern bei von Herwarth auf dem Tisch lagen. Es zeigt einen Kranz von Scheinwerfern um den Bombentrichter herum und Feuerwehrleute bei den Bergungsarbeiten. Ein Löffelbagger hievt gerade einen Ziegelbrocken hoch. Unten eingeklinkt ein kleineres Bild, auf dem zwei Anzugträger auf die beiden zugedeckten Opfer heruntersehen, die vor dem Leichenwagen auf der Erde liegen.

Hanna spricht leise: »Von dem Bild mit den toten Frauen und Kindern können die wirklich nichts wissen?«

Ich schüttele beruhigend den Kopf.

»Es gibt nur einen einzigen Mitwisser, und der ist sich sicher, dass er niemals reden wird. Hat inzwischen eine Nacht mit mir darüber geschlafen.«

Hanna hat im Augenblick keinen Sinn für Scherze und fährt stumm mit dem Finger über den Fließtext unter der Schlagzeile.

»Besonders viel wissen die nicht. Schreiben, dass die Opfer Engländer sind und im Brabanter Hof gewohnt haben. Über uns sagen sie nichts. Keine Vorwürfe an den Sicherheitsdienst. Leichtsinnige Touristen hätten einen alten Luftschutzkeller sehen wollen und wären dabei auf den Blindgänger gestoßen.

Die zweite Meldung über Nekropolis hat anscheinend keinen roten Balken verdient. Aber auch sie ist Munition für die Bau-Lobby: »Touristenmord in Nekropolis gibt Rätsel auf.« Ein leicht unscharfes Foto zeigt die Rückenansicht von Hucklenbroich und Kollegen, zu deren Füßen, schlecht erkennbar, der ermordete Engländer liegt. Der Text darunter ist knapp formuliert und beruft sich auf die aus ermittlungstechnischen Gründen nur sparsamen Auskünfte der Polizei.

Auf Seite zwei wird noch einmal die Meldung von vorgestern aufgewärmt. »Immer noch keine Spur von der Trümmerbande.« Zimmermann wird nicht namentlich zitiert, was ihn freuen wird. Dafür aber liest man Statements von drei Opfern des Raubüberfalls im alten Luftschutzkeller, die ungemein dramatisch klingen. Vor allem die Schilderung einer Dame aus dem Sauerland, die den Verlust diverser wertvoller Schmuckstücke beklagt.

Auf Hannas Schreibtisch meldet sich das Telefon.

»Wenn es jemand von der Presse ist, stell es gleich zu von Herwarth durch«, sage ich.

Aber es ist der Einsatzleiter der Feuerwehr, der noch einmal bestätigt, dass unter den abgeräumten Trümmern keine weiteren Opfer gefunden worden sind.

Ich überlasse es Hanna, die restlichen Zeitungen nach Ärgerlichkeiten zu durchforschen, und ziehe mich in mein Büro zurück. Den Papierkram, der sich bereits wieder auf meinem Schreibtisch angesammelt hat, ignoriere ich. Was ich brauche, ist eine ruhige halbe Stunde, um mir über meine weitere Vorgehensweise klar zu werden. Ich setze mich in meinen noblen Schreibtischsessel und verscheuche den Gedanken, dass ich ihn womöglich nicht mehr lange genießen werde. Ich rolle ihn ein Stück zurück, verschränke die Hände hinter dem Kopf und nehme Abstand vom Tagesgeschäft.

Was ich zunächst machen werde, ist alte Polizeiroutine. Erster Schritt: Der Brabanter Hof, in dem die drei Engländer abgestiegen sind. Natürlich war die Kripo schon vor mir da, aber die hat sich wohl hauptsächlich für die Personalien der Getöteten interessiert. Über die ich im Übrigen auch noch zu wenig weiß. Weil ich einen entscheidenden Informationsvorsprung habe, werde ich gezielter fragen können. Ich warte dafür den frühen Abend ab, wenn die Rezeption voll besetzt ist und sich die Gäste in der Hotelbar eingefunden haben.

Was ich bisher weiß und was ich vermute, ergibt immerhin

ein Raster, von dem ich ausgehen kann. Alles spricht dafür, dass die drei Engländer einen gewichtigen Grund gehabt haben müssen, sich bei Dunkelheit auf das gefährliche Gelände des Sperrgebiets zu wagen. Neugier oder Abenteuerlust waren es sicher nicht. Jemand muss sie in ihre Todesfalle gelockt haben. Dafür sind die Reste der Zündleitung ein sicherer Beweis.

Weiter: Was kann als Köder gedient haben? Er muss mit dem Luftkrieg zu tun haben. Mit einem ungewöhnlichen Interesse der Männer an bestimmten Dingen oder an Ereignissen, die sich in Köln abgespielt haben. Die wichtigste Frage: Wer könnte ein Motiv für einen solchen irrsinnigen Racheakt gehabt haben? Zeitzeugen? Betroffene? Überlebende mit einem Bombentrauma? Also Menschen, die heute längst Ruheständler sind? Ein absurder Gedanke. Vielleicht bekomme ich schon heute Abend etwas in die Hand, das mich weiterbringt.

Es wird nichts mit der ruhigen halben Stunde. Es gibt Probleme mit der Videoüberwachung. Ich soll in den Kontrollraum kommen und mir die Sache ansehen. Seufzend erhebe ich mich und besuche Hilde in ihrem Heiligtum, wo sie untröstlich vor einer Monitorwand sitzt, auf der das große Flackern herrscht. Deprimiert rührt sie mit dem Joystick auf ihrem Pult herum und drückt erfolglos Knöpfe und Schalter.

»Was nun?«, jammert sie. »Gerade ist eine ganze Horde unterwegs, die zwischen den Ruinen herumläuft, ohne dass ich sie kontrollieren kann!«

Ich tätschele ihre Schulter und beruhige sie. Verspreche, dass ich Himmel und Hölle in Bewegung setzen werde, um sofort einen Techniker aufzutreiben. Hildes liebstes Spielzeug ist kaputt, was für ein Drama!

Kaum bin ich wieder im Büro, ruft Mr Haskins an, was ziemlich selten geschieht, Gott sei Dank. Er hat meinen Bericht über den Krawall bei den Filmaufnahmen gelesen und macht sich Sorgen wegen der neuen Show im Dombunker. Ob die nicht solche Leute provozieren würde? Ich solle sie mir doch so bald als möglich ansehen. Die Firma, die diese Show inszeniere, hätte da ja leider freie Hand, doch für mögliche Gefahren trügen wir die Verantwortung.

»Also, Herr Lukas, kümmern sie sich darum, *if you please*.«
Ich verspreche es und verschiebe die Sache auf morgen. Dann
meldet sich Hucklenbroich und berichtet, dass Scotland Yard
einen Beamten nach Köln schickt. Was vorauszusehen gewesen
wäre, weil es Pflicht der englischen Krone sei, sich beim gewalt-
samem Tod eines ihrer Staatsbürger im Ausland selbst einzuschalten. Nach dem Stand der Dinge dürfte das jedoch nicht zu
Komplikationen führen.

Damit ist er aus der Leitung und macht Platz für den Anruf
meines Steuerberaters, dem mal wieder Belege fehlen und der
Schwierigkeiten hat, sich kurz zu fassen.

Ehe ich meinen Schreibtischsessel zurückrollen kann, um
mich wieder den Engländern zu widmen, die jetzt im Leichenschauhaus liegen, erscheint Hanna mit zwei giftgrünen Akten-
deckeln. Sie kommen von der Buchhaltung und dulden keinen
Aufschub. So geht der Bürotag dahin.

Um sechs mache ich mich auf, um im Brabanter Hof private
Polizeiarbeit zu leisten. Das Hotel liegt im Belgischen Viertel,
nur ein paar hundert Meter von der Hahnentorburg entfernt.
Vor einigen Jahren hat es sich mit seiner glatten Neubaufassade
respektlos zwischen die stuckverzierten Fronten der Bomben-
kriegsveteranen gezwängt.

Durch seine Nähe zu Nekropolis profitiert der Brabanter
Hof von den Ruinen-Touristen. Es gibt dort bestimmt eine
wohlbestückte Hotelbar, die mit Sicherheit für die ansehnlichen
Spesenabrechnungen der Geschäftsreisenden verantwortlich
ist.

Aber auch die Rezeption ist wohlbestückt, wie ich feststelle,
als mich die Drehtür schwungvoll in die Halle befördert. Zwei
attraktive Empfangsdamen lächeln mich synchron an. Ich lächele zurück, etwas deutlicher zu der Älteren hin, an die ich mich
nachher wenden werde.

Ich steuere auf direktem Weg die Hotelbar im hinteren
Teil der Halle an. Von dem Dutzend Barhockern sind vier besetzt. Anzugträger, von denen sich zwei ernsthaft unterhalten. Die beiden anderen scheinen sich Witze zu erzählen, augenscheinlich im Wettbewerb. Ich erklimme einen Hocker,

ziemlich am rechten Ende des Tresens. Der Barmann tut das, was ein Barmann anscheinend immer tut: Er poliert Gläser. Dann legt er sein Tuch gemessen zur Seite und bemüht sich zu mir herüber.

Obwohl ich lieber ein Bier gehabt hätte, frage ich ihn, was er denn so an Whiskey anzubieten hat, und entscheide mich für einen Dimple. Ohne Eis bitte. Was mich, wie ich hoffe, als ernst zu nehmenden Bar-Besucher legitimiert. Ich mime den Entspannung suchenden Feierabendtrinker und denke daran, wie viel einfacher es der Hauptkommissar Lukas doch hatte, Zeugen zu befragen. Einfach geradeheraus mit amtlicher Autorität, ohne Umwege über Dimple ohne Eis und nettes Gehabe.

Als mir Freddy, so heißt er laut gesticktem Emblem auf seiner weißen Jacke, den Whiskey vorsetzt, taxiert er mich mit dem Blick des erfahrenen Barkeepers. Scheint der Gast ein Gespräch zu wünschen? Ich nicke ihm aufmunternd zu und erwarte seine Standarderöffnung. Die bezieht sich originellerweise auf das Wetter, worauf ich ernsthaft einsteige. Dann steuere ich ebenso originell die Frage bei, wie es denn so läuft, und tippe anschließend ein bisschen Fußball und Politik an. Wir sind im Gespräch.

Die Witzeerzähler brauchen eine neue Runde und sorgen für eine Unterbrechung. Freddy kommt zurück, und wir labern weiter. Als wir bei den jüngsten Ereignissen sind, frage ich ihn, ob er die ermordeten Engländer gekannt hat, die im Hotel gewohnt haben. Treffer!

Ja, das seien nette Gäste gewesen, sagt er. Vor allem der eine, der mit dem Schnauzer. Mit dem habe er sich angeregt unterhalten können. In Englisch, versteht sich. Eine furchtbare Sache, wenn er daran denke. Am Abend noch zusammen geplaudert, und dann am nächsten Morgen die Meldung in der Zeitung. Ich nicke und zeige mich mitfühlend.

»Wir hatten gemeinsame Interessen, sozusagen«, berichtet Freddy. »Militärflugzeuge. Er kannte die ganzen alten englischen Maschinen aus dem Krieg. Und ich fast alle modernen Typen, die heute bei der Luftwaffe geflogen werden. Ich war Zeitsoldat beim Bund. Die ganzen letzten Jahre auf dem Fliegerhorst Nörvenich. Eine gute Zeit.« Dann zuckt er die Achseln und greift wieder zu seinem Gläserpoliertuch. »Besser als heute. Aber was will man machen. Hauptsache, die Kasse stimmt.«

Ich überlege, ob ich ihm sagen soll, warum ich an den Engländern interessiert bin. Doch das erweist sich als unnötig. Vorerst jedenfalls.

»Der alte Herr war bei so einem Kriegsmuseum in England beschäftigt. Da führte er Leute rum und erklärte ihnen die Flugzeugtypen von damals. Er hat regelrecht von seinem Job geschwärmt und von diesem Museum. Warten Sie! Ich hab einen Prospekt davon. Hat er extra für mich aus seinem Zimmer geholt. Ich sollte doch mal kommen und ihn dort besuchen.«

Damit greift er in eine Schublade und holt einen bunten, länglichen Flyer hervor. Schaut ihn noch einmal kurz an und reicht ihn mir.

»DUXFORD – *The biggest and best Aeroplane Museum in Europe*«, verkündet der Titel. Darunter sieht man eine Montage von Bildern, die zeigen, was in Duxford an Exponaten und an Entertainment geboten wird. Ich blättere den Prospekt auf und bin erstaunt zu sehen, welche Ausmaße dieses *War Museum* hat. Fünf Hangars, voll gestellt mit alten Flugzeugen, ein riesiges Freigelände und ein Flugfeld. Der Arbeitsplatz von Mr Peabody, der nun keine Besucher mehr herumführen wird.

Duxford in der Nähe von Cambridge, achtundvierzig Meilen von London, wie auf dem Prospekt zu lesen ist, werde ich kennen lernen. Ich spüre, wie es mich dahin zieht, wo die Spur beginnt. Hoffe ich.

»Und die beiden anderen Engländer«, frage ich beiläufig, »was waren das für Leute?«

»Kann ich nichts zu sagen«, meint Freddy. »Die waren eher zurückhaltend. Haben dem Peabody das Reden überlassen. Nur hin und wieder mal dazu genickt.«

»Wie spät war das eigentlich, als die Herren zuletzt bei Ihnen an der Bar gesessen haben?«, frage ich.

»So gegen zehn. Mir schien, dass die auf irgendwas gewartet haben. War auch so. Da kam ein Anruf für Mr Peabody, drüben beim Empfang, und der ist dann rüber und hat kurz telefoniert und kam zurück und hat den beiden anderen *»Here we go!«* zugerufen. Darauf haben sie eilig bezahlt und sind ab, raus auf die Straße. Wohin die wollten, weiß man ja jetzt. In die scheiß Trümmerstadt. Und da hat es sie erwischt.«

»Dass da vorher ein Anruf war, haben Sie das der Polizei gesagt«?

»Nee, die haben nur mit der Frau Schröder vom Empfang gesprochen und sind ziemlich schnell wieder weg.«

»Diese Frau Schröder, welche von den beiden Damen da drüben ist das?«, frage ich und drehe mich auf meinem Hocker halb herum.

»Keine von beiden. Frau Schröder hat heute keinen Dienst. Kommt erst übermorgen wieder, soviel ich weiß. Sagen Sie mal«, fragt Freddy plötzlich und lehnt sich über den Tresen zu mir herüber, »haben Sie was mit der Sache zu tun?«

»Nee«, antworte ich leichthin. »Nicht direkt. Ich arbeite drüben bei Nekropolis, da fühlt man sich ja irgendwie betroffen. Hätte doch sein können, dass Sie mehr wissen, als in den Zeitungen stand.«

Das scheint ihn zufrieden zu stellen. Hat wohl gehofft, ich wäre von der Presse, und da wäre ein Scheinchen für ihn drin gewesen. Ich zahle einigermaßen großzügig und verabschiede mich. Was mir jetzt noch fehlt, sind Namen und Anschriften der Engländer. Die müssten noch im Computer an der Rezeption sein. Ich gehe zielstrebig zur Rezeption hinüber, tue so, als hätte mir Freddy empfohlen, mich an die beiden Damen zu wenden. Erfahrungsgemäß funktioniert mein Charme eher bei älteren Damen, weshalb ich gleich auf diese zusteure. Ich stelle mich artig als ein Mitarbeiter von Nekropolis vor, der vom Schicksal der drei alten Herren aus England tief betroffen ist. Meine Absicht sei es, den Angehörigen eine Beileidsbekundung zu schicken. Ob sie denn so freundlich wäre, mir die Namen und Heimatanschriften mitzuteilen, die sie doch gewiss in ihrem Computer habe.

Frau Jansen findet meine Absicht lobenswert und hat keine Probleme damit, ihren Computer zu befragen. Gespeichert seien allerdings nur die Namen und der Wohnort der drei Herren,

Ankunftstag und vorgesehene Abreise. Auch die Kreditkarten-nummern, aber die könne sie natürlich nicht herausgeben.

Ich notiere mir die Namen Peabody, Coullen und McNeal. Wohnhaft in Duxford, mit Ausnahme von McNeal, der aus Cam-bridge stammt. Die Männer waren am Tag vor ihrem Tod ange-reist und hatten vorgehabt, drei Tage zu bleiben.

8.

Mr Haskins nimmt die Gefahr ernst, die von den neuerlichen Demonstrationen gegen Nekropolis ausgeht. Was mich zum Besuch der Show »1000 Bomber über Köln« im Dombunker nötigt. Denn ähnlich wie vorgestern bei den Filmaufnahmen agieren bei der Show Darsteller und Komparsen in Nazi-Uniformen. Für gewisse Leute Grund genug, dort Krawalle zu inszenieren. Der Sicherheitsdienst sollte gerüstet sein. Also: heute, sechzehn Uhr, zweite Vorstellung. Hanna hat mich beim Manager angemeldet, der mich empfangen wird.

Der 1000-Bomber-Angriff auf Köln am 31. Mai 1942 ist in die Geschichte eingegangen. Seine filmische Darstellung in einem Bunker am Rande der zerstörten Stadt, verbunden mit einem historischen Vortrag, hat auch bisher schon zahlendes Publikum angelockt. Anscheinend verspricht man sich von einer Live-Show einen noch größeren Zulauf.

Der Dombunker liegt noch innerhalb des Sperrzauns von Nekropolis, reicht jedoch bis auf wenige hundert Meter an den Dom heran, den man völlig wiederhergestellt hat. Ein spektakulärer Kontrast, der für die Touristen eine zusätzliche Attraktion bedeutet. Der Dombunker wurde 1941 gebaut, als man begonnen hatte, ernsthaft mit Bombenangriffen auf die Stadt zu rechnen. Er ist ein lang gestreckter, flacher Betonbau mit meterdicken Wänden und einer Decke, die allen Bomben standgehalten hat.

Als ich am Dombunker ankomme, steht bereits eine Traube von Besuchern vor dem Eingang. Schon an der Kasse beginnt die Show mit einer Maskerade. Hier sitzt eine junge Frau, die man in die blaue Uniform einer Luftwaffenhelferin gesteckt hat. Auf den blonden Haaren sitzt kokett ein Schiffchen, das vorn den Luftwaffenadler trägt. Fast erwarte ich, dass sie mich mit »Heil Hitler« begrüßt.

Hinter ihr taucht ein schlaksiger Mittzwanziger auf, der meinen Dienstausweis am Jackett im Blick hat und mich mit einem überdrehten Wortschwall begrüßt: »Ich bin Ullrich W. Wagenbach und muss mich leider offiziell als den Manager dieses Unternehmens bezeichnen, obwohl ich eigentlich Regisseur und künstlerischer Leiter unseres Zeittheaters bin – willkommen, Herr Lukas!«

Ich schüttele die angebotene Hand und erfahre, dass mir die Ehre zuteil wird, die Show in seiner Begleitung zu genießen. Dann fasst er mich am Ellbogen und schiebt mich auf die beiden Männer in den Uniformen des damaligen SHD zu, die uns an der wartenden Besucherschlange vorbeiwinken.

Der Gang ins Innere des riesigen Bunkers hat grau gestrichene Betonwände, an denen rote, gelbe und blaue Streifen entlanglaufen. Wegweiser zu den verschiedenen Luftschutzräumen mit Aufschriften in einer altdeutschen Frakturschrift.

»Alles noch original, nur die Farben sind etwas aufgefrischt worden«, sagt Herr Wagenbach. »Wir tun alles, damit unsere Besucher sich in die damalige Zeit versetzt fühlen. Von älteren Leuten hören wir immer wieder, dass uns das phantastisch gelungen ist.«

Obwohl ich bezweifele, dass Menschen, die den Krieg erlebt haben, das phantastisch finden, tue ich ihm den Gefallen und zeige mich beeindruckt. Im Weitergehen erfahre ich, dass Herr Wagenbach die Qualifikation für seinen Job in Disneyland erlangt hat. In Disneyland! Ich hätte es mir fast denken können.

Nach zehn Metern stoßen wir auf eine zweite Stahltür, vor der sich zunächst einmal die Besucher stauen. Die Luft ist trotz der vielen Menschen, die sich hier zusammendrängen, feucht und kalt. Wahrscheinlich ein wohlkalkulierter Zustand. Ich vermute, dass man damit eine Atmosphäre schaffen will, die den Zuständen im Krieg entspricht. Ebenso kalkuliert scheint das Auftreten der uniformierten Männer zu sein, die plötzlich die Stahltür zur zweiten Luftschleuse aufreißen und die verblüfften Leute anschreien: »Los, los, bewegen Sie sich! Geradeaus und dann rechts in den großen Bunkerraum. Setzen Sie sich auf die Bänke! Rücken Sie eng zusammen, damit alle Platz finden! Und keine Panik, wenn das Licht ausgeht. Sie befinden sich in einem Bunker und nicht in einem Theatersaal!«

»Gut, was?«, flüstert mir Wagenbach zu und stößt mich an. Plötzlich meldet sich sein Handy. Was er hört, scheint wichtig zu sein, denn er entschuldigt sich hastig dafür, dass ich mir die Show nun allein ansehen muss. Ich versichere ihm mein Verständnis und steuere auf eine der hinteren Bänke zu. Als ich mich setze, beugt er sich zu mir herunter und macht mich darauf aufmerksam, dass Aufbau und Dramaturgie der gesamten Show sein Werk sind, was ich höflich im Voraus bewundere. Dann ist er weg.

Die Menschen auf den harten Holzbänken um mich herum verhalten sich ungewöhnlich ruhig, keiner sagt ein lautes Wort. Dann beginnt unvermittelt das Licht zu flackern und verlischt schließlich ganz. Durch die Bankreihen geht ein unbehagliches Raunen. An der gegenüberliegenden Seite hebt sich eine bunkergrau gestrichene Wand, und man sieht in das Innere einer Nissenhütte hinein. An deren Rückwand hängt eine angestrahlte Landkarte. Sie zeigt den Süden Englands, den Kanal und Deutschland bis zur Main-Linie. Vor der Karte steht ein Mann in der Uniform eines Offiziers der Royal Air Force. Vor ihm sitzen in einer lockeren Reihe Männer in Fliegerkombis. Aus den Lautsprechern über der Bühne hört man wie von fern das Dröhnen von Flugzeugmotoren.

Der Offizier beginnt zu den Fliegern zu sprechen. In Englisch. Nach den ersten Sätzen wird seine Stimme von einem deutschen Sprecher übertönt. Man begreift, dass es um eine Einsatzbesprechung von englischen Piloten vor dem 1000-Bomber-Angriff auf Köln am 31. Mai 1942 geht. Die Szene endet mit dem Heulen einer Sirene. Man erwartet einen Angriff deutscher Maschinen auf das Flugfeld. Der Kommandoraum wird geräumt.

Wieder herrscht völlige Dunkelheit. Ein leises, undefinierbares Surren erfüllt den Raum. Inzwischen hat sich eine halbrunde Leinwand herabgesenkt, die auch einen Teil der seitlichen Bunkerwände bedeckt.

Unter dem entnervenden Dröhnen von Flugzeugmotoren aus rundum angebrachten Lautsprechern läuft ein Film ab, der aus den Kanzeln anfliegender Bomber heraus aufgenommen worden ist. Ein furchterregendes und zugleich packendes Szenario. Man sieht am Nachthimmel die suchenden Lichtfinger der Flakscheinwerfer, die immer wieder ein Flugzeug erfassen und es zu Ausweichmanövern zwingen. Pausenlos erhellen die grellen Blitze krepierender Flakgranaten die Kanzeln. In Großaufnahmen erscheinen Piloten und Bombenschützen in ihren Fliegerkombis, Sauerstoffmasken vor den Gesichtern.

Mich überfällt die aberwitzige Vorstellung, dass es Peabody, Coullen und McNeal sind. Gleich werden sie über Köln sein und ihre Bomben abwerfen. Duckt sich jetzt dort unten in einem Keller ein Mensch in Todesangst und schwört sich, an den Bombenfliegern Vergeltung zu üben? Eines Tages, irgendwann?

Im Film taucht in der Tiefe das Bild der bombardierten Stadt auf, erhellt von Flächenbränden und dem Aufblitzen der detonierenden Sprengbomben. Dazwischen aufsteigende dunkle Rauchwolken, die schließlich die Sicht aus den abfliegenden Bombern verdunkeln.

Nach dem abrupten Ende des Films herrscht Stille im Raum, als wäre dem Publikum eine Schweigeminute verordnet worden.

Wieder beginnt ein Film. Er ist stumm. Keine Geräusche und kein Kommentar begleiten die Bilder, die immer wieder von Rauchwolken verschleiert werden. Köln in den Stunden nach dem Angriff der tausend Bomber. Aus Fensterhöhlen schlagen meterhohe Flammen. Straßen werden zu Feuergassen. Häuserfassaden stürzen zusammen und begraben die Habseligkeiten, die man in letzter Minute noch aus den Häusern herausschaffen konnte. Feuerwehrmänner richten nutzlose Wasserstrahlen auf übermächtige Brände. Verstörte Menschen hasten vorüber, andere sitzen teilnahmslos auf Koffern und Bündeln und starren in das Chaos. Im Licht des neuen Tages erkennt man Trümmerberge, unter denen man Menschen hervorzuziehen versucht. Leichen liegen am Straßenrand. Ein Bild wie das zerrissene Foto in meiner Schreibtischlade. Vielleicht waren es nur drei oder vier Minuten, die dieser Film gedauert hat. Aber er wirkt nach in der Minute Dunkelheit, die man ihm folgen lässt.

Währenddessen ist die Leinwand in der Bunkerdecke verschwunden, und wieder öffnet sich der Bühnenraum. Er zeigt das Innere des Flakbunkers am Kölner Rheinufer, das ich von Fotos her kenne. Eine von hinten beleuchtete Karte von Westdeutschland füllt die hintere Wand des Kommandoraums aus. Davor stehen junge Frauen in Luftwaffenuniform. Sie sind dabei, den Anflug der Bomberverbände mit Pfeilen zu markieren.

Im Vordergrund der Bühne sitzen auf Bänken ein paar Soldaten und weitere Luftnachrichtenhelferinnen, die Kopfhörer tragen. Man hört ein Durcheinander von gerufenen Befehlen und das Geräusch von klappernden Fernschreibern und klingelnden Telefonen. Ein Luftwaffenoffizier tritt ins Bild. Er hält ein Mikrofon und erklärt dem Publikum die Vorgänge in der Befehlszentrale der Kölner Luftabwehr.

Für den Augenblick vergesse ich, dass dort nur ein Theaterstück aufgeführt wird. Wagenbach versteht sein Handwerk. Nach einer neuen Dunkelpause erhellt sich der Zuschauerraum und wird selbst zur Bühne. Die Eingangstüren fliegen auf, und hereingestolpert kommt eine Gruppe von Frauen, Männern und Kindern, die man in die typische Kleidung der Kriegsjahre gesteckt hat. Unter ihnen sind auch zwei braune Uniformträger. Die Leute schleppen Taschen, Bündel und lädierte Koffer und drängen sich im Mittelgang zwischen den Bänken zusammen. Aus den Lautsprechern dringt das Pfeifen und Zischen niedergehender Bomben, vermischt mit dem Rasseln und Scheppern aufschlagender Brandbomben. Die Komparsen beginnen zu schreien und zu wimmern und laut zu beten. Zum krachenden Schalldruck detonierender Bomben beginnt auch der Boden unter den Sitzreihen zu erzittern und zu schwanken, so, als ob ringsum Bomben einschlagen würden. Die Szene dauert nur ein paar Minuten, aber das reicht, um die Leute zu beeindrucken. Manche von ihnen klammern sich an den schwankenden Sitzbänken fest.

Eine Luftschutzsirene ertönt. Entwarnung. Die Komparsen, die sich zuletzt auf dem Boden zusammengekauert haben, erheben sich. Einer der Männer in der braunen Uniform beginnt mit lauter Stimme auf die Gruppe einzureden. Spricht von Stunden der Bewährung, blutiger Vergeltung und vom unerschütterlichen Mut der Heimatfront. Keiner der Leute reagiert auf seine Worte. Stumm formieren sie sich zu einem Zug und streben dem Ausgang zu. Spärlicher Beifall begleitet sie.

Es folgt eine Pause, erfüllt von getragener Musik. Eine Tonbildschau mit der Bilanz des 1000-Bomber-Angriffs beginnt. Zahlen, durch Bilder illustriert, werden von einer Kommentarstimme erläutert. Ich erfahre, dass zwischen 0.47 Uhr und 2.25 Uhr, also in rund anderthalb Stunden, 959 Sprengbomben, 112.000 Brandbomben, 565 Phosphorbomben und neun Luftminen abgeworfen wurden. Über dem Bild einer großen Halle, deren Boden mit Reihen von Leichen bedeckt ist, erscheint die Zahl 486. Ein rotes Kreuz auf dem Dach eines Krankenhauses wird mit der Information versehen, dass es 531 Schwerverletzte und 5.027 Leichtverletzte gab. Auf dem Hintergrund einer Luftaufnahme erscheint die Bilanz von 3.300 total zerstörten Häusern und 13.000 Wohnungen. Eine Fotomontage zeigt zusammengestürzte Kirchen und historische Bauwerke.

Das Publikum verharrt still, bis eine der Luftwaffenhelferinnen aus der Flakbunkerszene erscheint und das Ende der Show verkündet. Wir sind entlassen. Wer will, kann an einer Exkursion teilnehmen, die durch mehrere kleinere Räume mit Exponaten aus der Kriegszeit und durch ein kleines, ziemlich lächerliches Wachsfigurenkabinett führt, in dem finster blickende Männer in Nazi-Uniformen die Besucher anstarren. Die Besichtigung des beim Bau des Bunkers freigelegten Dionysos-Mosaiks aus der Römerzeit wirkt erleichternd.

Als ich den Dombunker verlasse, hoffe ich, dass mir eine weitere Begegnung mit Ulrich W. Wagenbach erspart bleibt. Er könnte mich fragen, wie mir sein Zeittheater gefallen hat. Ich fürchte, dass er besonders stolz auf den letzten Akt mit den jammernden und betenden Bombenflüchtlingen ist.

Ich verzichte auf die Möglichkeit, mit der Trümmerbahn zurück zur Hahnentorburg zu fahren, und gehe den Weg zu Fuß. Es ist merkwürdig. Die Ruinen, die ich täglich vor Augen habe, bedrücken mich plötzlich, als sähe ich sie zum ersten Mal. Sie stehen gegen einen friedlichen Abendhimmel. Ich blicke hinauf und denke mit Schaudern an die tausend Bomber, die über die Stadt gekommen sind wie die apokalyptischen Reiter. Unter sich die zu Tode verängstigten Menschen in den Kellern der Häuser, deren Ruinen jetzt an meinem Weg stehen.

Wagenbachs Show hat ihre Wirkung getan.

9.

Kurz nach Mittag ist überraschend Professor Beaver in meinem Vorzimmer aufgetaucht und hat mich zu sprechen verlangt. Er ist nach Köln gekommen, um sich um die Angelegenheiten der getöteten Engländer zu kümmern.

Jetzt sitzt er vor meinem Schreibtisch und überrascht mich mit seinem perfekten Deutsch. Sagt, dass er Universitätsprofessor für deutsche Literatur in Cambridge und außerdem ein Freund der Opfer sei. Alle drei seien Mitglieder eines Veteranenvereins ehemaliger Kriegsflieger gewesen, dem auch er angehöre. Die Nachricht vom tragischen Tod seiner Kriegskameraden habe ihn über Ms Coullen erreicht, die ihrerseits von der Polizeibehörde in Cambridge verständigt wurde. Sie selbst bemühe sich inzwischen, Angehörige der beiden anderen Opfer ausfindig zu machen. Was sich als schwierig herausgestellt habe, weil diese allein gelebt hatten. Er sei beauftragt, sich um die Überführungsformalitäten zu kümmern, und erwarte von mir einen persönlichen Bericht über die Umstände des Unfalls und des Mordes an Mr Peabody.

Beaver ist ein Universitätsprofessor wie aus einem englischen Film. Schlohweißes, langes Haar, ein schmales, nachdenkliches Gesicht, eine Goldrandbrille vor wasserhellen, wahrscheinlich kurzsichtigen Augen. Eine hagere Gestalt in einem Tweedjackett von unauffälliger Farbe, mit rundem Rücken wie gebeugt vom vielen Bücherlesen. Dieser Mann ein RAF-Veteran? Ein ehemaliger Bomberpilot, Bombenschütze, Heckenschütze, Funker, Navigator, Jagdflieger?

Ich verberge meine Verwunderung hinter einem verbindlichen Lächeln und versichere ihm, mit allen Auskünften zur Verfügung zu stehen. Was ich keineswegs vorhabe. Mit Sicherheit werde ich ihm die Existenz des Bildes mit der Todesbotschaft an seine Kameraden verschweigen.

»Fragen Sie, Professor«, sage ich und greife in den Ablagekorb auf meinem Schreibtisch. »Oder besser, Sie lesen den offiziellen Bericht.« Damit beuge ich mich vor und reiche ihm die Kopie über den Tisch.

Ich glaube zu wissen, was Beaver jetzt denkt. Ist diesem Herrn Lukas, der schließlich im Dienst der Amerikaner steht, zu trauen? Ist das Schriftstück tatsächlich ein ungeschminkter Bericht? Oder vielleicht ein vorbereitetes Schriftstück, das den wahren Sachverhalt verschleiern und eventuellen Ansprüchen von Angehörigen entgegenwirken soll?

Beaver liest langsam. Stellt Fragen zu den Namen der aufgeführten Personen und deren Funktionen. Zeigt sich besonders interessiert an Heinrich Zimmermann. Fragt, ob er diesen Zeitzeugen kennen lernen könne.

Zimmermann mit Beaver bekannt machen? Ich unterdrücke ein spontanes Kopfschütteln. Zimmermann würde im Gespräch mit dem Professor auf die Royal-Air-Force-Vergangenheit der Opfer stoßen und seine Schlüsse daraus ziehen. Also mit Bedauern ablehnen. Zimmermann sei nicht verfügbar, leider.

Als Beaver den Bericht zu Ende gelesen hat, legt er ihn vor sich auf den Tisch und fährt mit dem Finger aufwärts, bis er die Stelle gefunden hat, auf die er zu sprechen kommen will.

»Das ist schon eine merkwürdige Sache«, sagt er. »Peabody wird zusammen mit seinen Kameraden bei der Blindgängerexplosion verschüttet. Er überlebt und kann sich selbst befreien. Anschließend irrt er durch das Trümmerfeld und wird erschossen. Sehen Sie da vielleicht einen Zusammenhang, Herr Lukas?«

Ich zögere mit der Antwort und hoffe, dass meine Erklärung plausibel klingt.

»Leider ist Nekropolis als Schlupfwinkel von gewalttätigen Kriminellen in die Schlagzeilen geraten. Noch vor kurzem hat es in einem alten Luftschutzkeller einen Raubüberfall auf eine Touristengruppe gegeben. Vielleicht ist Peabody unfreiwillig Zeuge eines weiteren Verbrechens dieser Bande geworden und musste deshalb sterben. Im Übrigen ist die Aufklärung des Mordes Sache der Kriminalpolizei. Die Ermittlungen laufen.«

Beaver scheint meine Erklärung zu akzeptieren und reicht mir zögernd den Bericht zurück. Sitzt dann wortlos in seinem

Sessel und sieht mich durch seine Gelehrtenbrille an. Wartet er darauf, zu den beiden Tatorten geführt zu werden?

Klar, ich werde ihn zur Besichtigung einladen. Offiziell, als Chef des Sicherheitsdienstes. Das sind wir dem Mann schuldig. In meinem Hinterkopf meldet sich der Spürsinn des ehemaligen Polizisten. Beaver könnte im Gespräch etwas erwähnen, das mich weiterbringt.

Der Professor zeigt sich erfreut über meine Einladung. Gesteht, dass er vorgehabt hätte, mich darum zu bitten.

Hanna hat das Gespräch durch die offene Vorzimmertür mitgehört und erscheint wie gerufen. Fragt, ob die Herren den Jeep benutzen wollen. Nein, Mr Beaver zieht es vor, zu Fuß durch Nekropolis gehen. Das erspare ihm einen Rundgang auf eigene Kosten, sagt er und lächelt verschmitzt. Die Stimmung ist freundlicher geworden. Wir stehen auf, aber mein Gast hat noch Fragen. Er geht auf die Wandkarte von Köln zu, auf der das Gebiet von Nekropolis gelb unterlegt ist.

»Es ist schon ein erstaunliches Unternehmen, dieses *War Museum* mitten in einer Stadt«, wundert er sich. »War es tatsächlich Ihr späterer Bundeskanzler Adenauer, der die Idee dazu hatte?«

»Ganz so ist es nicht«, sage ich. »Adenauer wollte eigentlich nur, dass zunächst einmal die weniger zerstörten Außenbezirke der Stadt wiederaufgebaut werden. Aber dann akzeptierten die Amerikaner den Plan und zementierten ihn nach ihren geschäftlichen Vorstellungen. Und das hat sich bis heute ausgezahlt.«

»Wohl auch für Sie«, sagt der Professor und lächelt.

Ich lächele zurück.

»Wie wär's, wenn ich Ihnen auf dem Weg ins Sperrgebiet einiges über Nekropolis erzähle? Kommen Sie.«

Als wir auf der Treppe zum Erdgeschoss stehen, entschuldige ich mich und gehe noch einmal zurück zu Hanna.

»Halte mir Zimmermann vom Leib, solange ich mit dem Professor zusammen bin«, sage ich leise. »Heinrich könnte ein paar unpassende Sachen von sich geben.«

Der freundliche Herbsttag füllt die Kassen von Nekropolis. Ich frage mich wieder einmal, was die Leute dazu bringt, an einem schönen sonnigen Nachmittag ausgerechnet Kriegsruinen zu besichtigen. Ganze Familien stehen Schlange vor dem Haltepunkt der Trümmerbahn. Viele halten Kinder an der Hand, die sie zu dem Verkaufsstand zerren, an dem es Softeis gibt. Es herrscht Ausflugsstimmung. Wenig passend zum Objekt der Besichtigung, wie ich finde.

Beaver hat offenbar Ähnliches gedacht. Er sagt, in England gäbe es den gleichen Andrang auf die Kriegsmuseen. In Duxford beispielsweise, da existiere ein riesiges Museum mit alten Kriegsflugzeugen. Äußerst beliebt als Ausflugsziel, aber nicht so makaber wie Nekropolis.

Soll ich ihm sagen, was ich von Freddy an der Bar erfahren habe? Ich halte mich an die alte Verhörweisheit und schweige. Wer nichts sagt, erfährt oft mehr von seinem Gegenüber.

Wir lassen den Touristenbetrieb hinter uns und schlagen den Weg zum Wasserturm ein. Trotten schweigend nebeneinander her. Manchmal, wenn der Trampelpfad zwischen den Trümmern eng wird, gehe ich ein paar Schritte voraus. Beaver wirkt gedankenverloren. Mein Bericht über Nekropolis scheint nicht gefragt zu sein. Als linker Hand der Wasserturm auftaucht, will ich ihm erklären, dass die auffällige Ruine früher ein Wasserreservoir für die Stadt war. Doch Beaver geht unbeirrt weiter, scheint nicht hören zu wollen, was ich sage. Schließlich bleibt er stehen und sieht mich an.

»Ich kenne den Wasserturm, Herr Lukas. Leider. Er war ein Zielmarkierungspunkt für uns, wenn wir Köln angeflogen haben.«

»Aha«, sage ich, erstaunt über sein freimütiges Bekenntnis. »Sie waren Bombenschütze, Mr Beaver?«

»Ja, ich war ein Bombaimer. Peabody und Coullen waren Piloten. Mit Peabody zusammen bin ich vier Mal über Köln geflogen. George McNeal, den sie zusammen mit Coullen im Keller gefunden haben, war Navigator, aber in einer anderen Gruppe.«

Ich frage mich, ob er mir das gesagt hätte, wenn er wüsste, was ich weiß. Beaver wendet sich zum Gehen.

»Kommen Sie, Herr Lukas, zeigen Sie mir, wo die beiden umgekommen sind.«

Die Raupenketten des Baggers haben bei den Räumarbeiten deutliche Spuren auf dem Trümmerberg hinterlassen. Wo sich zuvor Steinhaufen türmten, läuft jetzt eine platt gewalzte Bahn den Trümmerberg hinauf. Ein rot-weißes Absperrband ist vergessen worden und hat sich in den Büschen am Rand verfangen.

»Hier ist es«, sage ich und streckte Beaver die Hand entgegen. »Ich helfe Ihnen hinauf.«

Beaver dankt und beginnt die Taschen seines Trenchcoats abzuklopfen. Dann kommt eine kleine Kamera zum Vorschein.

»Zur Dokumentation«, sagt er, »man wird mich danach fragen, wenn ich zurück bin.«

Ich stehe auf dem Schuttberg und blicke auf die hagere Gestalt, die mir mühsam folgt. Es ist schwer, sich vorzustellen, dass dieser alte Universitätsprofessor als junger Mann in einer Flugzeugkanzel gelegen hat, das Auge am Bombenzielgerät und die Hand am Auslöser für den Bombenwurf. Unter ihm, in den Kellern, Menschen, die wenige Sekunden später zerfetzt werden würden. Die qualvoll erstickten oder zu schwarzen Klumpen verbrannten.

Der Keller, aus dem man die beiden Engländer geborgen hat, sieht aus wie eine leere Kiste. An der Kellerwand zum Anbau erkennt man noch die Türöffnung, durch die ich mich zu den Toten vorgearbeitet habe. Ich überlege, ob ich Beaver zumuten kann, weiter hinunterzusteigen. Doch der ist dabei, Fotos zu machen. Steht dann eine Minute mit gesenktem Kopf da und schaut in den ausgebaggerten Keller hinunter.

»Peabody«, sagt Beaver plötzlich, »wenn Peabody aus dem verschütteten Keller herausgefunden hat, wie ist er dann an den Ort gekommen, an dem man ihn erschossen hat?«

Ich zucke die Achseln und lasse meinen Blick über die überwucherten Trümmer wandern. Über dem Ruinenfeld sieht man in der Ferne den Dom.

»Die Domtürme sind nachts angestrahlt«, erkläre ich Beaver. »Wahrscheinlich hat Peabody sich an ihnen orientiert und sich einen Weg über einen Trampelpfad gesucht. Ist dann auf die freigeräumte Fleischmengergasse gestoßen und dort seinem Mörder begegnet. Wollen wir versuchen, denselben Weg zu gehen?«

Beaver nickt und wartet darauf, dass ich vorausgehe. Einige Male muss ich ihm helfen, über große Mauerbrocken hinwegzusteigen. Wir gelangen auf den Trampelpfad, der in Richtung Neumarkt führt. Er ist derselbe, den ich genommen habe, als man mich zur Fleischmengergasse gerufen hat.

Ein paar Mal bleibt Beaver stehen, um Atem zu schöpfen. Dann schließt er wieder zu mir auf und bemüht sich, Schritt zu halten. Als wir die Fleischmengergasse erreichen, versuche ich mich an den Tatort zu erinnern. Wo genau hatte der Tote gelegen? Kommt es überhaupt noch darauf an? Es werden ohnehin keine Spuren mehr zu sehen sein. Ich zeige mit einer vagen Handbewegung auf eine Stelle am rechten Rand der von Trümmern gesäumten Gasse.

»Hier hat Peabody gelegen«, sage ich. »Wollen Sie ein Foto von der Stelle machen?«

»Wer will schon so was sehen«, sagt Beaver und wendet sich ab.

Vom Neumarkt her nähert sich eine Touristengruppe, augenscheinlich auf dem Weg zur Besichtigung des ehemaligen Luftschutzkellers. Voraus geht einer der Guides. Gut, dass es nicht Zimmermann ist.

»Bitte, führen Sie mich zurück, Herr Lukas«, sagt Beaver. »Ich habe genug gesehen von Nekropolis.«

Er tut mir Leid, der alte Mann. Auch wenn er einer von denen war, die den Knopf am Bombenzielgerät gedrückt haben. Könnte es sein, dass ihn Erinnerungen bedrücken, hier an diesem Ort, der zur Hölle geworden ist, auch durch seine Schuld?

Wir gehen an der Südseite des Neumarkts entlang, zurück zur Hahnentorburg. Einmal bleibt Beaver stehen und umklammert meinen Arm.

»Es war Krieg, junger Herr Lukas«, sagt er. »Wir fühlten uns berechtigt zu dem, was wir getan haben. Wir hatten die Bilder vom bombardierten London und von Coventry vor Augen. Und wir hatten höllische Angst da oben. Vor den krepierenden Flakgranaten um uns herum. Vor deutschen Jagdflugzeugen beim Rückflug, wenn wir den überhaupt erlebten. Man hat gern verschwiegen, wie viele Besatzungen sich schließlich weigerten, Einsätze über Deutschland zu fliegen. Wir fühlten uns nicht als Helden, so wie die Jagdflieger, die über dem Kanal die Deutschen abschossen. Wir taten, was uns Luftmarschall Harris befohlen hatte. Aber es verfolgt noch viele von uns in scheußlichen Träumen.«

»Und Ihre Kameraden sind hierher gereist, um sich von diesen Träumen zu befreien?«

Beaver schüttelt den Kopf. »Nein, da gab es schon einen anderen Grund. Die ganze Sache ging von Peabody aus, der war der Initiator.«

Er zögert, bevor er weiterspricht.

»Ehrlich gesagt, ich mochte Peabody nicht besonders. Der war so ein Kriegsnostalgiker und erzählte gern Geschichten von unseren Einsätzen über Deutschland. Und er verehrte den Luftmarschall Harris, den Bomber-Harris, der für die Bombardierung der Zivilbevölkerung verantwortlich war. Peabody hatte ein Foto, auf dem ihm Harris die Hand schüttelte, da war er mächtig stolz drauf. Es gab ja auch meistens genug Zuhörer für seine Storys im *Imperial War Museum* in Duxford. Da war er als Guide angestellt und führte die Besucher durch die Hangars mit den alten Maschinen. Spitfires und Hurricanes, alle möglichen Typen. Und Bomber natürlich, da war er in seinem Element. Auf Einzelführungen hielt er den Besuchern regelrechte Vorträge. Er hat das auch gut gemacht, muss ich sagen. Führte sogar ein Besucherbuch, in dem er Notizen über interessante Leute festhielt.«

Besucherbuch? Ich hoffe, dass Beaver beim Thema bleibt.

»Die Führungen waren Peabodys Hobby«, sagt er. »Na ja, man muss eben was tun in unserem Alter. Ich mach es mit dem Kopf. Halte noch immer Vorlesungen über deutsche Literatur. Mit Ihrem Kölner Nobelpreisträger, dem Böll, habe ich sogar mal korrespondiert. Der war wohl kein Freund von Nekropolis.«

»Ich weiß nicht recht«, sage ich, »Er hat einmal einen Satz

geschrieben, den ihm die Kölner übel genommen haben. Der hieß wörtlich: »Das zerstörte Köln hatte, was das unzerstörte nie gehabt hatte: Größe und Ernst.« Aber die zerstörte Stadt als Schauobjekt, für das man Eintrittsgeld bezahlen muss, wird ihm kaum gefallen haben.«

Ich will wieder zurück zum Thema und bohre weiter. »Peabody war also der Initiator dieser Reise nach Köln. Und wieso das?«

Beaver legt die Stirn in Falten und überlegt eine Weile.

»Da war im vergangenen Monat so ein Besucher aus Köln im *War Museum*. Der hat Peabody von Überresten abgeschossener britischer Flugzeuge erzählt, die er in Besitz hätte. Tat richtig geheimnisvoll damit. Er hat Peabody gefragt, ob er interessiert wäre, die zu begutachten und dem Museum einen Ankauf zu empfehlen. Gegen Provision natürlich. Da war Peabody natürlich sofort dabei. Hat sich mit Coullen und McNeal verabredet, um diesen Mann in Köln zu treffen. Ja, und das ist nun aus der Reise geworden.«

Ich stelle keine weiteren Fragen, die mein besonderes Interesse verraten könnten. Kein Zweifel, die Spur führt nach Duxford. Vielleicht ist Peabodys Besucherbuch der Schlüssel.

Als wir vor der Hahnentorburg stehen, hält mich Beaver noch einmal am Arm fest.

»Ich möchte Sie etwas fragen, Herr Lukas.«

»Natürlich«, sage ich und fürchte, dass er inzwischen doch an einen späten Racheakt denkt, dem seine Kameraden zum Opfer gefallen sind.

»Ich hatte noch nie Gelegenheit, mit einem jungen Deutschen über den Luftkrieg zu sprechen«, sagt er zögernd. »Ich hätte es wahrscheinlich auch nicht gewollt. Ich möchte das nachholen. Jetzt, wenn Sie es mir erlauben.«

Kann ich ihm das abschlagen? Nein. Und ich sollte ihn hinaufbitten in mein Büro. So viel Zeit muss sein.

Hanna schaut verwundert, als ich mit Beaver im Vorzimmer auftauche. Geradezu besorgt. Sie weiß genug, um die Probleme zu erahnen.

»Professor Beaver möchte sich mit mir über den Bombenkrieg unterhalten«, beruhige ich sie und bitte darum, uns mit Kaffee zu versorgen.

»Aber gern«, sagt sie und lächelt Beaver an. »Oder hätten Sie lieber Tee, Herr Professor?« Er hätte gern Tee, sagt er und bedankt sich im Voraus.

Ich denke an die Show im Dombunker und fürchte, dass ich ein heikles Gespräch vor mir habe. Will er mit mir über Kriegsgräuel diskutieren, auf der einen und auf der anderen Seite? Geht es um seine eigene Rolle im Bombenkrieg? Wir sitzen uns gegenüber, und ich warte, dass Beaver das Gespräch beginnt. Das tut er, indem er sich nach meinem Alter und meinem Werdegang erkundigt und fragt, warum ich meine sichere Beamtenlaufbahn aufgegeben habe, um für Nekropolis zu arbeiten. Als ich sage, dass es mir schlicht ums Geld gegangen ist, nickt er verständnisvoll. »Die Ruinen können ja auch kaum der Grund gewesen sein.«

Dann kommt er zur Sache.

»Halten Sie die Bombardierung der Zivilbevölkerung für ein Kriegsverbrechen, Herr Lukas?«

»Ja«, sage ich. »Unbedingt. In dem Ausmaß, wie es im letzten Krieg geschehen ist, grenzt es an Völkermord. Dafür sprechen die Zahlen vor allem von Köln, Hamburg, Dresden. Dabei ist der 1000-Bomber-Angriff auf Köln allerdings von historischer Bedeutung.«

»Und warum?«

»Nicht wegen der Anzahl der Opfer – die war vergleichsweise gering im Verhältnis zu späteren Angriffen. Es ging von da an nicht mehr um militärische oder kriegswichtige Ziele, sondern erklärtermaßen einzig darum, die Moral der Zivilbevölkerung durch massive Terrorangriffe zu brechen. Und Köln war der Anfang.«

Beaver sagt nichts dazu. Spricht nicht von den deutschen Angriffen auf Rotterdam, nicht von Warschau, London und Coventry. Das tue ich. Sage, dass der Vorwurf der völkerrechtswidrigen Bombardierung der Zivilbevölkerung auch uns Deutsche trifft. Frage aber, ob die Alliierten, die behaupteten, gegen Gewalt und Unrecht zu kämpfen, das Recht hatten, ihrerseits das

Kriegsverbrechen der brutalen Angriffe auf Zivilisten, auf Frauen und Kinder zu begehen.

»Sie können Hiroshima und Nagasaki durchaus mit zu den Kriegsverbrechen zählen«, sagt Beaver und gibt mir damit Antwort auf meine Frage.

Ich muss klarstellen, dass ich ihm persönlich keine Vorwürfe machen will. Aber Beaver kommt mir zuvor.

»Ich habe Ihnen gesagt, dass ich an Angriffen auf Köln aktiv beteiligt war. Und ich verhehle nicht, dass ich heute Schuldgefühle empfinde. Nicht wenigen meiner damaligen Kameraden geht es ähnlich. Es gibt allerdings auch Zeitgenossen, die versuchen, die Kriegsgräuel auf beiden Seiten gegeneinander aufzurechnen. Aber wohin soll das führen, nach fast einem halben Menschenleben?«

Eine Weile schweigt er. Dann sieht er mich an.

»Und wie stehen Sie als Angehöriger der Nachkriegsgeneration zur Frage der persönlichen Schuld der Bombenflieger?«

»Hätten Sie sich den Einsatzbefehlen verweigern können, Mr Beaver?«

»Nein«, antwortet er, ohne zu zögern. »Nicht ohne eine schwere Bestrafung in Kauf zu nehmen. Es gab Besatzungen, die es getan haben und für lange Zeit im Militärgefängnis gelandet sind. Allerdings kaum aus moralischen Gründen, sondern weil sie wegen der hohen Verluste bei den Einsätzen nervlich am Ende waren.«

Mir kommen die Filmaufnahmen aus den englischen Maschinen in den Sinn, die ich im Dombunker gesehen habe. Die Gesichter hinter den Sauerstoffmasken hatte man nicht erkennen können. Ich will raus aus diesem Gespräch, dem ich mich nicht gewachsen fühle. Beaver scheint es mir anzumerken und schaut auf seine Uhr. Er sagt, dass er noch einiges bei den deutschen Behörden zu erledigen habe. Die Freigabe der Hinterlassenschaften und die Formalitäten wegen der Überführung der Toten seien leider eine ziemlich umständliche Sache. Er bleibt noch auf eine Tasse Tee und bedankt sich für die Zeit, die ich ihm gewidmet habe.

Als er weg ist, gehe ich zu Hanna hinüber und bitte sie, mir für Samstag einen Flug nach London zu buchen. Rückflug Sonntag.

Nicht dass ich allzu große Hoffnungen in Peabodys Besucherbuch setze. Aber Duxford ist der Ort, an dem Peabody seinem Mörder zum ersten Mal begegnet ist. Meine Erfahrung als Polizist sagt mir, dass ich im Umfeld der Opfer eine Spur finde, die zu den Morden in Nekropolis führt.

10.

Von *London Airport* sind es knapp fünfzig Meilen bis Cambridge. Das müsste bis zum frühen Nachmittag zu schaffen sein, einen Lunch unterwegs eingeschlossen.

An der Ausfahrt vom Avis-Parkplatz zeigt ein Schild zur M25. Erst auf dem Orbital Motorway einmal halb um London rum, dann auf die M11 und zwei Ausfahrten vor Cambridge raus, nach Duxford. Der Toyota fühlt sich noch fremd an. Lenkrad rechts, Schaltung links. Mein Spider wäre mir lieber, auch wenn es mit dem Überholen so eine Sache ist, wenn man auf englischen Straßen auf der falschen Seite sitzt. Links fahren, links fahren, sage ich vor mich hin und hoffe, dass ich nicht rückfällig werde. Die Engländer fahren disziplinierter als wir. Niemand blinkt einen an, wenn man zu lange auf der rechten Spur bleibt. Drängeln ist deutsch. Nach der ersten halben Stunde lässt die Anspannung des ungewohnten Linksfahrens nach. Auf der M11 nach Norden meldet sich Hunger.

Die Raststätte nennt sich *Little Chief* und ist überfüllt. Ein Mann mit Frau und Kind an einem Vierertisch lächelt mich freundlich an und zeigt auf einen freien Stuhl. Ich bedanke mich und nehme Platz. Die fleckige Speisekarte verlangt nach einer Entscheidung. Das Kind der Familie, das mich aufmerksam beobachtet, empfiehlt mir Pancake mit Ahornsirup und Eis. *»Excellent, Mister«*, sagt es und schaut bedauernd auf seinen Teller, auf dem noch ein letztes Stückchen Pfannkuchen im geschmolzenen Eis schwimmt. Als ich mich für Steak und Chips entscheide, guckt es beleidigt zur Seite.

Sie kämen aus Cambridge, sagen die Leute und fragen, wo ich zu Hause bin. *»Cologne«*, antworte ich, *»Germany«*.

»Oh, Köln and the Dom!« Der Mann lächelt breit. Zwei Jahre wäre er Soldat in Munsterlager gewesen und hätte Trucks gefahren, ein paar Mal auch nach Köln. »Lustig, die Stadt«, sagt er auf Deutsch.

Ich sage, dass ich dahin wolle, wo sie herkommen. Und dass

ich zum ersten Mal in England sei und in Cambridge übernachten wolle. Lieber noch in Duxford, möglichst nicht zu teuer.

»Überhaupt kein Problem«, meldet sich die Ehefrau zu Wort, die ihren Tommy in den siebziger Jahren in Osnabrück kennen gelernt hat und sich freut, mal wieder Deutsch sprechen zu können.

»Nehmen Sie doch B&B. Bed and Breakfast, das ist preiswerter als ein Hotel und meistens gut. Und leicht zu finden, hauptsächlich an den Ausfallstraßen. Da brauchen Sie im Vorüberfahren nur auf die Schilder vor den Häusern zu achten. Und zu dieser Jahreszeit sind die B&Bs fast alle frei. Wird Ihnen bestimmt gefallen, wenn Sie nicht gerade Pech haben und an die falsche Adresse geraten.«

Mann und Tochter hören geduldig zu. Als ich mit Steak und Chips fertig bin, kenne ich die Geschichte der Maria aus Osnabrück, die immer noch gelegentlich Heimweh hat, vor allem an Sonntagnachmittagen.

Wieder auf der M11, beim stetigen Tempo von braven fünfzig Meilen, beginnt sich meine Stimmungskurve zu senken. Wird man mir überhaupt erlauben, Peabodys privates Besucherbuch einzusehen? Und hat sich dieser geheimnisvolle Typ aus Deutschland überhaupt eingetragen? Und wenn ja, mit seinem richtigen Namen? Hanna hat der Sache sowieso skeptisch gegenübergestanden. Und Zimmermann würde mir wohl überhaupt abgeraten haben. Aber hatte ich früher nicht immer dann überraschende Fahndungserfolge, wenn ich aus dem Bauch heraus gehandelt habe? So wie jetzt?

Junction 10, das ist die Abfahrt nach Duxford. Und gleich dahinter weist ein Hinweisschild nach links: *Imperial War Museum*. Rechts geht es in den Ort. Dem bescheidenen Straßenschild nach, scheint der weniger bedeutend zu sein als das Museum.

Auf der Landstraße herrscht reger Samstagsverkehr, in den ich mich vorsichtig einfädele. Dann der erste *Round-about*, der mich für einen Moment irritiert: Vorfahrt von rechts. Einmal halb rum, und dann gleich in die Ausfahrt zum Duxford Airfield.

Der Eintrittspreis ist keineswegs bescheiden. Fünf Pfund fünfundneunzig pro Person. Obwohl das *War Museum* kein Privatunternehmen ist wie Nekropolis, sondern einer Foundation gehört. Der riesige Parkplatz ist trotzdem kaum groß genug für den Andrang an diesem Samstagnachmittag. Ganze Familien streben in Feiertagslaune den Hangars mit den historischen Kriegsflugzeugen zu. Wo ist da der Unterschied zu Nekropolis Cologne? Hier Kriegsmaschinen, dort Kriegsruinen. Wieder frage ich mich, was ein zivilisiertes Volk dazu treibt, diese Kriegsmuseen zu Pilgerstätten zu machen.

Als ich auf Hangar eins mit dem Informationszentrum zusteuere, donnert eine erste Attraktion über mich hinweg: Ein großer alter Doppeldecker mit Kabinenfenstern, hinter denen man die Köpfe der Rundfluggäste erkennt. Der Informationsstand ist mit drei freundlichen älteren Damen besetzt. Eine, die ein bisschen aussieht wie früher meine Tante Else, spreche ich an. Ich sei ein Besucher aus Germany und eigentlich mit Mr Peabody verabredet, von dessen tragischem Tod sie ja wohl gehört habe. Tante Elses Gesicht zeigt ehrliche Trauer. Ja, dieser Tod hätte alle hier erschüttert. Dieser korrekte, alte Gentleman, der so spannend zu erzählen gewusst hatte! Ein dekorierter Kriegsveteran und ein Experte für alte Flugzeuge. Sehr geschätzt vom Management, auch wenn er sich in der letzten Zeit seinen Job mit dem jüngeren Mr Fitzgerald teilen musste. Ob sie mir helfen könne? Ich strahle sie an und bitte darum. Es gehe um eine sehr wichtige Sache für mich, um ein Buch, ein kriegshistorisches, das ich gerade schreibe.

Dann tische ich der freundlichen Dame das Märchen auf, dass ich mir zurechtgelegt habe:

Vor einigen Monaten sei ich bei einer Führung durch Mr Peabody mit einem ehemaligen amerikanischen Bomberpiloten bekannt gemacht worden. Dieser Mann hätte wertvolle Informationen zu meinem geplanten Buch beisteuern wollen. Wir wären übereingekommen, schriftlich in Verbindung zu bleiben. Doch leider, leider, sei mir Name und Anschrift des Amerikaners abhanden gekommen. Meine ganze Hoffnung sei jetzt das Besucherbuch von Mr Peabody, in dem ich gewiss die Anschrift des Amerikaners finden würde.

Ms Foreman, die ihr Namensschildchen auf dem Busen trägt, hört mir voller Interesse zu.

»Das Besucherbuch von John? Ja, das gibt es wohl. Es liegt wahrscheinlich in seinem Spind, in der Garderobe der Mitarbeiter. Den Schlüssel dazu hat Mr Fitzgerald, den müssten Sie danach fragen.«

Ms Foreman greift zu einer Liste, die auf dem Tresen liegt. »Allerdings ist Fitzgerald zur Zeit mit einer Gruppe Japanern unterwegs. Seine letzte angemeldete Führung für heute. Da ist es ungewiss, ob er noch einmal hierher zurückkommt.«

Als sie mein enttäuschtes Gesicht sieht, meint sie, es gebe da noch die Möglichkeit, ihn unterwegs zu treffen. Ich solle einfach einen Rundgang durch die Hangars und über das Freigelände machen und auf eine Gruppe von Japanern achten. Mr Fitzgerald trage einen großen Button mit der Nummer fünf am Rockaufschlag. Ich bedanke mich und mache mich auf den Weg.

Der Hangar eins ist der größte auf dem Gelände. Unter dem hohen, verstrebten Dach stehen mehr als dreißig Flugzeuge, zwischen denen Leute einzeln oder in kleinen Gruppen unterwegs sind. Die Luft riecht nach Maschinenöl und nach *Fish and Chips*, die manche draußen gekauft und mit in die Halle gebracht haben. Eine Lautsprecherdurchsage kündigt eine neue Vorstellung des Filmtheaters an, ein Luftkampf zwischen Spitfires und Messerschmitts. Ein Pendant zum Dombunker, wen wundert's. Kriegsmuseen funktionieren nach demselben Muster.

Alle Flugzeuge in der Halle sind Museumsstücke. Eine Ansammlung von Oldtimern aus dem letzten Weltkrieg. Einige müssen unter dem Rumpf oder unter den Tragflächen mit Holzböcken abgestützt werden. In manchen Gruppen macht einer der Besucher den Wortführer, zeigt auf dieses oder jenes Teil eines Flugzeugs und erntet respektvolles Kopfnicken.

Ich bücke mich unter ausladenden Tragflächen hindurch und umgehe herumschlendernde Besuchergruppen. Wo sind die Japaner und Mr Fitzgerald, der einen Button mit der Nummer fünf trägt? Einmal glaube ich, die Gruppe vor dem massigen Rumpf eines Sunderland-Flugbootes entdeckt zu haben. Aber es sind

Söhne Nippons, die auf einen Führer verzichtet haben und allein unterwegs sind. Ich hätte Ms Foreman fragen sollen, wann Fitzgerald mit seiner Gruppe losgezogen ist. Während ich noch im Hangar eins nach ihnen suche, sind sie vielleicht längst in einer der nächsten Hallen.

Neben einem Lancaster-Bomber entdecke ich eine mobile Montagetreppe. Unter den missbilligenden Blicken der Umstehenden steige ich sie hinauf und suche mit den Augen die weite Halle ab. Ohne Erfolg. Als ich einen Mann des Aufsichtspersonals herankommen sehe, lächele ich ihm entschuldigend zu und klettere eilig die Stufen wieder hinunter. In der Nähe entdecke ich eine offen stehende Tür, die es mir erspart, noch einmal die ganze Halle zu durchqueren. Draußen atme ich einmal tief durch, entlüfte die Lungen vom Ölgeruch der Flugzeugveteranen und der Fish-and-Chips-Tüten.

Links von mir dehnt sich das große Flugfeld aus, auf dem eine Reihe von ausgemusterten modernen Verkehrsflugzeugen versammelt sind. Umgeben von einer Menschenmenge steht dort eine Concorde, die ihren spitzen Schnabel gesenkt hat, als wollte sie die Besucher aufpicken. Ich befürchte, dass meine Chancen, Fitzgerald auf dem weiten Gelände zu finden, nicht zum Besten stehen.

Der Hangar zwei ist kleiner und der US-Air-Force vorbehalten, die bereits am Eingang ihre phantasievollen Insignien angebracht hat. Ein springender Panther auf einem Felsblock, ein Blitz mit Flügeln in einem Schild, ein Spruchband *Fortress for Freedom.*

Gleich hinter dem Eingang empfängt mich der hoch aufragende Bug einer B-17. Vor ihr stehen drei grauhaarige Amerikaner. Einer von ihnen simuliert mit den Händen Flugbewegungen und erntet von den beiden anderen ein amüsiertes Gelächter. Ehemalige Bombenflieger?

In der hinteren linken Ecke des Hangars steht ein japanisches Beuteflugzeug. Im Halbkreis davor die Gruppe, die ich suche. In der Mitte Mr Fitzgerald mit der Nummer fünf.

Ich warte, bis die Gruppe weitergeht, und mache Fitzgerald ein Zeichen. Der hebt fragend die Augenbrauen, nickt kurz und bleibt ein Stück hinter seiner Gruppe zurück. Ich beeile mich, ihn zu erreichen, und nehme seinen Schritt auf. Frage, ob er mir nachher ein paar Minuten seiner Zeit widmen könne. Es gehe um seinen Kollegen Peabody und um eine Information, die für mich sehr wichtig sei.

»Peabody?« Mr Fitzgeralds freundliches Gesicht legt sich in traurige Falten. Ja, eine schlimme Sache sei das, sagt er. Mord! Terrible! Lange Jahre seien sie befreundet gewesen. Lehrer an der gleichen Schule und schließlich Pensionäre.

Er unterbricht sich und schließt wieder zu seiner Gruppe auf, die nach ihm verlangt. Sagt aber über die Schulter hinweg, dass ich ihn in einer Stunde an der Information treffen könne.

Eine Stunde. Reichlich Zeit, um meinen Rundgang in Ruhe fortzusetzen. Ich gestehe mir ein, dass mich die alten Flugzeugtypen mehr interessieren als erwartet. Im Hangar drei stehe ich vor einer Vickers Wellington. Ich erinnere mich an eins der Bilder im Ausstellungsraum des Dombunkers. Das war einer der Bomber, den man bei dem 1000-Bomber-Angriff auf Köln am 31. Mai 1942 eingesetzt hatte.

In der Mitte des Hangars hat man den Rumpf eines Flugzeugs aufgebockt, dessen eine Seite von einer Flakgranate aufgerissen worden war. Ich staune, wie dünn die Blechhaut der Maschine ist, die augenscheinlich mit letzter Kraft nach England zurückgefunden hat. Ich muss an die Worte von Mr Beaver denken: »Ringsum krepierende Flakgranaten. Wir hatten höllische Angst da oben.«

Unter den ausgestellten Beutestücken ist auch ein Wrackteil der Maschine, mit der Hitlers Stellvertreter Rudolf Hess nach England geflogen war, um angeblich einen Friedensschluss herbeizuführen. Immer noch allgegenwärtig dieser Krieg, denke ich und sehe die Ruinen von Nekropolis vor mir, an denen ich mein Geld verdiene.

Als ich die Information erreiche, wartet Mr Fitzgerald bereits auf mich. Er lächelt mir zu und führt mich in den Aufenthaltsraum für das Personal. Erst verbreitet er sich sehr britisch über das Wetter und erkundigt sich dann höflich, ob ich gut für die Nacht untergekommen sei. Nein, noch nicht? Am liebsten ein B&B? Da könne er mir etwas Gutes empfehlen: Das Haus von Ms Fink in Duxford, da hätte auch Peabody gewohnt. Als Dauergast.

Es scheint, als ob die Sterne günstig für mich stehen. Ich kann es mir ersparen, nach Peabodys Wohnung zu fragen. Mich womöglich verdächtig zu machen und mit seiner Ermordung in Verbindung gebracht zu werden. Vielleicht sind in seiner persönlichen Umgebung Name und Adresse des angeblichen Militaria-Händlers aus Köln sogar eher zu finden als in seinem Besucherbuch.

Ich zeige mich angemessen dankbar für den Tipp und bitte Mr Fitzgerald um freundliche Vermittlung.

Fitzgerald zieht sich einen Stuhl heran, streckt seufzend die Beine von sich und meint, dass dieser Job seinen Füßen langsam nicht mehr die rechte Freude mache. Ich schaue mitfühlend und beginne mit meiner Story von der Suche nach dem Amerikaner, dessen Name ich vergessen habe. Fitzgerald hört aufmerksam zu.

»Das Besucherbuch von Peabody? Das ist so eine Marotte von ihm gewesen. Ein Besucherbuch ist keineswegs obligatorisch für die Touristenführer.« Dann runzelt er die Stirn. »So gesehen, ist es Peabodys Privatangelegenheit, *isn't it*?«

Ich nicke und zeige Verständnis für seine Bedenken. Sage aber, dass Peabody sehr am Zustandekommen meines Buches interessiert gewesen sei. Da wäre es doch sicher in seinem Sinne, wenn mir der ehemalige Kollege Einblick gewähren würde. Zumal es ja auch nur um das Auffinden eines bestimmten Namens und einer Adresse gehe.

Fitzgerald steht auf und tritt an das Fenster, das auf den großen Parkplatz hinausgeht. Die Hände hält er auf dem Rücken verschränkt wie ein Lehrer, der auf den Schulhof hinaussieht, während sich hinter ihm die Schüler mit einer Klassenarbeit abmühen. Vom Flugfeld her hört man das Heulen einer Flugzeugturbine und durch die Wand das Hämmern von Maschinengewehren, untermalt von heroischer Musik. Nebenan muss der Film mit dem Luftkampf zwischen den Spitfires und den Messerschmitts laufen.

Ich lehne an einem der schmalen Schränke, die nebeneinander an der Längswand stehen, und warte. Nach einer Weile dreht sich Fitzgerald vom Fenster weg und scheint sein Problem gelöst zu haben. Okay, sagt er, ich könne das Besucherbuch einsehen. Nur einsehen, mehr nicht, darauf müsse er bestehen. Selbstverständlich, sage ich. Mehr wäre ja keinesfalls nötig, um eine Anschrift herauszufinden. Nur ein paar Minuten würde das dauern.

Fitzgerald klopft seine Jackentaschen ab und fördert nacheinander drei Schlüsseletuis zutage. Das letzte legt er auf den Tisch und lässt den Verschluss aufspringen. Pedantisch sortiert er eine Reihe gleich großer Schlüssel und hält schließlich einen davon hoch.

»Nummer sieben«, sagt er, zufrieden, den Richtigen gefunden zu haben. Ein alter Lehrer wie aus dem Bilderbuch, denke ich und lächele ihm dankbar zu.

Peabody und er hätten sich den Schrank geteilt, sagt Fitzgerald. Und nun gehöre er ihm allein. Traurig, sehr traurig, meint er, wo Peabody doch noch so gesund und tatkräftig gewesen sei. Gesünder als er selbst, fügt er nachdenklich hinzu.

Im Schrank hängt auf einem Bügel ein ziemlich abgetragener Trenchcoat, den er herausnimmt und über eine Stuhllehne wirft. Dann macht er sich an einem separaten Fach zu schaffen, aus dem er ein Buch herausholt, das aussieht wie ein Fotoalbum. Er legt es bedächtig auf den Tisch und tritt einen Schritt zurück, so als scheue er sich, seinen intimen Inhalt zur Kenntnis zur nehmen.

Ich verbeiße mir ein Lächeln und rücke das Buch auf dem Tisch zurecht. Es hat einen gepolsterten blauen Plastikeinband. In Goldprägung steht *Visitors' Book* auf dem Deckel. Die Einteilung der Seiten ist vorgegeben. Senkrechte Spalten für Namen, Nationalität, Ankunftstag und Heimatadresse, dahinter Raum für Bemerkungen. Fast alle Seiten im Buch sind beschrieben. Beim Durchblättern zeigt sich, dass nicht an allen aufeinander folgenden Tagen Eintragungen vorgenommen worden sind. Demnach war längst nicht jeder der von Peabody betreuten Besucher für wert befunden worden, hier aufgeführt zu werden. Für das persönliche Interesse an dem einen oder anderen sprechen kurze Eintragungen wie »Kriegsteilnehmer Afrika«, »Journalist, fachkundig«, »Historiker, kommt zum dritten Mal« oder Ähnliches. Vielleicht hatte Peabody vorgehabt, etwas über das *War Museum* und seine Besucher zu veröffentlichen. Bewahrt möglicherweise Ausführlicheres über diese Leute an einem anderen Ort auf. Ich überfliege die letzten Seiten und fahnde in der vierten Sparte nach der Eintragung *Germany*. Ich fahre mit dem Finger die Eintragungen ab und finde in den letzten Monaten unter *Home Adress* zweimal *Cologne*. Wird es Fitzgerald stutzig machen, wenn ich die beiden Eintragungen notiere, obwohl ich angeblich doch nur den Namen des Amerikaners suche? Aber der hat sich inzwischen abgewendet und kramt in seinem Spind herum. Die beiden Namen lauten Schwellenbach und Reyter. Hinter *Cologne* stehen keine Anschriften.

Ich notiere die Namen und mache mich auf die Suche nach einem Alibi-Amerikaner. Den finde ich auf der drittletzten Seite: Erik Alderman aus Washington DC, bei dem vermerkt ist, dass er ein Angehöriger der *386th-Air-Force-Bomb-Group* gewesen war. Halbwegs zufrieden mit meiner Beute, klappe ich das Besucherbuch zu und reiche es Fitzgerald. Der legt es zögernd in den Schrank zurück. Überlegt wohl, wer jetzt für die Hinterlassenschaft von Peabody zuständig ist. Dann schließt er die Schranktür und wirft sich seinen Trenchcoat über die Schulter. Sagt, dass er vorausfahren werde, um mir das Haus von Ms Fink zu zeigen. *Bed and Breakfast* bei Ms Fink, im selben Haus, in dem Peabody gewohnt hat. Wo könnte ich mehr über den Mann und seine Kontakte erfahren als dort?

Fitzgerald geht noch einmal zum Schrank zurück und nimmt Peabodys Besucherbuch heraus. Meint, dass es doch das Vernünftigste sei, wenn er dieses Privateigentum Ms Fink übergeben würde. Die könne es dann zu seinen Hinterlassenschaften legen.

Fitzgeralds Auto ist ein ehrwürdiger, buckliger Morris. Erstaunlich flott fährt er mir voraus und stößt schwungvoll in den *Round-about*, der auf die Landstraße nach Duxford führt. Bereits am Ortseingang reihen sich auf beiden Straßenseiten gleichartige, schmalbrüstige Häuser aneinander. Alle haben einen kleinen Vorgarten, in den der anscheinend obligatorische kleine Vorbau hineinragt. Fast in jedem dritten Vorgarten schaukelt an einem galgenartigen Gestell ein Schild mit der Aufschrift B&B. Augenscheinlich ist Duxford gut auf übernachtungswillige Besucher des *Imperial War Museum* vorbereitet.

Das Haus von Ms Fink liegt auf der linken Straßenseite. Fitzgerald fährt bis an das Ende des gelben Parkverbotsstreifens und steigt aus. Er geht auf eins der Häuser zu, in dessen Vorgarten ein großer Porzellantiger zähnefletschend Wache hält, und klingelt.

Ms Fink sieht aus wie eine Schwester von Ms Foreman in der Information des *War Museum*. Kleingelockte, bläulich silbern schimmernde Haare. Das Gesicht allerdings energischer, trotz seiner rosigen Rundheit.

Ich sei Mr Lukas aus Germany, dem er ihr Haus warm empfohlen habe, sagt er. Ein Bekannter von Peabody übrigens. Ob sie mich für eine Nacht aufnehmen könne? Sie könne, antwortet Ms Fink und lächelt gewinnend. Zweimal die Ecke rum sei der hauseigene *Car-Port*, und mein Gepäck könne ich gleich dalassen, und der Preis wäre sechzehn Pfund, und wenn ich wünsche, könne sie auch ein Dinner anbieten. Okay?

Okay, sage ich, erleichtert, nicht mehr nach einem Pub suchen zu müssen.

Als ich meine Reisetasche aus dem Toyota geholt habe und sie im Flur abstelle, ist Fitzgerald im Gespräch mit Ms Fink, die bereits Peabodys Besucherbuch an die Brust gedrückt hält. Alles bestens bis jetzt, finde ich und verabschiede mich von Fitzgerald, um mein Auto zum *Car-Port* zu bringen. Von dort aus führt eine Hintertür ins Haus. In der steht ein Hüne von Mann, der sich an die Wand drückt, um mich vorbeizulassen. Ms Fink, die mich in der Diele erwartet, stellt ihn mir als ihren Sohn Geoffrey vor, der bereits meine Reisetasche hinaufgebracht habe. Erster Stock, Zimmer zwei, der Schlüssel stecke. Dinner gebe es in einer Stunde im Aufenthaltsraum für Gäste, die Tür gleich links. Damit verschwindet sie durch den langen, schmalen Flur in den hinteren Teil der Hauses, nicht ohne mich nachdrücklich zu bitten, die neben dem Schlüsselbrett hängende Hausordnung mit den Anweisungen für den Brandfall zu lesen.

Die Treppe nach oben ist eng, und die Stufen sind mit einem wild gemusterten Teppich belegt. Unter jeder Stufe blinkt eine makellos polierte Messingstange, die den Teppich festhält. An der Wand hängen dicht nebeneinander kleine und größere Bilder. Familienfotos, auf denen man die Geschichte der Familie Fink ablesen kann. Ein paar von ihnen sind sepiabraun und zeigen Männer in Uniformen mit Tropenhelmen auf den Köpfen. Erinnerungen an Indien, an die Zeit, als das britische Imperium noch nicht zerbröckelt war.

Der Treppenabsatz, an dem mein Zimmer liegt, wird spärlich von einer rot glimmenden Lampe erleuchtet. Ich ertaste das Schlüsselloch und trete in das Halbdunkel des Raums. Die dichten Vorhänge vor dem einzigen Fenster sind zugezogen, um die schon tief stehende Sonne abzuhalten. Dennoch ist das Zimmer gut gelüftet und duftet frisch. Ich ziehe die Vorhänge zur Seite und mustere die sehr englischen vier Wände. Auf der Tapete wiederholt sich immerzu das gleiche Landschaftsmotiv. An der Wand gegenüber dem Bett protzt eine Kaminattrappe, in der künstliches Holz auf künstlicher Asche liegt. Auf dem Fries stehen ein Wasserkocher und ein Teegeschirr samt Beutelchen. Als ich das Bett aufschlage, leuchtet mir eine zartrosa Decke entgegen. Hat auch Dauergast Peabody so schnuckelig gewohnt?

Schon auf der Fahrt vom *War Museum* hierher habe ich mir vorgenommen, in Peabodys Zimmer hinein zu kommen. Eigentlich müssten dort konkretere Hinweise auf seine Verabredung in Köln zu finden sein als die dürftigen Adressen in seinem Besucherbuch. Mir fällt das Schlüsselbrett neben der Eingangstür ein. Ich versuche mich zu erinnern, wie viele Schlüssel dort hingen. Einer der Haken war frei, der von meinem Zimmer. Bleiben noch drei. Welcher könnte der von Peabodys Zimmer sein?

Auf dem Treppenabsatz vor meiner Tür höre ich Schritte. Dann steckt jemand einen Schlüssel ins Schloss des Zimmers nebenan. Leise öffne ich meine Tür einen Spalt breit und sehe hinaus. Dort ist gerade Ms Fink dabei, das Nachbarzimmer zu betreten. Unter ihrem Arm hat sie Peabodys Besucherbuch. Meine Chancen steigen. Jetzt muss unten ein weiterer der Schlüsselhaken unbelegt sein. Ich trete auf den Treppenabsatz, schließe meine Zimmertür hinter mir und gehe die Treppe hinunter.

Neben dem Tischchen mit den Prospekten für die Touristen sitzt Geoffrey in einem Korbsessel und blättert in einer Zeitung. Ich nicke ihm zu und beginne die ausliegenden Prospekte durchzusehen. Ich entscheide mich für zwei und begebe mich wieder nach oben, wo Ms Fink auf dem Treppenabsatz steht und mich mit ihrem Gästelächeln vorbeilässt. In der Hand hält sie den Schlüssel, der auf dem Schlüsselbrett eine Lücke hinterlassen hat, die Nummer drei. Wird sie ihn wieder dorthin hängen oder ihn an sich nehmen?

Ich schließe die Zimmertür hinter mir und fühle mich plötzlich müde und angespannt. Ich schlage die Tagesdecke wieder über das Bett, streife die Schuhe ab und lege mich lang. Ich schließe die Augen und rekapituliere die Ereignisse des Tages. Den Flug, die Ankunft in Heathrow, den stressigen Linksverkehr, die Flugzeugschau, die Suche nach Fitzgerald. Schließlich Peabodys Besucherbuch mit den Namen der möglichen Verdächtigen. Leise Zweifel wollen sich nicht verscheuchen lassen. Habe ich mir zu viel versprochen von dieser Reise nach Duxford? Vielleicht finde ich im Zimmer nebenan den entscheidenden Hinweis. Ich brauche den Schlüssel.

In knapp einer Stunde wird Ms Fink das Dinner servieren. Was es ist, hat sie nicht gesagt. Vorsichtshalber? Auf jeden Fall werde ich Gelegenheit haben, mich unauffällig dem Schlüsselbrett zu nähern. Wenn der Schlüssel zu Peabodys Zimmer wieder dort hängt, werde ich versuchen, ihn im Laufe der Nacht an mich zu bringen. Ein großes Problem kann das nicht sein. Eher schon der Besuch in Peabodys Zimmer, der mir eine Bekanntschaft mit der Duxforder Polizei einbringen kann.

Die Sonne ist inzwischen hinter den Dächern der gegenüberliegenden Häuserzeile verschwunden. Ich stehe vom Bett auf und trete ans Fenster. Schmale Gärten liegen nebeneinander wie ausgebreitete Handtücher. Manche haben ein Vogelbad nahe am

Haus, andere zeigen Bastlerstolz mit kleinen Windmühlen oder Burgen aus Kieselsteinen. Aus einigen Kaminen der Häuser gegenüber dringt Rauch. Der Abendhimmel zeigt grandiose Wolkenbilder, wie man sie sonst nur über dem Meer sieht. Dieses England gefällt mir. Ich greife mir einen der beiden Prospekte, die ich auf dem Kaminsims abgelegt habe. Er zeigt Bilder der altehrwürdigen Universität von Cambridge und Ansichten der idyllischen Flusslandschaft. Ich überschlage die Zeit, die mir morgen bis zum Abflug bleibt. Zu wenig, um die Stadt zu besichtigen. Schade.

Nobel wie in einem Grandhotel ruft ein Gong zum Dinner. Ich beeile mich, in meine Schuhe zu schlüpfen, und steige die Treppe hinunter, wo mich Geoffrey an der Tür zur Lounge erwartet. Er beugt sich verschwörerisch grinsend zu mir herüber und flüstert: »*Steak and Kidney Pie.*« Dann lacht er albern und zeigt mit einer schlenkernden Armbewegung auf einen ovalen Tisch am Fenster. Mir kommt der Verdacht, dass Geoffrey nicht ganz richtig im Kopf ist.

Das Dinner erweist sich als eine Art Pastete in einem Topf, die mit einer braunen Kruste überbacken ist. Darunter liegen Streifen von Steak, gemischt mit säuerlich riechenden, geschnitzelten Nieren.

Meinen kontinentalen Hunger stille ich lieber mit den dicken Kartoffelchips. Und beschließe, doch noch einen Pub aufzusuchen.

Den Pub finde ich drei Straßen weiter an einer Ecke. An der Theke stehen in zwei Reihen hintereinander fröhliche Männer, die aus dicken Henkelgläsern schaumloses Bier trinken. Ich lerne ohne Umstände John, Dave, Frederick und Marc kennen. Als ich um zehn nach dem vierten Pint den Pub verlasse, erscheint mir mein Vorhaben, in Peabodys Zimmer einzudringen, weitaus unproblematischer als vorher.

Im Vorgarten von Ms Finks Haus begegnet mir der starre Blick des Porzellantigers. Die Haustür ist, wie angekündigt, angelehnt. Aus dem Aufenthaltsraum dringt Fernsehton. Wartet man dort, bis der letzte Gast im Hause ist? Ich stecke den Kopf durch die Tür und sehe Ms Fink und Geoffrey nebeneinander auf dem Ledersofa sitzen und aufmerksam eine Fernsehshow verfolgen. Ich winke ein *Good Night* ins Zimmer und widme mich dem Schlüsselbrett neben der Haustür. Als würde man ihn noch erwarten, hängt dort Mr Peabodys Zimmerschlüssel am Haken. Ich stoße ihn mit dem Finger an und lasse ihn ein bisschen schaukeln. Habe ich ein Pint zu viel getrunken?

Ich hoffe auf ein baldiges Ende der Fernsehshow und steige die Treppe zu meinem Zimmer hinauf. Auf dem Tischchen neben dem Kamin steht jetzt ein kleiner Fernseher. Als ich ihn einschalte, erscheint das verschneite Bild der Fernsehshow, die Mutter und Sohn Fink anschauen. Nicht schlecht, denke ich, so werde ich wissen, wann meine Wirtsleute ins Bett finden.

Nach einer Weile beginnen die Pints zu drücken und zwingen mich ins Bad, wo ich die Tür offen lasse, um das Ende der Show nicht zu verpassen. Ich kämpfe mit dem Wunsch, mich auf dem Bett auszustrecken, und zwänge mich stattdessen in den zierlichen Sessel, der vor dem Schreibtisch steht.

Der Show folgt eine Nachrichtensendung, in der ausführlich von einem schauerlichen Mord in Leeds berichtet wird und die sich Ms Fink und Sohn nicht entgehen lassen. Doch dann verstummt unten endlich der Fernsehton, und es wird still im Haus. Niemand ist die Treppe hinaufgekommen. Das spricht dafür, dass die Wohnräume der Finks im Erdgeschoss liegen.

Ich trete auf den Treppenabsatz hinaus und beuge mich über das Geländer. Unter mir liegt der Flur im Dunkeln. Lediglich über der Haustür glimmt ein sparsames Notlicht. Wie lange wird es dauern, bis Ms Fink und ihr debiler Sohn Geoffrey in die Kissen gefunden haben? Ich gehe in mein Zimmer zurück und schalte den Fernseher aus, trete ans Fenster und schiebe die Vorhänge beiseite. Ich hoffe, dass sie in Peabodys Zimmer genauso dicht sind und kein verdächtiges Licht nach draußen fallen lassen, wenn ich mich darin umtue.

Eine schmale Lichtbahn fällt in den Garten hinter dem Haus. Wahrscheinlich aus einem der Schlafzimmer im Erdgeschoss. In der Häuserzeile gegenüber verlischt nacheinander das Licht in den Fenstern. Duxford begibt sich zur Ruhe.

Nach fünf Minuten wird es auch im Garten dunkel. Ich ermahne mich zur Geduld und gebe eine Viertelstunde zu. Dann ziehe ich die Schuhe aus, lösche das Licht und taste mich auf Strümpfen die Treppe hinunter.

Plötzlich beginnt das bunte Glasfenster über der Haustür zu leuchten. Ein Auto mit aufgeblendeten Scheinwerfern hält vor dem Haus. Ein verspäteter Gast, der gleich klingeln und Ms Fink aufwecken wird? Doch das Auto fährt weiter, und ich atme auf.

Der zweite Schlüssel von links ist der von Peabodys Zimmer. Vorsichtig nehme ich ihn von seinem Haken und stecke ihn in die Hosentasche.

In diesem Augenblick fällt ein Lichtschein aus dem rückwärtigen Teil des Hauses, wo eine Tür in die Privatgemächer führt, in den Flur. Ich drücke mich flach an die Wand vor der Treppe. Kurz darauf rauscht eine Wasserspülung, und eine Männerstimme murmelt Undeutliches. Geoffrey hat sein Abendbier weggebracht. Dann wird es wieder dunkel, und ich beeile mich, nach oben zu kommen.

Über Peabodys Zimmertür glimmt das rötliche Notlicht. Ich taste nach dem Schloss und schiebe den Schlüssel hinein. Langsam drücke ich die Tür auf und warte auf ein verräterisches Quietschen, das jedoch ausbleibt.

Der Raum ist vollkommen dunkel, ein schwarzes Loch, in das ich blindlings hineintappe. Ich ziehe die Tür hinter mir zu und fahre mit der Hand an der Wand entlang, um den Lichtschalter zu finden. Als ich ihn betätige, schießt mir das Licht der Deckenlampe grell in die Augen. Ich sehe, dass die Vorhänge am Fenster aus dem gleichen dunklen Stoff sind wie die in meinem Zimmer, wenigstens das.

Das Zimmer ist beträchtlich größer als meins. Neben einem Schreibtisch sehe ich eine Stehlampe und schalte sie ein. Erleichtert lösche ich die Deckenlampe und beginne mich umzusehen.

Ein Wohnzimmer ist das, kein Gästezimmer. Das Bett steht hinter einem Paravent. An einer Wand erstreckt sich in ganzer Länge ein Bücherschrank. Am Fenster steht ein runder Tisch vor einer Sitzgruppe. Dort hat Ms Fink das Besucherbuch abgelegt. Der Fernseher auf dem Sideboard ist das gleiche kleine Ding wie der in meinem Zimmer. An den Wänden hängen ein paar Landschaftsbilder und viele gerahmte Fotos. Erinnerungen aus dem früheren Leben eines Pensionärs.

Wo mit der Suche beginnen? Auf dem Schreibtisch liegen, exakt geordnet, einige wenige Papiere. Dort mache ich den Anfang. Ich sehe Briefköpfe von Firmen, ein paar Rechnungen. Einen Brief von einem Roger, der seinen Besuch ankündigt. Neben einer Schale mit Schreibutensilien liegt ein Terminkalender, in dem ich hoffnungsvoll blättere. Keine Notiz, die auf Köln hinweist. Die Schreibtischschubladen sind nicht abgeschlossen. Peabody scheint keine Geheimnisse gehabt zu haben. In der ersten liegen Bankauszüge, eine altmodische Taschenuhr und eine Schachtel mit Münzen. In der zweiten Schublade reihen sich Etuis aneinander. Als ich sie öffne, glänzen mir Medaillen entgegen. Hochdekoriert wäre Peabody gewesen, hat Ms Foreman gesagt. Wie hoch, kann ich nicht beurteilen, ich kenne nur den berühmten Hosenbandorden, und der ist nicht dabei.

Im hinteren Teil der Schublade liegt ein Gegenstand, der in ein Tuch eingewickelt ist. Als ich ihn auspacke, kommt mir ein leichter Ölgeruch entgegen, den ich aus der Waffenkammer des Polizeipräsidiums kenne. Peabody hat seine Dienstwaffe in Ehren gehalten. Einen matt glänzenden Browning, wie ihn im Krieg Offiziere am Koppel getragen haben. Sorgfältig wickle ich ihn wieder ein und lege ihn zurück. Exakt so wie vorher. Obwohl Peabody nun nicht mehr merken kann, dass jemand Fremdes ihn in der Hand gehabt hat.

Den Notizblock auf der Schreibtischplatte habe ich übersehen. Erwartungsvoll blättere ich ihn durch. Keine Eintragung, die mich interessieren könnte. Nur ein paar Namen, die mir nichts sagen. Kein Schwellenbach, kein Reyter, wie ich gehofft habe.

Unschlüssig stehe ich vor dem Schreibtisch. Von irgendwoher im Haus dringt ein Glockenschlag. Westminster. So eine Standuhr hatten meine Eltern auch. Für einen Augenblick sehe ich meinen Vater vor mir, wie er sie aufzieht. Franz Lukas, Hauptkommissar bei der Kölner Kripo, den man eines Morgens erschossen im Rheinauhafen aufgefunden hat und dessen Mörder nie gefasst wurde. Sein Vorbild hat mich Polizist werden lassen. Was ich hier tue und was ich vorhabe, hätte ihm nicht gefallen.

Ich wische den Gedanken weg und wende mich der Bücherwand zu. Reihenweise Belletristik, das Übliche. Bestseller der letzten zwanzig Jahre, von denen man einige auch in Deutschland kennt. Dann eine ganze Regalstrecke mit pädagogischer Fachliteratur. Auch Schulbücher. Eine umfangreiche Enzyklopädie und gestapelte Bildbände. Unten auf der Konsole liegen mehrere Fotoalben. Das oberste schlage ich auf und finde Aufnahmen von Schulklassen mit immer demselben Lehrer in der Mitte: Peabody.

Ich muss an das Tatortfoto aus der Fleischmengergasse denken. Da liegt ein alter, weißhaariger Mann in den Trümmern, von dem man nur das Profil sieht. Und das Loch im Hinterkopf. Jetzt sehe ich dem Menschen John Peabody ins Gesicht.

Auf den ersten Fotos mit seinen Schulklassen ist er noch ein junger Mann. Ich blättere weiter. Auf dem letzten Foto blickt ein immer noch sportlich wirkender älterer Herr mit einem sorgfältig gestutzten Schnurrbart und vollem weißen Haar in die Kamera. Peabody, der Lehrer.

Peabody, der Bomberpilot. Wie hatte der ausgesehen?

Ich trete an die Wand, an der die gerahmten Fotos hängen. Dort sieht man ihn auf dem großen Bild, das in Mitte hängt. Ein schlaksig wirkender junger Mann in Khaki-Uniform, die Offiziersmütze schräg auf dem Kopf. Ein wenig krampfhaft lächelnd. Über ihm die Kanzel eines Halifax-Bombers. Im Hintergrund Soldaten, die dabei sind, Bomben in das Flugzeug zu laden. Ein anderes Bild zeigt Peabody zusammen mit einer jungen Frau in einer unkleidsamen RAF-Helferinnen-Uniform. Er lacht, sie nicht. Hatte sie Angst um ihn? Ein Bild in einem matt glänzenden Metallrahmen hat einen Ehrenplatz: zwei Männer in Uniform: Peabody zusammen mit Luftmarschall Arthur Harris, der ihm die Hand schüttelt. Harris, der Chef der englischen Bomberflotte, den die Welt heute als den gnadenlosen Befehlshaber des Bombenkriegs gegen die Zivilbevölkerung kennt.

Ich fühle mich plötzlich unbehaglich in diesem Raum. Der freundliche, anheimelnde Schein der Tischlampe, der traditionelle englische Clubsessel, in dem er gesessen und gelesen hat, die Stille um mich herum bedrücken mich. Am liebsten möchte ich die Suche aufgeben. Aber ich tue es nicht. Ich bin dem Mord an drei Männern auf der Spur. Nicht unbedingt im Interesse der Gerechtigkeit, sondern im eigenen. Das gestehe ich mir ein, auch wenn es ein bisschen am Gewissen kratzt. Doch wo ist da der Unterschied? Wenn ich Erfolg habe, kommt es auf dasselbe heraus. Mach weiter, Lukas.

Der Bücherschrank. Ich bücke mich zu den Schranktüren hinunter und öffne sie. Dort stehen zwei Reihen von Aktenordnern. Die kann ich mir schenken. Eine Etage darunter liegen akkurat gestapelt Zeitschriften. Links von ihnen ein Stoß Taschenbücher, alle die gleichen. Ein ganzer Vorrat, mindestens ein Dutzend. Ich nehme das oberste in die Hand. Der Titel steht groß über der Luftaufnahme einer brennenden Stadt: »*OPERATION MILLENIUM*«. Darunter: »*We bombed Cologne*«. Der Autor ist John Peabody.

Ich überfliege die ersten Buchseiten. Peabody widmet sich akribisch der Planung des ersten 1000-Bomber-Angriffs und erklärt seine Durchführung im Detail. In den Text eingeschoben sind eine Reihe von Bildern zur Illustration der Informationen. Schon auf einer der ersten Seiten erscheint eine Großaufnahme von Luftmarschall Harris, den er augenscheinlich verehrt hat. Einen großen Raum nimmt die Schilderung seines persönlichen Erlebens beim Angriff auf Köln ein.

Ich nehme das Buch an mich und schließe enttäuscht die Schranktür. Habe ich ernsthaft gehofft, hier eine Korrespondenz mit dem geheimnisvollen Anbieter von Militaria in Köln zu finden? Der angebliche Besitzer der Überreste abgeschossener englischer Flugzeuge ist nicht so leichtsinnig gewesen, eine schriftliche Spur zu hinterlassen.

Ich sehe mich noch einmal um und lösche das Licht. Vorsorglich strecke ich einen Arm aus, um im Dunkel bis zur Tür zu kommen, ohne ein Geräusch zu machen. Ich öffne sie nur so weit als nötig und schiebe mich seitlich hindurch. Das Schloss rastet geräuschlos ein. Das Notlicht auf dem Treppenabsatz hilft mir, die ersten Stufen der Treppe zu finden. Unten hänge ich den Schlüssel von Peabodys Zimmer wieder an seinen Platz.

Als ich mich auf den Rückweg machen will, stoße ich an den Tisch mit der Prospektauslage und befördere ein paar von ihnen auf den Boden, gefolgt von einem Aschenbecher, der scheppernd auf den Steinfliesen landet. Hastig bücke ich mich und lege alles zurück. Doch im hinteren Teil des Flurs rührt sich nichts. Der Gast aus Germany im Dunkeln auf Strümpfen am Schlüsselbrett stehend, was wäre das für ein Bild.

Als ich zurück in meinem Zimmer bin, finde ich nicht die Ruhe, einzuschlafen. Ich will wissen, was Peabody über den Angriff auf Köln geschrieben hat. Ich setze mich in den Sessel vor der Kaminattrappe und beginne zu lesen.

Peabody hat gründlich recherchiert. Ich erfahre, dass der Plan, die deutsche Zivilbevölkerung durch Bombenterror zu demoralisieren, ursprünglich nicht von Harris, sondern von Winston Churchill stammt, aber dass Harris derjenige war, der gegen den Widerstand anderer Militärs die nicht für möglich gehaltene Zahl von tausend Bombern zusammenbrachte. Dann werden RAF-Einheiten genannt und eine Menge Zahlen. Mannschaftsstärken. Flugzeugtypen und Bombenlasten.

Nach den ersten Seiten erlahmt mein Interesse, und ich blättere weiter zu dem Teil, in dem Peabody sein Kriegserlebnis schildert. Das tut er sehr plastisch und im Stil eines Frontberichterstatters. Ich erfahre, dass die Flugzeuge zunächst Leverkusen anfliegen sollten, um dann nach Südwesten auf das Zielgebiet Innenstadt einzudrehen. Nach dem Bombenabwurf sollten sie im Sinkflug Euskirchen ansteuern und darauf mit hoher Geschwindigkeit wieder Kurs auf England nehmen. Als Hauptzielgebiet wird der Neumarkt genannt, wobei Peabody auch den Wasserturm als Orientierungspunkt erwähnt. Ziemlich dramatisch schildert er die gefährliche Begegnung mit plötzlich entgegenkommenden Wellingtons über der Stadt, die sich beim Anflug verflogen hatten. Dem Bericht zufolge kreisten einige Besatzungen der zweiten Angriffswelle nach dem Bombenabwurf noch mehrmals über Köln, um das makabre Schauspiel der brennenden Stadt zu beobachten. Eine von diesen Maschinen wurde von Flight Lieutenant John Peabody geflogen, der dieses Erlebnis mit großer Genugtuung beschreibt. Schockierend sind Sätze, mit denen er seine Gefühle während des Angriffs schildert, die grimmige Hoffnung, dass jede der Bomben hilft, dieses Nazivolk in die Knie zu zwingen. Kein Gedanke an die wehrlosen Menschen, die dabei in den Kellern und im Feuersturm umkommen.

Ich lege das Buch zur Seite und denke an Mr Beaver, der Peabody nicht gemocht hatte, obwohl sie Kriegskameraden waren. Als ich mich ausziehe und ins Bad gehe, hoffe ich, dass mich das Buch nicht am Einschlafen hindern wird. Aber es tut es doch.

Am Morgen versetzt mich das *Full English Breakfast* von Ms Fink in bessere Laune. Auch den rechtsgesteuerten Toyota, der im *Car-Port* auf mich wartet, begrüße ich freundlich. In ein paar Stunden bin ich wieder in Köln. Da wartet Hanna auf mich.

11.

Schwellenbach und Reyter, die Namen aus Peabodys Besucherbuch. Ich kann die Leute nicht selbst überprüfen. Wenn einer von ihnen Peabody und seine Kameraden nach Nekropolis gelockt hat, könnte er mich kennen. Wer so was plant, erkundet auch das Umfeld und weiß, wer für die Sicherheit in Nekropolis zuständig ist. Ich werde Hanna fragen, ob sie das übernehmen will. Feststellen, wo Schwellenbach und Reyter wohnen, hinfahren und unter einem Vorwand mit ihnen reden. Dabei müsste sich herausstellen, ob einer von ihnen hinreichend verdächtig ist.

Als ich am Morgen ins Büro komme und Hanna begrüße, folgt sie mir auf dem Fuß und zieht die Tür hinter sich zu.

»Na, was hast du erreicht in England? Was gefunden, was uns weiterbringt?«

Sie sagt *uns* und nicht *dich*. Das stimmt mich optimistisch.

»Gefunden habe ich zwei Namen und ein Buch«, sage ich und setze mich hinter meinen Schreibtisch. »Wir müssen in Ruhe darüber reden, nicht hier im Büro. Gehen wir zum Chinesen heute Mittag?«

Kurz nach zwölf ist es noch leer im China-Palast am Friesenplatz. Wir nehmen den letzten Tisch rechts vor der Tür zum Garten. Die Tochter des Hauses kommt, reicht uns die Karte und bleibt gleich neben uns stehen. Sie kennt uns und weiß, dass wir Büroleute sind, die es immer eilig haben. Wir nehmen jeder eins von den preiswerten Mittagsmenüs, Hanna mit Frühlingsrolle, ich mit Pekingsuppe, wie immer.

Als die Getränke kommen, bin ich gerade bei Ms Foreman und der Story angelangt, die ich ihr über mein geplantes historisches Buch erzählt habe. Hanna grinst. Ich überspringe die Flugzeugschau und berichte von Peabodys Besucherbuch und von den Eintragungen »Schwellenbach« und »Reyter« aus Köln.

»Standen da auch die Adressen dabei?«

»Nein«, sage ich, »aber die herauszufinden, sollte bei diesen Namen kein Problem sein. Die Frage ist nur, wer die beiden überprüft. Ich kann das nicht selbst machen, das wäre unvorsichtig. Könnte ja sein, dass derjenige, den wir suchen, mich kennt. Ich denke, dass du den Job übernehmen musst.«

Hanna teilt ihre Frühlingsrolle und betrachtet sie nachdenklich. Ich löffele meine Suppe und frage mich, ob es gut war, gleich mit der Tür ins Haus zu fallen.

»Ich weiß schon, wie ich da rangehe«, sagt sie, ohne lange nachzudenken. »Ich mache das so wie früher.«

»Wie früher?«

»Ja, wie damals, als ich noch bei der Werbeagentur war. Da hab ich Interviews für die Marktforscher gemacht. Kann ich gut, so was.«

Ich nicke ihr über meine Suppe hinweg zu und sage, dass ich überzeugt davon bin.

»Also, ich mache das so«, fährt sie fort: »Ich besorge mir die Adressen aus dem Telefonbuch. Dann rufe ich an und sage, ich bin die Frau Soundso vom Marktforschungsinstitut XY und mache eine Untersuchung über bevorzugte Reiseländer und möchte gern mal vorbeikommen und mit ihnen reden.«

»Wenn nun einer sagt, er will dir kein Interview geben, was machst du dann?«

»Aber Justus!«, lächelt sie. »Du weißt doch, wie unwiderstehlich ich sein kann.«

»Also gut«, sage ich und grinse, »und wie kommst du dann zum Thema Bombenkrieg?«

»Auch kein Problem. Wenn er mir genug über England als Reiseziel gesagt hat, frage ich ihn, ob er dort mit Leuten über den Zweiten Weltkrieg gesprochen hat. Zum Beispiel über die Bombardierung englischer Städte durch die deutsche Luftwaffe. Wenn er auf das Thema einsteigt, höre ich garantiert heraus, wie er umgekehrt über die Terrorangriffe der Engländer auf deutsche Städte denkt. Wenn ihn das verdächtig macht, bist du dran. Observierst ihn und fängst an zu ermitteln. Da warst du ja groß drin, wie dein Freund Zimmermann behauptet.«

Schlaue Hanna Steguweit! Nach einem Partner für einen eigenen Sicherheitsdienst brauche ich mich nicht lange umzusehen.

Bei Schweinefleisch süßsauer und Reisnudelpfanne berichte

ich von meinem Einbruch in Peabodys Zimmer. Die tiefe Falte auf ihrer Stirn bedeutet Missbilligung. Aber sie sagt nichts dazu. Dann präsentiere ich ihr das einzige konkrete Ergebnis meines Englandbesuchs:

»Peabody hat ein Buch über den 1000-Bomber-Angriff auf Köln geschrieben, darin schildert er die Aktion aus eigenem Erleben. Und das sagt uns, warum er mit seinen Kriegskameraden nach Köln gelockt wurde, um dort umgebracht zu werden.«

»Und was schreibt er? Eine Rechtfertigung für den Angriff?«, fragt Hanna.

»Aus seiner Sicht heraus ja. Aber er rechtfertigt nicht nur eine kriegstaktische Notwendigkeit, sondern engagiert sich auch stark emotional. Sagt unumwunden, dass er Genugtuung empfunden hat, als er beim Angriff aus seiner Kanzel heraus auf die brennende Stadt hinuntergesehen hat. Auch, dass er keine Skrupel hatte, auf diese Weise eine nazitreue Zivilbevölkerung in die Knie zu zwingen, sogar stolz auf seine Rolle dabei war.«

Als ich Hanna Peabodys Buch anbiete, damit sie sich selbst ein Bild machen kann, lehnt sie ab. Was ich verstehe.

Später im Büro braucht sie keine halbe Stunde, um die Dinge in Gang zu bringen. Schwellenbach sagt für heute Abend zu, Reyter für morgen.

Wir werden Hannas Fiesta nehmen. Mein Spider ist zu auffällig, könnte verraten, wer hinter der angeblichen Marktforschung steckt. Schwellenbach wohnt in Seeberg in einem bescheidenen Bungalow mit einem kleinen Vorgarten. Die Straße, an der das Haus liegt, endet in einem Wendehammer. So kann ich parken und den Bungalow im Auge behalten.

Ehe sie aussteigt, holt Hanna aus ihrer Umhängetasche einen blauen Hefter heraus und schlägt ihn auf. Ich beuge mich zu ihr hinüber und sehe zwei Fragebögen. Alles säuberlich auf dem PC getippt und ausgedruckt. Original, wie von einem Marktforschungsinstitut fabriziert. Das muss sie gleich nach der Mittagspause gemacht haben. Hanna ist perfekt. Sie liest die Fragen noch einmal durch, klappt den Hefter zu und küsst mich aufs Ohr. Dann steigt sie aus und geht auf Schwellenbachs Haus zu. Als sie vor dem Gartentor steht, springt automatisch eine grelle Beleuchtung über der Hautür an. Hanna klingelt, und es erscheint ein großer, schlanker Typ, der sie hereinbittet. Die Tür schließt sich, und die Beleuchtung erlischt.

Wie lange wird sie brauchen, um ihre Schau abzuziehen? Ich setzte mich zurecht und kippe die Lehne ein Stück zurück. Es bleibt unbequem. Immerhin ist es in Hannas Fiesta wärmer als in meinem Spider mit dem undichten Verdeck. Ich starre in das Dunkel der stillen Siedlungsstraße und stelle mir vor, wie Hanna jetzt dem Mann gegenübersitzt und versucht, ihn hinters Licht zu führen. Plötzlich wird mir bewusst, in welche Gefahr ich sie gebracht habe. Was ist, wenn Schwellenbach das Manöver durchschaut? Habe ich vergessen, was ich auf der Polizeischule gelernt habe? Niemals einen Kollegen losschicken, ohne ihn abzusichern!

Das Handy! Ich will wissen, was da drinnen vorgeht. Ich zerre es aus meiner Tasche und wähle Hannas Nummer. Das Netz braucht lange, um die Verbindung aufzubauen. Dann meldet sich Hanna und klingt fröhlich. Im Hintergrund höre ich eine Frauenstimme, die mit einem Kind spricht. Schwellenbach ist ein Familienvater. Jedenfalls wird er sich nicht an Hanna vergreifen, solange Frau und Kind in der Nähe sind. Ich drücke die rote Taste. Drüben im Haus wird Hanna sagen, dass sich jemand verwählt hat. Ich merke, wie sich mein Puls beruhigt. Bleibt jetzt nur noch Reyter als Verdächtiger? Auch Familienväter wie Schwellenbach können Mörder sein. Es kommt darauf an, was Hanna gleich berichten wird.

Fünf Minuten, zehn Minuten. Dann springt am Haus die Beleuchtung an. Diesmal ist es eine junge Frau, die in der Tür erscheint. Hanna wird freundlich verabschiedet und kommt quer über die Straße zum Auto. Ich lange hinüber und öffne die Beifahrertür.

»Wie nett, dass du eben angerufen hast«, sagt sie und wirft ihre Tasche auf den Rücksitz. »Hattest Angst, dass mich der Mörder killt, was?«

Ich nicke stumm.

»Ist dir aber spät eingefallen«, sagt sie. »Ich hab schon daran gedacht, als ich vor dem Haus stand.«

»Und warum bist du dann nicht einfach zurückgekommen?«

»Ich hatte mir eine Sicherung zurechtgelegt. Hab gleich gesagt, dass draußen ein Fahrer vom Institut auf mich wartet.«

»Ich könnte mich ohrfeigen«, sage ich. »Aber jetzt schieß los. Was hat der Schwellenbach in Duxford gemacht?«

»Fahr schon«, sagt Hanna, »ist nichts Aufregendes.«

Hannas Bericht ist nicht mal halb so lang wie die Neusser Landstraße bis zum Militärring.

»Also, der Mann schreibt Reiseführer. Sein letzter Auftraggeber war ein Kölner Verlag. Ein Reiseführer über England. Und dieses Kriegsmuseum in Duxford stand auf der Liste der Sehenswürdigkeiten. Das hat er so ganz nebenbei erwähnt, als ich ihn nach seiner Reiseroute gefragt habe. War sehr auskunftsfreudig, der Herr Schwellenbach. Hat auch versucht mit mir zu flirten, wenn seine Frau nicht hingeguckt hat. Den können wir streichen von der Liste.«

Dann sagt sie noch ein paar nette Sachen über das Kind und was sie über den Job von diesem Schwellenbach denkt, für den er dauernd in der Weltgeschichte rumreist, während die Frau zu Hause rumsitzt.

Ich schwanke zwischen Enttäuschung und Erleichterung. Einerseits habe ich mir gewünscht, gleich auf Anhieb den Mörder fassen zu können. Andererseits bin ich froh, dass Hanna nicht in Gefahr war.

Wir reden nicht mehr viel auf der Fahrt. Einmal legt Hanna ihren Kopf an meine Schulter, und das ist genug, um den Tag wieder in Ordnung zu bringen.

Vor ihrer Haustür steige ich aus und wechsele in den Spider. Eigentlich müsste ich jetzt fragen, ob sie immer noch mitmachen will. Stattdessen sage ich: »Beim Reyter machen wir das anders. Dann lassen wir beide das Handy eingeschaltet, und ich höre draußen mit. Okay?«

»Machen wir«, sagt Hanna. »Damit du hörst, wie toll ich lügen kann.«

Dann fällt die Haustür hinter ihr zu, und ich denke, was ich doch für ein tolles Mädchen habe.

12.

Das Unternehmen Reyter war ein Flop. Der Mann ist ein Simpel. Baut Flugzeugmodelle aus Baukästen zusammen, die er alle im Hausflur aufhängt. Er ist nach Duxford gefahren, weil er die alten englischen Flugzeuge mal im Original sehen wollte. Nach zehn Minuten war Hanna wieder aus seiner Wohnung heraus.

Aufgeben? Nachträglich Meldung machen und sich rausreden wegen der Verzögerung? Ich gehe ans Fenster und sehe auf den Vorplatz hinaus, auf dem gerade ein Bus aus England eingetroffen ist. Landsleute von Peabody, Coullen und McNeal steigen aus. Ihr Anblick macht mir die Entscheidung nicht leichter. Ich sollte mit der Tagesarbeit beginnen, aber es fällt mir schwer, mich zu konzentrieren. Am liebsten möchte ich den Papierkram liegen lassen und mich mit Hanna bereden.

Doch dazu kommt es nicht. Ich höre Stimmen im Vorzimmer, die Tür geht auf, und von Herwarth erscheint, zusammen mit Hanna. Er hat einen Anruf bekommen und ist verwundert, dass mich meine Leute noch nicht alarmiert haben. Vor dem Dombunker gibt es eine Demonstration. Ein paar Dutzend Leute sind aufmarschiert und haben ein Transparent entrollt: »Kölner! Uns gehört die ganze Stadt! Weg mit Nekropolis!«

Von Herwarth ist wegen des möglichen Auftauchens der Presse besorgt und will wissen, was ich zu unternehmen gedenke. Steht da und wartet und sieht ostentativ auf seine Uhr.

Ich lasse mir den Ärger über die unterbliebene Meldung nicht anmerken und fixiere den Einsatzplan an der Wand. Überschlage, wie viele Leute im Augenblick zur Verfügung stehen, und überlege, wo sie sich zur Zeit im Gelände aufhalten könnten.

Währenddessen meldet sich im Vorzimmer das Telefon, und Hanna geht hinüber. Dann beginnt das grüne Signal auf meinem Apparat zu blinken. Ich nehme den Hörer, und Hanna meldet sich aufgeregt. »Eine Frau ist dran. Nennt keinen Namen. Will den Chef sprechen wegen der toten Engländer.«

»Stell durch«, sage ich und vergesse augenblicklich die Demonstration.

Die Frau hat einen Akzent, der polnisch klingt. Ohne dass sie sagt, wer sie ist, fragt sie: »Gibt es Belohnung für wichtige Auskunft wegen der toten Engländer?«

Ich benutze die freundlichste Stimme, die ich zur Verfügung habe. »Sie wissen etwas über die Engländer, die man nach dem Unfall mit der Bombe gefunden hat, ist das richtig?«

»Kein Unfall«, sagt die Frau. »Sind umgebracht worden. Bekomme ich Belohnung, wenn ich sage, wer sie gemordet hat?«

»Ja, eine Belohnung ist durchaus drin. Vorausgesetzt natürlich, Ihre Auskünfte helfen uns wirklich weiter.«

»Wie viel geben Sie?«

»Kommt darauf an. Fünfhundert vielleicht.«

»Tausend, nicht weniger. Wollen Sie?«

»Könnte gehen«, sage ich. Geben Sie mir Ihren Namen und Ihre Adresse.«

Ich reiße einen Notizzettel vom Block und schreibe mit. Dann wiederhole ich alles zur Sicherheit und schlage vor, dass ich sie morgen Vormittag aufsuche. Was ihr recht ist. Ich lege den Hörer auf und sage zu Hanna, die wieder hereingekommen ist: »Na bitte! Es tut sich was!«

Als sie mich fragend ansieht, deute ich mit dem Kinn auf von Herwarth, der vor dem Stadtplan steht und uns den Rücken zuwendet. Hanna versteht.

Den Notizzettel mit der Adresse von Frau Kolschinski lege ich in meine Brieftasche und lösche Schwellenbach und Reyter aus meinem Gedächtnis.

»Kommen Sie, wir gehen in den Mannschaftsraum und trommeln unsere Leute zusammen«, sage ich zu von Herwarth und nehme mein Sprechfunkgerät aus der Ladestation.

Auf dem Weg dorthin schaue ich kurz in den Überwachungsraum hinein. Auf dem Drehsessel vor der Monitorwand sitzt einer von der Bereitschaft und döst. Der Monitor acht zeigt eine Gruppe von Demonstranten, die ruhig neben dem Eingang zum Bunker stehen und ihr Transparent hochhalten. Vor ihnen sieht man ein paar verärgerte Touristen, die in den Bunker hineinwollen und augenscheinlich nicht wissen, ob die Demonstranten sie daran hindern werden.

»Gut geschlafen?«, sage ich zu dem Mann im Sessel und stoße ihn an. »Nix gesehen vom Krawall am Dom?«

Der schreckt zusammen, murmelt Entschuldigungen und lässt eilig den Zoom auf die Demonstranten zufahren. Doch die stehen nur ruhig da und halten sich an ihrem Transparent fest. Ich fürchte, dass das nicht so bleiben wird. Ich beuge mich vor und schalte um auf Monitor fünf. Der zeigt eine Gruppe von vermummten Gestalten, die sich auf einem Trümmergrundstück am Rand des Altermarkts versammelt haben.

»Sehen Sie das?«, sage ich und ziehe von Herwarth am Arm zu mir heran, »jetzt haben sie schon Autonome angeheuert, damit die Demo ins Fernsehen kommt! Achten Sie auf das Kamerateam hinter den Typen. Die sind garantiert bestellt. Werden gleich mit den Typen zusammen zum Dombunker marschieren.«

Im Mannschaftsraum sitzen drei Wachmänner und spielen Karten.

»Auf, auf, Leute!«, rufe ich und deute auf das stationäre Sprechfunkgerät. »Gehen Sie auf Kanal drei und holen Sie alle erreichbaren Männer im Ostbereich zusammen. Sie sollen zum Eingang Dombunker kommen, da gibt es eine Demonstration.«

Zu von Herwarth sage ich: »Nehmen Sie die Flüstertüte aus dem Geräteschrank mit. Könnte sein, dass Sie was Passendes über Nekropolis von sich geben müssen.«

Als einer von der Mannschaft den Jeep holen will, winke ich ab. »Wir laufen, das geht schneller, als außenrum zu fahren!« Dann wähle ich das Präsidium an und bitte um Polizeiunterstützung.

Auf dem Weg zum Dombunker stelle ich fest, dass die Demonstranten einen besucherstarken Tag für ihre Aktion gewählt haben. Auf allen freigeräumten Straßen und auf den Trümmerpfaden wandern Touristengruppen gemächlich dahin. Besonders attraktive Ruinen werden mit Eifer geknipst und gefilmt. Trotz aller Verbote sieht man Unbelehrbare über die Trümmer klettern und zwischen den Ruinen herumkraxeln. Wir hätten längst mehr Personal einstellen sollen, aber davon will Haskins nichts hören.

Wir bewegen uns im Laufschritt, und die Leute schauen uns verwundert nach. Ein paar Jugendliche, die sich mit Bierdosen in den Händen auf einem Mauerrest in der Schildergasse niedergelassen haben, werden munter und schließen sich uns erlebnishungrig an.

Die Demo vor dem Bunkereingang ist geschickt geplant. Augenscheinlich wollen die Initiatoren zunächst den Anschein eines friedlichen Bürgerbegehrens erwecken. Ich kenne den Mann, der solche Aktivitäten managt: Peter Flamm, ein Profi, der eine Event-Agentur betreibt.

Wir halten uns am Rand der wachsenden Zuschauermenge. Neben der Gruppe mit dem Transparent hat ein Redner eine kleine Trittleiter aufgestellt, die er als Tribüne benutzt. Was er sagt, ist das Übliche, was man gegen Nekropolis ins Feld führt: Kulturschande, Entwürdigung der ehrwürdigen Colonia Agrippinensis, Schändung des Gedenkens an die Luftkriegsopfer. Üble Geschäftemacherei der Amerikaner, darauf läuft es in der Regel hinaus.

Ganz klar, denke ich, gleich wird einer aus dem Publikum kommen und den braven Onkel von der Leiter stoßen. Ein paar bestellte Typen fangen eine Klopperei an, und eigentlich weiß keiner, warum. Erst erscheint die Polizei, und dann kommen die Autonomen dazu und mischen den Laden auf, nach Kreuzberger Manier. Damit ist das Ziel erreicht. Die Fernsehteams können wilde Sachen filmen, und das Transparent ist immer schön im Bild und kommt über das Fernsehen in die Wohnzimmer: »Köln den Kölnern – weg mit Nekropolis.«

Zunächst aber erscheinen im Eingang zwei Männer vom Bunkerpersonal. Sie beeilen sich, die stählerne Tür zu schließen, und stoßen dabei auf den erbitterten Widerstand von Besuchern, die Eintrittsgeld bezahlt haben und hineinwollen. Unter ihnen befinden sich mehrere kräftige Herren, die sich mit dem Bunkerpersonal anlegen.

Als die Rangelei beginnt, steigt der Redner von seiner Trittleiter, weil ihm keiner mehr zuhört. Das Transparent der Demonstranten beginnt heftig zu schwanken und sinkt schließlich zu Boden. Inzwischen ist auch unter den Zuschauern Unruhe aufgekommen, und von Herwarth sieht sich veranlasst, den Handlautsprecher einzusetzen. Er drängt sich durch die Menge nach vorn, gefolgt von einem Kameramann und seinem Helfer, der tapfer einen Mikrofongalgen über ihn hält.

Gleichzeitig mit einem Dutzend vermummter Gestalten trifft die Polizei ein, und es entwickelt sich die erwartete Schlägerei, die dem Kamerateam die erwünschten Bilder einbringt. Ich höre, dass von Herwarth den Handlautsprecher eingeschaltet hat und sich bemüht, einen Aufruf zur Ruhe anzubringen, worauf einer der Vermummten auf ihn losgeht.

Was folgt, ist der Hammer! Von Herwarth steckt einen Schlag ein, der ihm den Lautsprecher aus der Hand fegt. Doch ehe der Typ ein zweites Mal zuschlagen kann, kriegt er einen Karatetritt verpasst, der ihn glatt umwirft. Verdutzt rappelt er sich auf, starrt den Anzugträger mit dem angegrauten Haar an und will es nicht glauben. Doch Karate kann er auch, wie sich zeigt, als er herumwirbelt und einen hohen Tritt vor die Brust anbringen will. Aber von Herwarth ist besser. Der fängt die Attacke mit dem Arm ab und hebelt ihn am ausgestreckten Bein zu Boden. Dann steht er über ihm, und ich höre, wie er ruhig sagt: »Verpiss dich, du Anfänger, aber schnell!«

Ein paar Leute klatschen, was ich auch gern getan hätte, aber ich lass es lieber. Bodo von Herwarth, der seriöse PR-Mann, wer hätte das gedacht!

Plötzlich ist der Spuk vorüber. Die Vermummten sind auf einmal verschwunden, und die Polizei packt die Knüppel ein. Es ist nichts Ernstes passiert. Aber der Kameramann hat tolle Bilder im Kasten. Noch an diesem Abend werden sich zumindest die Fernsehzuschauer im Sendebereich des WDR ein paar Gedanken über die Existenzberechtigung von Nekropolis Cologne machen.

In einiger Entfernung steht von Herwarth vor einem Rundfunkreporter und gibt ein Interview. In der Etage über ihm wird Mr Haskins beurteilen, ob es ihm gelungen ist, den Spieß herumzudrehen und Nekropolis als ein Opfer von schnöden Geschäftinteressen der Bauwirtschaft darzustellen.

Ich nehme das Sprechfunkgerät zur Hand und schicke meine Leute wieder auf ihre Kontrollgänge. Einem von ihnen übergebe ich den Handlautsprecher und mache mich auf den Rückweg zur Hahnentorburg. Vor den traurigen Resten des Heinzelmännchen-Brunnens holt mich Peter Flamm ein und grinst mich von der Seite an.

»Na, Lukas, wie hat dir der Aufmarsch gefallen?«

Flamm ist ganz der alte Schulkamerad, der es zur eigenen Firma gebracht hat. »War mal was anderes für mich, als Events für die Kunden von Werbeagenturen zu organisieren.«

»Immer einen guten Spruch auf den Lippen, der Peter«, sage ich. »Wenn du so weitermachst mit deinen bestellten Demos, bin ich eines Tages meinen Job los. Gefällt mir richtig gut, der Gedanke.«

Flamm fasst mich am Arm. »Komm, Lukas, du hast doch sicher schon längst was anderes im Auge. Ist doch ein Feuerstuhl, auf dem du da sitzt, in deiner ollen Burg.«

Ich erspare mir die Antwort und gehe einen Schritt voraus auf dem schmalen Trümmerpfad, der in die Hohe Straße mündet. Doch Flamm holt mich ein und ist nicht zu bremsen mit seinem Gelaber.

»Kann doch auf die Dauer nicht gut gehen mit eurem Verein. Quetschen euch nur aus, die Amis. Stecken kaum was rein in das Trümmer-Disneyland, und dauernd passiert was Kriminelles. Und du bist der Sicherheitschef, der den Kopf hinhalten muss. Wird auch nicht mehr lange gut gehen mit eurer Heuchelei von wegen Mahnmal gegen den Krieg. Erst kommen die Tommys und die Amis und legen alles in Schutt und Asche, und dann machen sie das große Geschäft mit dem Trümmerhaufen. Auch die Sache mit dem Zwangsverkauf der Grundstücke nach dem damaligen Besatzungsrecht ist ein Witz, das hat doch vor keinem internationalen Gericht mehr Bestand.«

Dann holt er Luft und beruhigt sein beschissenes Gewissen: »Was ich hier organisiere, Proteste und so was, das ist doch nur Futter für die Medien. Peanuts im Grunde. Könnte sich die Bauwirtschaft glatt sparen. Wird auch so funktionieren. Sag ich denen natürlich nicht, ha, ha!«

Peter, das verdammte Arschloch, hat ja Recht, denke ich und halte Ausschau nach einem meiner Männer, der mich von seinem Gerede befreien könnte. Doch dann meldet sich mein Funkgerät und verlangt krächzend nach einem Rückruf.

»Mach weiter so, Peter«, sage ich und halte ihm die Hand hin. »Bist immer auf der richtigen Seite. Und ich hab jetzt was Dienstliches, hörst du ja. Also, bis irgendwann mal!«

Flamm nickt verständnisvoll und schlägt mir auf die Schulter. »Ich lauf jetzt zurück zum Altermarkt, da wartet der Mann, der die Kasse für die Jungs mit den Masken hat. Mach ich persönlich, so was.«

Als ich den Neumarkt überquere, hat mich mein Optimismus wieder eingeholt. Morgen früh wird mir Frau Kolschinski den Schlüssel zur Tür meines eigenen Sicherheitsdienstes liefern. Und das für einen bescheidenen Tausender! Zurück im Büro erzähle ich Hanna, was Sache ist.

»Vergiss Schwellenbach und Reyter«, sage ich. »Morgen kommt das berühmte Licht ins Dunkel!«

Hanna holt was vom Italiener in der Brabanter Straße, und ich spinne ein bisschen rum von der eigenen Firma. Dann diktiere ich den Bericht über die Demo und erledige einiges am Telefon. Um fünf machen wir pünktlich Schluss, weil ich für heute Abend eine Nachtpatrouille mit meinen Leuten angesetzt habe.

Die Männer im Mannschaftsraum warten schon. Gucken neugierig, weil ich einen Gast mitbringe: Weigand vom Stadtanzeiger, von dem ich mir einen Bericht über meinen gut funktionierenden Sicherheitsdienst erhoffe. Dementsprechend mache ich ein bisschen Wind bei der Einweisung meiner Leute, die nicht versäumen, demonstrativ ihre Pistolenholster anzulegen. In der letzten Zeit sind einige Typen aus dem Zuhältermilieu dreister geworden. Denen sind ihre Kellerpuffs im Sperrgebiet nicht mehr attraktiv genug, weswegen sie jetzt Quartiere in den Kellern ehemaliger Geschäfthäuser um die Schildergasse herum bezogen haben. Ein wenig besser ausgestattet, aber immer noch verrucht genug für einen gewissen Typ Freier. Auch gibt es Gerüchte in der Szene, die von einer nostalgischen Variante des Drogengeschäfts sprechen: Man raucht wieder Opium. Und das in einer so genannten Höhle, von der wir noch nicht genau wissen, wo sie ist. Ein paar der neuen Schleichwege in die Unterwelt haben meine Leute bereits ausfindig gemacht und abriegeln können. Anlass genug für Weigand, die Arbeit des Sicherheitsdienstes zu loben. Hoffe ich.

Die Nacht ist angenehm mild für die Jahreszeit, und der halbe Mond spendet silbriges Licht. Ich halte Weigand an meiner Seite und lasse jeweils zehn Leute beiderseits der Schildergasse ausschwärmen. Sie halten sich möglichst im Mondschatten der Ruinen und gehen langsam Richtung Hohe Straße. Einmal zuckt für einen Moment Licht hinter einer Ruine auf. Ein Zugriff? Nein, es bleibt still. Dann löst sich irgendwo eine Steinlawine und kollert einen Trümmerberg hinunter. Ein loses Blech jammert im Nachtwind. Nicht weit von uns knirscht es bedrohlich im Mauerwerk einer Hauswand. Die Zeit arbeitet an brüchigen Fassaden. Plötzlich meldet einer der Männer auf dem Sprechfunkkanal eine Gruppe von fünf Leuten, die soeben hinter der Ruine eines ehemaligen Geschäftshauses an der Kreuzgasse verschwunden ist. Wir laufen an einem Trümmerberg vorbei und sehen unseren Mann, der vor einem ausgebrannten Ladenlokal steht. Er weist mit dem ausgestreckten Arm nach links und wartet, bis wir ihn erreicht haben. Mit zwei von meinen Leuten gehe ich durch eine freigeräumte Gasse in den Hof hinter der Hausruine und suche nach einem Kellereingang. Doch da ist nur ein Karree von rauchschwarzen Mauern, deren Fensterhöhlen der blasse Nachthimmel ausfüllt. Zerbröckelte Betonstufen führen auf eine Laderampe, die im Nichts endet. Keine Spur von der Gruppe, die hier verschwunden ist. Gibt es einen versteckten Eingang zu einer der neuen Lasterhöhlen?

In diesem Augenblick zuckt ein gelbroter Blitz hinter der Ruinenkulisse im Osten auf. Gleichzeitig dringt eine dumpfe Explosion aus der Gegend um den Dombunker herüber. Dann breitet sich flackernder Feuerschein am Nachthimmel aus.

Wir brechen die Suche nach dem Kellereingang ab, sammeln uns auf der Schildergasse und laufen auf den immer stärker werdenden Feuerschein zu. Als wir die Hohe Straße erreichen, dringt vom Rheinufer her bereits das Martinshorn der Feuerwehr. Dann vor uns der Dom. Prächtig angestrahlt wie in jeder Nacht überragt er die chaotische Szene, die sich zu seinen Füßen abspielt. Ein Band lodernder Flammen zieht sich an der Flanke des grauen Dombunkers entlang. Funkengarben stieben nach allen Seiten, und eine dunkle Qualmwolke wälzt sich an der Südseite das Doms hinauf bis zum Dach des Langhauses. Die Trümmerbahn, die auf ihrem Abstellgleis vor dem Bunker steht, brennt wie tausend Fackeln. Als wir sie erreichen, flattern über uns Fetzen der Wagendächer durch die Luft und fallen zu Boden wie tote Vögel. Die Holzbänke der Aussichtswagen stehen in hellen Flammen, geben dem Feuer immer neue Nahrung. Das Gestänge, das die Abteile voneinander trennt, glüht rot und verbiegt sich wie Wachs. Die Diesellok ist ein Wrack. Offensichtlich zerborsten durch die Explosion einer Sprengladung. Das Fahrgestell liegt mit den Rädern zuoberst neben den Schienen. Nur die zu Dekorationszwecken mit Trümmerschutt beladenen Kipploren stehen wie unbeteiligt da. Zwei Löschfahrzeuge der Feuerwehr sind angerückt und beginnen mit ihren Schaumkanonen die traurigen Reste der Trümmerbahn zu löschen. Zuschauer gibt es keine, woher hätten sie auch kommen sollen, nachts, in der Trümmerstadt. Für uns gibt es hier nichts zu tun. Ich breche die Nachtpatrouille ab.

Auf dem Rückweg zur Hahnentorburg spricht kaum einer. Jeder fühlt, dass heute die Liquidierung von Nekropolis begonnen hat.

»Schöne Aussichten für euch«, sagt Weigand, der eilig in die Redaktion will, um in der nächsten Ausgabe noch einen Bericht unterzubringen.

13.

Weigand hat seinen Artikel über den Anschlag auf die Trümmerbahn noch in den Satz geben können. Es wird nicht lange dauern, bis die anderen Blätter nachziehen.

Von Herwarth hat schon Hochbetrieb in seinem Büro. Versucht die Sache zu entschärfen, indem er den Reportern gegenüber von einer technischen Ursache für die Explosion spricht. Die Untersuchungen liefen noch. Wahrscheinlich glaubt ihm keiner. Das Kind ist in den Brunnen gefallen. Ich habe von Herwarth nur darüber ins Bild gesetzt, was ich mit eigenen Augen gesehen habe. Die Trümmerbahn ist explodiert und ausgebrannt. Mehr weiß ich nicht. Soll sich sonst wer um die Ursache kümmern. Ich habe heute Morgen Wichtigeres vor.

Wo ist dieser verdammte Dansweilerweg? Ich kämpfe mit der Faltung des Stadtplans und verirre mich mit dem Finger in Vogelsang. Schließlich finde ich ihn am äußersten Ende von Ehrenfeld. Also: Aachener rauf, Maarweg rein, Widdersdorfer fast bis ans Ende und dann links ab. Dort wartet im Dansweilerweg Frau Kolschinski auf mich. Will einen Tausender für ihr Geheimnis. Soll sie gern haben, wenn es keine Seifenblase ist.

Als ich am Friedhof Melaten vorbeifahre, formieren sich vor dem Eingang ernst blickende Männer und Frauen zu einer Trauergemeinde. So wie damals, als man meinen Vater beerdigt hat. Hauptkommissar Lukas, dessen Mörder nie gefasst wurde. Ich war zehn. Der Polizeipräsident hatte am Grab eine schöne Rede gehalten und mir über den Kopf gestrichen und die Hoffnung ausgesprochen, dass auch ich einmal in die Reihen der Kölner Polizei eintreten würde. Ich habe genickt und bin dem Blick meiner Mutter ausgewichen, der ich das Gegenteil versprochen hatte.

Während ich mich auf der endlosen Widdersdorfer Straße über die Kreuzungen quäle, werde ich den Gedanken an meinen Vater nicht los. Hätte er so gehandelt, wie ich es tue? Ermittlungen auf eigene Faust betreiben, an der Polizei vorbei? Gedanken, die jetzt keinen Sinn mehr machen.

Ich versuche eine Lücke in der stehenden Lkw-Kolonne zu finden, die den Eingang zum Dansweilerweg blockiert. Einer lässt mich schließlich durch, guckt aber unfreundlich auf den Kerl herunter, der in seinem roten Sportwagen durch die Gegend fährt. Die linke Seite vom Dansweilerweg besteht aus bescheidenen mehrstöckigen Häusern. Narbiger, grauer Putz, kleine Fenster, schmale Haustüren. Nachkriegsbauten der ersten oder zweiten Generation, hochgezogen auf unbebautem Stadtrandgelände. Die neueren Häuser auf der gegenüberliegenden Straßenseite versuchen sich mit grünen Vorgärten von der bescheidenen Nachbarschaft zu distanzieren.

Am frühen Vormittag bieten die Parktaschen vor den Gartenzäunen reichlich Raum. Langsam lasse ich mein Auto die Straße entlangrollen und registriere die Hausnummern. Frau Kolschinski wohnt in einem der Häuser auf der linken Seite, ganz am Ende. Dort parken zwei Streifenwagen, die wichtig blinken. Was wollen die hier? Ausgerechnet vor diesem Haus?

Vor der Tür stehen zwei Polizisten und bemühen sich, Passanten zum Weitergehen zu bewegen. In den Nachbarhäusern liegen Leute in den Fenstern. Einige haben es sich gemütlich gemacht und sich Sofakissen unter die verschränkten Arme gelegt.

Ich setze mein Auto zurück und parke, aufmerksam beobachtet von der Nachbarschaft. Ich höre sie förmlich denken: Was hat der rote Sportwagen hier zu suchen? So ein Auto fährt doch keiner in unserer Straße. Hat der Mann, der da aussteigt, mit der Sache zu tun, die da abläuft?

Ich bleibe unter dem ersten Parterrefenster stehen, in dem ein Mann im weißen Unterhemd liegt. Was denn da nebenan im Haus wohl los sei, frage ich.

»Wat he los is? Do han se en Frau ermordet, vorige Nacht«, sagt der Mann und schnippt Zigarettenasche auf die Straße. »War jrade hier einjezogen. Und jetzt dat!«

Ich spüre, wie sich Frust nähert. Ob er die Ermordete gekannt habe, frage ich zum Fenster hinauf, wo sich jetzt eine kräftige blonde Frau im Hintergrund zeigt.

»Nä, die hat sich für sich jehalten. Kaum dat se jejrüßt hat. Hat vielleicht Probleme jehabt, die arme Frau, weiß mer ja nit.«

Den Namen, ob sie den wüssten, frage ich.

Kopfschütteln. »Müssen Se mal nebenan fragen, die Frau, die da bei dem Polizist steht. Die Dicke in dem jrünen Kleid, die hat die Wohnung jejenüber.«

Hingehen und fragen? Sagen, dass ich zu Frau Kolschinski will? Wenn die tatsächlich das Opfer ist, wird das den Polizisten interessieren. Darf ich bitte mal Ihren Ausweis sehen?, das hätte gerade noch gefehlt. Mord ist Hucklenbroichs Sache, überlege ich. Wenn der die Untersuchung leitet, habe ich kein Problem, in das Haus zu kommen. Auch wenn er fragt, warum ich hier sei. Warum soll ich ihm nicht von dem Anruf im Büro berichten? Ich danke den beiden im Fenster und gehe zur anderen Straßenseite hinüber. Bin einfach nur ein Neugieriger.

Tatsächlich erscheint Hucklenbroich. Parkt gleich neben meinem Spider. Steigt aus und betrachtet das Nummernschild. Sieht mich und kommt auf mich zu.

»Nanu? Heute kein Dienst in den Ruinen? Was treibt dich ins ferne Ehrenfeld?«

Ich tische ihm die halbe Wahrheit auf. Hoffe, dass ihm genügt, was ich mir zurechtgelegt habe.

»Ein Anruf, gestern Mittag. Könnte sein, von der Frau, die ermordet wurde. Weißt du den Namen?«

Hucklenbroich zieht eine Einsatzmeldung aus seiner Jackentasche und faltet sie auseinander.

»Ja, die Frau hieß Katharina Kolschinski. Wurde heute Morgen von der Nachbarin gefunden, weil die Wohnungstür offen stand.«

Hucklenbroich legt den Kopf schief und zieht eine Augenbraue hoch.

»Und was wollte die Kolschinski von dir?«

»Nimm mich mit zum Tatort, Theo«, sage ich. »Was ich weiß, könnte dir weiterhelfen.«

»Okay, aber sag wenigstens, worum es geht. Hat es was mit Nekropolis zu tun?«

»Ja, mit dem alten Engländer, den Zimmermann in der Fleischmengergasse gefunden hat«, sage ich. »Die Frau wollte nicht im Büro erscheinen, hatte wohl Angst vor irgendwem.«

Anscheinend will Hucklenbroich keine weitere Zeit mit mir vertun und gibt sich halbwegs zufrieden.

Die beiden Uniformierten vor der Haustür erkennen ihn. Der ältere von beiden erstattet ihm kurz Bericht und scheint sich zu wundern, dass er mich ohne Erklärung mit ins Haus nimmt.

Der Hausflur ist eng. Ein paar ausgetretene Steinstufen führen zu den beiden Parterrewohnungen. Die rechte steht offen, bewacht von einer jungen Polizistin, die amtlich dreinschaut und Hucklenbroichs Dienstausweis sehen will. Ich halte mich dicht hinter ihm und lächele ihr im Vorbeigehen zu. Trotz der offenen Tür ist es stickig in der kleinen Wohnung. Vermietet ohne Renovierung, denke ich. Frau Kolschinski muss es eilig mit dem Einzug gehabt haben. An der schlichten Garderobe hängen zwei Mäntel und eine hellblaue Jacke. Darunter stehen mehrere Paar Schuhe mit Blockabsatz. Geradeaus geht es in eine Wohnküche, deren Fenster zur Straße hinausführt. Hucklenbroich füllt mit seiner massigen Gestalt die Küchentür aus. Mit einer Handbewegung hält er mich zurück. Freund Lukas ist kein Beamter mehr, hat eigentlich nichts hier zu suchen. Doch dann macht er mir zögernd Platz und geht mit mir zusammen in den Raum hinein.

Die Tote liegt neben einem umgestürzten Küchenstuhl auf dem Boden. Man sieht ihr Profil und links am Hinterkopf ein Einschussloch. Genau wie bei Peabody. Merkwürdig?

Die Frau ist zwischen fünfunddreißig und vierzig Jahre alt und hat ein hageres, strenges Gesicht. Durch ihr strähniges mausgraues Haar ist Blut gesickert und bildet eine dunkle eingetrocknete Lache auf dem abgetretenen Linoleumboden. Ich gehe in die Hocke und betrachte den halb geöffneten Mund, der mir nicht mehr verraten kann, wer die alten Engländer auf dem Gewissen hat.

Hucklenbroich hat die Eintrittskarte nicht vergessen, die mir den Zutritt zum Tatort verschafft hat: »Jetzt sag mir, was dir die

Frau am Telefon erzählt hat. Du hast gesagt, dass du etwas weißt, das mir weiterhelfen kann.«

»Wenig genug«, antworte ich, »aber es ist immerhin ein Hinweis. Sie hat gefragt, ob sie Anspruch auf eine Belohnung habe, wenn sie uns einen Hinweis zu dem Mord in der Fleischmengergasse gebe. Dass sie ihre Aussage von einer Belohnung abhängig macht, scheint zu sagen, dass sie ein Risiko auf sich nimmt, das sie bezahlt haben will. Also tippe ich auf Komplizenschaft. Jedenfalls darauf, dass der Täter aus ihrem näheren Umfeld stammt.

»Und warum hast du mich nicht verständigt?« Hucklenbroich gibt sich keine Mühe, seinen Ärger zu verbergen. Ich tue harmlos.

»Erst wollte ich mal wissen, ob an dem Anruf wirklich was dran war. Hättest du doch genauso gemacht, oder?«

Hucklenbroich schlägt mir auf die Schulter und scheint versöhnt. »Okay, Lukas, vergiss es.«

Die Polizistin vom Eingang kündigt die Kollegen von der Spurensicherung an. Zwei Männer und eine junge Frau in weißen Schutzanzügen stehen in der Tür und gucken sich missmutig am Tatort um.

»Tach, da wolln wir mal. Aber erst muss der Doktor kommen. Wer ist denn die Dame?« Damit nimmt einer der beiden Männer ein Klemmbrett aus seinem Silberkoffer und sieht Hucklenbroich fragend an.

»Sie heißt Kolschinski, Katharina«, sagt hilfsbereit die junge Polizistin und errötet, als sich der Mensch von der Spurensicherung langsam zu ihr umdreht und sie ansieht. »Vielen Dank, Herr Hauptkommissar.«

Alle stehen rum und warten. Sehen mal auf die Leiche und mal zum Fenster raus. Dann kommt der Polizeiarzt. Er heißt Hirnholzer, sieht mit blitzenden Brillengläsern in die Runde und sagt »Grüß Gott«, weil er ein Bayer ist.

»Geht alle raus, bittschön. Draußen sind Leute, die euch anstaunen wollen.« Dann seufzt er tief und macht sich an die Arbeit.

Hucklenbroich öffnet die Tür zum Nachbarzimmer, und ich

folge ihm. Es gibt kein Bett, sondern eine Schlafcouch, über der eine Tagesdecke liegt.

»Noch nicht aufgeschlagen«, konstatiert Hucklenbroich. »Der Mörder muss vor ihrer Schlafenszeit gekommen sein. Wahrscheinlich vor Mitternacht. Wahrscheinlich nicht viel früher, da sind die Leute im Haus noch munter.«

»Hast du eine Vorstellung vom Täter, Theo?«, frage ich.

»Vermutlich hat sie ihn gekannt. Einen Fremden hätte sie zu dieser Zeit kaum in die Wohnung gelassen. Der umgeworfene Stuhl spricht für eine Auseinandersetzung. Irgendwann hat sie ihm dabei den Rücken zugedreht, und dann hat er geschossen.

Ich nicke und sage, dass ich das genauso sehe.

In der Küche gibt es einen Disput zwischen der Polizistin und der Nachbarin, die endlich vernommen werden will, weil sie in die Stadt muss. Hucklenbroich hat ein Einsehen und geht wieder hinüber.

Ich sehe die Chance, mich auf eigene Faust umzusehen. Bleibe zunächst wie unbeteiligt am Fenster des Schlafzimmers stehen und blicke auf den graugrünen Rasen hinaus, der so unfreundlich wirkt wie das Haus, zu dem er gehört. Ich drehe mich um und mustere das Zimmer, das nichts Wesentliches über die Persönlichkeit der Ermordeten auszusagen scheint. Auf einem Bord über der Schlafcouch stehen ein paar Bücher. Auch ein Wörterbuch, Polnisch-Deutsch, ziemlich lädiert. Daneben sitzen drei Stofftiere und eine betagte Puppe mit blonden Zöpfen. Auf der Kommode neben dem Kleiderschrank steht ein kleiner Fernseher. Neben der Tür ein Schreibschrank. Der Schlüssel steckt. Wenn irgendwo in der Wohnung etwas zu finden ist, das mit der Information in Verbindung steht, die sie mir verkaufen wollte, dann wahrscheinlich hinter dieser Klappe. Ich zögere. Den Schreibschrank eigenmächtig zu öffnen, wird mir Hucklenbroich nicht durchgehen lassen. Oder doch? Ich riskiere es.

Durch die Tür sehe ich, dass Doktor Hirnholzer seine Arbeit beendet hat. Dann füllt sich die Küche mit den Leuten der Spurensicherung, die alle anderen hinausscheuchen. Auch Hucklenbroich. An mich, im Nebenzimmer, denkt keiner.

Gleich wird die Spurensicherung aber auch hier erscheinen.

Ich muss mich beeilen. Ich tue die drei Schritte bis zum Schreibschrank. Der Schlüssel dreht sich geräuschlos und lässt die Schreibplatte herunterklappen. In den Fächern Briefe und Bankauszüge. Ein Karton mit Fotos. Eine Schreibmappe. Zu wenig Zeit, um sich mit allem zu beschäftigen. Hastig öffne ich die Schreibmappe. Obenauf ein angefangener Brief. Das Papier ist liniert, stammt von einem Schreibblock. Links oben steht in einer steilen Schülerschrift der Name Katharina Kolschinski mit der Anschrift. Das Datum ist von vorgestern. In der Mitte des Blattes steht groß und unterstrichen: Bewerbung. Ich überfliege das Geschriebene. Frau Kolschinski bewirbt sich um eine Stelle als Haushälterin. Dann bleibt mein Blick an einem Namen hängen: Frau von Herwarth.

Frau von Herwarth? Eine Verwandte von Bodo? Seine Mutter vielleicht? Das macht mich neugierig. Ich falte das Blatt und lasse es in meiner Jackentasche verschwinden. Ich werfe einen Blick auf die Tür zur Küche. Keiner hat mich beobachtet. Ich klappe die Schreibplatte wieder hoch und drehe den Schlüssel.

Fünf Sekunden später steht eine weiße Spurensicherin im Türrahmen.

»Auch nichts angefasst?«, fragt sie streng. Ich schüttelte brav den Kopf.

Hucklenbroich erscheint und meint, dass wir jetzt gehen könnten. Er sieht bedrückt aus, lässt die Mundwinkel hängen. Das tut er immer, wenn ihn seine Arbeit belastet. Morde machen ihm zu schaffen. Immer noch.

Im Hinausgehen sehe ich noch einmal auf die Tote herunter, die jetzt ausgestreckt auf dem Rücken liegt. Kein unschönes Gesicht. Hohe Backenknochen, starke Augenbrauen, der slawische Typ. Vielleicht liegt es an der Maskenhaftigkeit des Todes, aber ich hätte diesem Gesicht nicht getraut.

Vor dem Haus stehen immer noch Leute und gaffen. »Lass deinen Schlitten erst mal hier stehen«, sagt Hucklenbroich. »Wir gehen auf ein Kölsch ans Büdchen.«

Das Büdchen ist nur eine Ecke weiter. Extra für uns stellt der freundliche Türke einen Stehtisch nach draußen. Das erste Kölsch löscht den Durst. Das zweite lockert die Stimmung.

Hucklenbroich hat die Ellbogen auf den Tisch gestützt und sieht gedankenverloren in sein Glas.

»Wenn es zu deinem Gespräch mit der Kolschinski gekommen wäre, hätte das unsere Vermutungen über den Mord in der Fleischmengergasse wahrscheinlich infrage gestellt. Bisher gehen wir bei unseren Ermittlungen davon aus, dass der auf das Konto der Bande geht, die den Überfall im alten Luftschutzkeller verübt hat. Und das erscheint mir jetzt zweifelhaft. Hier sieht alles nach einem Einzeltäter aus. Nehmen wir mal an, die Kolschinski hat irgendwelche Kriminellen aus der Szene gekannt. Und hat erfahren, wer der Killer aus der Fleischmengergasse ist. Und weil sie den verpfeifen wollte, hat er sie erschossen. Bumm. Auf genau dieselbe Weise. Ein Schuss in den Hinterkopf. Wie bei dem Engländer. Sollte doch zu denken geben, oder?

»Du bist schon ein tüchtiger Kriminaler, Theo«, sage ich und grinse. »Wär ich von allein nicht drauf gekommen.«

14.

Hucklenbroich ist noch einmal zum Tatort zurückgegangen. Macht seinen Job, von dem ich weiß, dass er ihn am liebsten an den Nagel hängen würde. Als ich in mein Auto steige, heben die Männer mit den schwarzen Mützen den Blechsarg aus dem Leichenwagen und verschwinden im Haus. Jetzt wird Katharina Kolschinski den Weg ins Leichenschauhaus antreten und ihr Geheimnis mit ins Grab nehmen, wie man so sagt.

Keine Frage, ich stehe wieder am Anfang. Besser gesagt am Ende. Der Besuch in Duxford hat im Grunde nichts gebracht. Außer, dass ich jetzt etwas mehr über John Peabody weiß, der ein Buch über den 1000-Bomber-Angriff geschrieben hat und wahrscheinlich deshalb sterben musste. Wenn ich jetzt aufgebe, bleiben drei Morde ungesühnt. Es sei denn, ich bekenne, dass ich von einem Motiv wusste und die Indizien unterschlagen habe. Damit würde ich dem internationalen Polizeiapparat die Möglichkeit geben, seine weitreichenden Mittel zur Aufklärung einzusetzen. Und mich in die Scheiße reiten.

Nein. Werde ich nicht machen. Ich starte den Spider und fahre aus der Parkbucht heraus. Im Augenblick ist mein Kopf ziemlich leer. Aber er bemüht sich. Wo ist der Strohhalm, nach dem ich greifen kann? In meiner Tasche? Könnte mir das Bewerbungsschreiben der Kolschinski neue Anhaltspunkte geben? Unwahrscheinlich. Aber warum habe ich es überhaupt an mich gebracht? Nur aus Neugier wegen des Namens von Herwarth? Oder hat mich doch der Instinkt des ehemaligen Ermittlers geleitet?

Am liebsten würde ich anhalten und diesen Brief zu Ende lesen. Aber wahrscheinlich macht sich Hucklenbroich gerade auf den Rückweg und wundert sich, warum ich noch einmal halte, so unmittelbar nachdem ich am Tatort war. Würde vielleicht sogar denken, dass ich eine Panne habe, und mir helfen wollen. Ich biege in die Vitalisstraße ab und finde einen Parkplatz vor einem der schmalen Reihenhäuser.

Das Bewerbungsschreiben ist kurz und ein wenig holprig. Der Adressat ist ein Herr Rath, der eine Haushälterin für halbe Tage sucht. Frau Kolschinski schreibt, dass sie ein Jahr lang bei einer Frau von Herwarth als Ganztagskraft beschäftigt gewesen sei und auch in deren Haus gewohnt habe. Das sei ihr jedoch auf die Dauer zu anstrengend gewesen. Sie habe gekündigt und lebe jetzt in einer eigenen kleinen Wohnung in Vogelsang.

An dieser Stelle bricht der Brief ab. War er nur ein Entwurf, oder hat sie aufgehört zu schreiben, weil jemand an der Tür klingelte? Ihr Mörder?

Ich lese den Brief ein zweites Mal. Überlege. Diese Frau von Herwarth kennt vielleicht das Umfeld ihrer ehemaligen Hausangestellten. Bei diesen Leuten könnte ich ansetzen und nach jemandem forschen, der die Kriegszeit in Köln erlebt hat oder sich berufen fühlt, das Vermächtnis eines anderen zu erfüllen. Der Strohhalm nimmt Gestalt an.

Die Rückfahrt zur Hahnentorburg über die Aachener Straße ist wieder mal ein Horror. Obwohl man die Trasse der Straßenbahn längst unter die Erde verlegt hat, reichen die Fahrspuren nicht aus, um den Verkehr zu fassen. Vor allem den nach Westen und zurück in die Stadt. Schuld daran ist Nekropolis. Das Areal der zerstörten Innenstadt konnte beim Wiederaufbau und in den folgenden Jahren des Aufschwungs baulich nicht genutzt werden. So hat die ursprünglich halbkreisförmige Anlage der Stadt Auswüchse in alle Himmelsrichtungen bekommen. Im Westen sind die Rübenfelder des Vorgebirges zu neuen Stadtbezirken geworden. Auch im Norden und im Süden sind große Neubaugebiete entstanden. Wen wundert es, dass man heute gegen Nekropolis zu Felde zieht. Eigentlich hätte ich es schon damals voraussehen können, als ich mich von Nekropolis habe kaufen lassen. Vergiss es, Lukas. Heute ist heute.

An der Kreuzung der Aachener Straße mit der Stadtautobahn herrscht Chaos. Mein Oldtimer akzeptiert das Stop-and-Go nur unwillig und quittiert es mit warnendem Auspuffblubbern. Das steigende Kühlwasserthermometer lässt mich für eine

Weile vergessen, was ich mir mit meinem Alleingang eingebrockt habe.

Ich fahre in die Tiefgarage am Rudolfplatz und gehe rüber ins Büro. Dort sitzt Hanna am Schreibtisch und hat nichts zu tun. Liest in einem Buch mit dem Titel »Visuelle Kommunikation«. Trauert sie ihrem Job bei der Werbeagentur nach, den sie aufgegeben hat? Was nach Lage der Dinge nicht verwunderlich wäre. Traut sie meinen Plänen mit der eigenen Sicherheitsfirma nicht? Dann wird sie es gleich noch weniger tun, wenn ich ihr berichte, dass meine Informantin ein schlimmes Ende gefunden hat.

Sie begrüßt mich erwartungsvoll, was mir die Verkündung meiner Hiobsbotschaft nicht leichter macht.

»Schieß los«, sagt sie. »Was war mit der Frau? Weiß die wirklich was?«

Ich mache es kurz.

»Keine Ahnung, was die wusste. Hat es mir nicht mehr sagen können. War tot, als ich ankam.«

Hanna verschränkt die Arme vor der Brust. Macht sie immer so, wenn sie mit unangenehmen Sachen konfrontiert wird.

»Sie ist umgebracht worden. Erschossen. Lag in ihrer Küche. Eine Nachbarin hat sie gefunden und die Polizei verständigt. Dann kam Theo Hucklenbroich und hat mich mit in die Wohnung genommen. Hab ihm gesagt, dass ich vielleicht etwas über die Tote weiß, was ihm bei seinen Ermittlungen helfen könnte.«

Hanna runzelt die Stirn.

»Er weiß also, warum dich die Frau angerufen hat und warum sie sich mit dir in ihrer Wohnung treffen wollte. War es klug, ihm das auf die Nase zu binden?«

»Musste ich doch. Warum wäre ich sonst im Dansweilerweg aufgekreuzt?«

»Wenn du meinst«, sagt sie. »Ist ja sowieso aussichtslos. weiterzumachen. Ich wüsste jedenfalls nicht, wie.«

Hanna ist selten mutlos. Doch vielleicht hilft ihr das: »Lies«, sage ich und reiche ihr den Brief. »Hab ich im Schreibtisch von der Frau gefunden und an mich genommen. Was hältst du davon?«

Hanna nimmt sich Zeit. Zieht die Unterlippe zwischen die Zähne. Liest noch einmal. Dann gibt sie mir das Papier zurück und beginnt im Raum auf und ab zu wandern. Ich warte.

Dann bleibt sie vor mir stehen und sagt: »Da hängt unser Bodo von Herwarth mit drin.«

»Und wie kommst du darauf?«, frage ich und will nicht ernst nehmen, was sie da behauptet.

»Mein Bauch sagt mir das«, erwidert sie. »Und nicht nur der. Bodo hat mitgehört.«

Plötzlich sehe ich die Szene wieder vor mir: Von Herwarth steht vor dem Stadtplan an der Wand, wendet mir den Rücken zu. Ich telefoniere mit der Kolschinski. Was kann er gehört haben? Auf jeden Fall, dass es um die Engländer ging. Dann habe ich den Namen und die Adresse laut wiederholt. Und außer ihm war nur Hanna im Raum. Niemand sonst.

»Aber was sollte Bodo für einen Grund haben, die Aussage der Frau zu fürchten?«, frage ich.

»Weiß ich nicht«, sagt Hanna. »Musst du selbst rausfinden.«

Gut gesagt, denke ich und spare mir den Einwand, dass wir nicht einmal wissen, ob diese Frau von Herwarth überhaupt etwas mit ihm zu tun hat.

Dann geht die Tür auf, und Zimmermann steckt den Kopf hinein.

»Was Privates?«, fragt er und schaut uns forschend an. »Wollte nur mal guten Tag sagen.«

»Komm rein, Heinrich«, sage ich, »wir gehen rüber in mein Büro.«

Wir lassen uns in den Sesseln der Besucherecke nieder. Hanna kommt nach und stellt Tassen und die Kanne mit dem Bürokaffee auf den Tisch. Sie nimmt den dritten Sessel und schweigt. Wartet darauf, dass ich Heinrich ins Bild setze.

Zimmermann hört aufmerksam zu. Nur einmal, als ich erwähne, dass ich das Bewerbungsschreiben heimlich an mich genommen habe, schüttelt er missbilligend den Kopf. Er sagt nichts dazu. Auch nicht, als Hanna ihren Verdacht gegen von Herwarth äußert. Sitzt nur da und rührt lange in seiner Kaffeetasse herum, ehe er sie austrinkt.

Dann steht er auf und meint, dass wir über das alles in Ruhe reden sollten. Am besten gleich heute Abend. Er müsse jetzt weg, weil er noch eine Führung habe. Ich schlage acht Uhr vor, bei mir zu Hause. Hanna nickt und meint, dass es wohl wieder an ihr hängen bliebe, was auf den Tisch zu bringen.

15.

»Hier spricht Frau von Herwarth. Was wünschen Sie?« Die alte Dame achtet auf Distanz am Telefon, das ist sie ihrem Namen schuldig.

Wir stehen zu dritt in der Diele am Telefon, die Mithörtaste ist eingeschaltet. Hanna benutzt den Trick mit dem Taschentuch über der Sprechmuschel.

»Kann ich bitte Frau Kolschinski sprechen?«, sagt sie und rollt dabei auch noch das R, als ob sie von jenseits der Oder käme.

»Frau Kolschinski arbeitet nicht mehr hier, mein Sohn und ich müssen leider zukünftig ohne sie auskommen.« Dann macht es Knack, und die gnädige Frau ist weg.

»Da hat es Ärger mit der Herrschaft gegeben«, sagt Hanna und legt den Hörer auf.

Wir sehen uns an. Ein Punkt wäre geklärt. Bodo wohnt im Haus seiner Mutter und hat die Kolschinski gekannt. Hannas Bauch hat Recht gehabt. Weshalb sie auch triumphierend lächelt und wortlos in meine Küche verschwindet.

Heinrich hat ein Sixpack Kölsch mitgebracht. Wohl weil er fürchtet, dass Hanna zuliebe nur Wein auf den Tisch kommt. Erst ein bisschen was essen. Noch klappert Hanna in der Küche herum. Wir stehen nebeneinander am Fenster und sehen auf den Abendverkehr hinunter. Es hat begonnen zu regnen, und in der frühen Dunkelheit ziehen die Rücklichter der Autos rote Schleppen über den nassen Asphalt. Die Leute auf dem Bürgersteig haben es eilig. Nur vor dem Fenster des Bistros im Nebenhaus stehen noch ein paar Leute unbeirrt im Regen und sehen auf den Riesenfernseher im Inneren, in dem wohl ein Fußballspiel läuft. Schräg gegenüber wandert das Leuchtband von einem Turm der Hahnentorburg zum anderen: »Nekropolis Cologne – das historisch einmalige Zeugnis des Bombenkriegs gegen Nazi-Deutschland«. Wie lange noch? Hinter dem hohen Zaun, der die Trümmerstadt einschließt, blicken die Fensterhöhlen der Ruinen wie tote Augen zu den Lebenden hinüber. Ein gespenstisches Bild, wenn es für die Kölner nicht so alltäglich wäre.

Hanna bringt Toastschnitten mit allerhand gesundem Aufstrich aus dem Bioladen herein. Dazu einen schlichten Rotwein. Wir setzen uns an den Tisch, und Heinrich schaut Hanna an. Gesunde Schnitten zum Abendbrot sind nicht sein Geschmack. Als nichts anderes auf den Tisch kommt, zuckt er wortlos die Achseln und greift zaghaft zu.

Eine richtig gemütliche Runde sind wir. Prosten uns zu und warten, dass einer anfängt und das Problem anpackt. Das tut schließlich Zimmermann und sieht mich an.

»Sag doch noch mal Punkt für Punkt, was bisher gelaufen ist. Du hast die Drähte gefunden und den Platz entdeckt, von dem aus die Bombe gezündet worden ist. Was dann?«

Will er jetzt Verhör spielen, der Heinrich? Na schön, tu ich ihm den Gefallen.

»Also, ich habe mit meinem alten Freund Heinrich Zimmermann beim Päffgen gesessen und ihm die Drähte gezeigt. Der fand nicht gut, dass ich die Sache nicht gemeldet habe, meinte dann aber, dass es zu spät sei, das nachzuholen. Dann hat er sich erinnert, dass der Ermordete von der Fleischmengergasse Mörtelstaub auf der Kleidung hatte. Aufgrund seiner Kriegserfahrung kam er zu dem Schluss, dass dieser Mann durch die Explosion des Blindgängers verschüttet worden war, sich aber befreien konnte. Wieso er dann in der Fleischmengergasse erschossen wurde, wusste er auch nicht.«

Zimmermann hat sich nicht an meiner Ironie gestört und nimmt den Faden auf.

»Dann sind wir beide zum Rothgerberbach in das Trümmerfeld, wo der Blindgänger hochgegangen ist, und du bist in den Keller rein und hast die Leichen der beiden anderen Engländer gefunden. Die sind ausgegraben worden, und damit wäre die Sache eigentlich zu Ende gewesen. Wenn nicht …«

»Wenn nicht Mr Beaver aus England bei mir aufgetaucht wäre«, fahre ich fort, »und erzählt hätte, dass alle drei Engländer im letzten Krieg Bombenflieger über Köln waren. Und dass sie ein Mensch aus Deutschland nach Köln gelockt habe, um ihnen Teile von abgeschossenen englischen Bombern für ein *War Museum* anzubieten. Was mich auf die Idee gebracht hat, dass dies eine Falle war und dass sich irgendein Irrer an ihnen rächen wollte.«

»Und du den Plan gefasst hast, den Fall allein aufzuklären, um für dich punkten zu können. Ist doch so?«

»Richtig. Und jetzt kommt etwas, das du noch nicht weißt: Ich bin nach England geflogen, um herauszufinden, wer dieser angebliche Militaria-Händler aus Köln war. Ergebnis waren die Namen von zwei Verdächtigen, die ich im Besucherbuch von Mr Peabody gefunden habe, der, und jetzt halt dich fest, Heinrich, ein Kollege von dir war. Ein Touristenführer in einem englischen Museum für alte Kriegsflugzeuge.«

»Bombenflieger? Kollege von mir?« Zimmermann schüttelt den Kopf. Öffnet den Mund und schließt ihn wieder. Verkneift es sich, nachzufragen, lässt mich weiterreden.

»Hanna ist dann zu den beiden Verdächtigen gefahren und hat sie überprüft. Mit einem fingierten Interview zu Auslandsreisen. Hat aber in beiden Fällen nichts gebracht. Und dann kam der Anruf von der Kolschinski, und ich dachte, ich hätte eine neue Spur. Als ich hinkam, war sie tot. Wieder ein Flop. Bis auf das Schreiben, das ich mitgenommen habe und in dem Frau von Herwarth genannt ist. Und jetzt bist du dran, Heinrich.«

Zimmermann greift nach seinem Glas und nimmt einen langen Schluck, zögert mit der Antwort.

»Ich kenne von Herwarth nicht gut genug. Kann ihn nicht einschätzen. Aber die Fakten sprechen für einen handfesten Verdacht.«

Wieder zögert er. Ich weiß, dass er waghalsige Hypothesen scheut. Dann scheint er sich einen Ruck gegeben zu haben und spricht weiter:

»Vorstellen könnte ich mir Folgendes: Die Kolschinski war ja sozusagen Hausgenossin der von Herwarths. Wohnte mit ihnen unter einem Dach. Da hat sie etwas mitgekriegt, das auf Bodo als Mitwisser des Verbrechens hinwies. Vielleicht sogar als Täter. Dieses Bewerbungsschreiben, das du gefunden hast, deutet darauf hin, dass sie Ärger mit ihrer Arbeitgeberin gehabt hat. Vielleicht ist ihr gekündigt worden. Da wollte sie sich rächen und obendrein eine Belohnung kassieren. Die Frage bleibt, warum die Kolschinski Lukas angerufen hat und nicht die Polizei. Die hätte ihr doch wahrscheinlich auch eine Belohnung zugebilligt.«

»Damit hatte ich von Anfang an kein Problem, Heinrich«, sage ich. »Sie wollte nicht offen legen, warum man sie entlassen hat. Wegen einer ernsthaften Verfehlung? Vielleicht sogar wegen einer Straftat? Möglicherweise hat sie sich auch ausgerechnet, dass mir als Sicherheitschef sehr daran gelegen sein könnte, die spektakulären Morde selbst aufzuklären. Womit sie ja nicht ganz falsch lag.«

Von draußen tönt ein Martinshorn herauf und bricht jäh ab. Der Streifenwagen hat vor dem Haus gehalten und lässt sein Blaulicht über die Zimmerdecke zucken. Ich bin dankbar für eine Denkpause, stehe auf und gehe zum Fenster. Unten stehen zwei Beamte mit hochgeschlagenen Jackenkragen im Regen und haben einen Typ in ihrer Mitte, der wild herumgestikuliert. Ich muss an meine Zeit als Streifenpolizist denken.

Zimmermann ist neben mich getreten und legt seine Hand auf meine Schulter und sagt: »Und jetzt bist du nicht mehr Polizist, sondern der große Sicherheitschef und stehst trotzdem im Regen.« Was er sich hätte sparen können, wie ich finde.

Wir setzen uns wieder an den Tisch. Hanna kommt aus der Küche und bringt einen Teller mit Käsewürfeln. Zimmermann zieht ihn näher zu sich heran und beginnt sie hungrig aufzupicken.

»Wir müssen mehr über Bodo wissen«, sage ich. »Über seine Vergangenheit. Und was das für ein Mensch ist, hinter der Fassade, die wir kennen.«

»Da kann uns Vanessa helfen«, sagt Hanna. »Die hatte mal was mit dem.«

Vanessa? Hanna sieht das Fragezeichen auf meiner Stirn.

»Vanessa Röder. Empfangsdame in der Agentur, bei der ich früher war. Die hat damals so einiges angedeutet, was Bodo angeht. Ich könnte sie ja mal anrufen. Was haltet ihr davon?«

»Du hast nie erwähnt, dass du Bodo kanntest«, wundere ich mich.

Hanna rollt die Augen. »Warum auch? So interessant ist der ja nicht, der arrogante Typ. War freier PR-Berater, aber kein besonders erfolgreicher. Ich kannte ihn ja auch nur vom Sehen, wenn er mal in die Agentur gekommen ist. Da hat er sich an Vanessa rangemacht.«

Dann wird sie ungeduldig. »Soll ich nun anrufen oder nicht?«

»Doch, doch«, sage ich. »Könnte was bringen. Solltest du gleich morgen machen.«

In der nächsten Stunde kommt nicht mehr bei unserem Gespräch heraus, als dass wir alles, was wir bisher wissen, noch einmal hin und her wenden. Schließlich vertröpfelt das Gerede, weil es nichts mehr zur Sache zu sagen gibt. Noch ein Gläschen für alle und kein Nachschub mehr aus der Küche. Heinrich sagt entschuldigend was von einem alten Western im WDR, den er gern sehen will, und verabschiedet sich. Er hat wohl auch Hannas Reisetasche in der Diele stehen sehen.

16.

Wir sitzen im Café Füllenbach am Ebertplatz und warten auf
Vanessa. Sie habe sich gefreut, als Hanna anrief. Sich mal wie-
derzusehen, das sei doch nett. Und dass Hanna sie was Wichtiges fragen wolle, finde sie äußerst spannend.

Spannend finde ich, was sie dazu sagen wird, dass ich dabei
bin. Aber da ist Hanna unbesorgt. Vanessa sei immer erfreut,
wenn ein attraktiver Mann in ihre Nähe kommt. Wie mir das
gefällt!

Zur Vorbereitung hat Hanna mir ein bisschen was über Vanessa erzählt. Sie sei immer noch Empfangsdame bei *SK*-Adver-
tising, und Friedhelm Scholz, der Inhaber, wisse was er an ihr
habe. Ein attraktives, kultiviertes Pendant zu dem Völkchen der
Kreativen in den Büros und im Atelier, das konservative Kunden gelegentlich verschreckt. Vanessa sei immer ganz Dame,
aber da solle man sich nicht täuschen, da wisse Hanna so einiges.

Warum wir Näheres über Bodo von Herwarth wissen wollen,
können wir ihr natürlich nicht sagen. Deshalb hat Hanna sich
eine Geschichte ausgedacht, von der sie annimmt, dass sie bei
Vanessa auf Verständnis stoßen wird.

Endlich erscheint Vanessa Roeder. Groß, schlank, attraktiv.
Elegant im Designerkostüm. Kommt auf unseren Tisch zu, geht
auf einer gedachten Linie, wie Models das so machen, verfolgt
von den Blicken der drei Handelsvertreter, die über ihrem Kaffee sitzen und nach Stammpublikum aussehen. Hanna winkt ihr
zu und lächelt freundinnenhaft, wie es auch Vanessa tut.

»Hanna!«

»Vanessa!«

»Das ist Justus Lukas, mein Freund.«

Ich fühle mich gemustert und akzeptiert.

»Wie angenehm«, sagt sie, und ich erwidere, dass ich mich sehr
freue, sie kennen zu lernen, das Übliche eben.

Kaffee und Kuchen. Dazu Cognac. Eine Viertelstunde lang

gehen Agenturklatsch und Weißt-du-noch-Geschichten über den Tisch. Ich sitze dabei, ein höflich interessierter Statist. Gelegentlich streift mich ein blauer Blick. Die damenhafte Vanessa kichert wie ein Mädchen. Das finde ich reizend, was Hanna bemerkt.

»Es geht um Glück oder Unglück einer Freundin, die per Zeitungsanzeige auf Partnersuche war«, lügt Hanna.

Vanessa gluckst und lässt ein paar Lachfältchen sehen.

»Hab ich auch mal versucht. War aber eine Pleite.«

»Es geht um Bodo von Herwarth.«

»Ach, macht der jetzt auf Anzeige?«

»Ja, tut er. Anscheinend mit Erfolg, was meine Freundin Iris angeht. Aber Iris ist ein gebranntes Kind. Sie will wissen, woran sie mit Bodo ist. Und weil ich von dir und Bodo weiß, dachte ich, du könntest mir da vielleicht was in dieser Richtung erzählen.«

»Kann ich, kann ich«, sagt Vanessa. »Eine richtig schöne Geschichte wie fürs Neue Blatt. Titel: ›Vanessa und das Muttersöhnchen‹.« Vanessa nippt versonnen an ihrem zweiten Cognac. »Also auf den Bodo kann man schon reinfallen, vor allem, wenn man vom Glanz des Adels träumt. Darüber hinaus sieht der Typ ja auch gut aus. Ich dachte damals, dass wir ein edles Paar abgeben könnten. Geld zum Erben war auch da. Und mit der Liebe, na, das war so ein bisschen komisch, aber immerhin zum Drangewöhnen. Wollt ihr die ganze Geschichte hören, von Anfang an?«

»Ja«, sagt Hanna, »geht garantiert nicht ans Neue Blatt.«

Vanessa winkt ab. Sie hat kein Problem mit der Vergangenheit.

»Als Bodo zum erstenmal in die Agentur kam, hat er mich mit Handkuss begrüßt. Später dann nicht mehr, aber da war das ja auch nicht mehr nötig. Theater, Konzerte, gelegentlich mal Piano-Bar, das war so sein Stil. Für die Liebe gingen wir immer ins Hotel, nie unter vier Sternen, versteht sich. Bei ihm zu Hause ging das nicht, das hätte seine Frau Mutter schockiert. Oder besser, sie hätte es nicht erlaubt. Mit der wohnte er unter einem Dach. In einer Villa in Marienburg, richtig nobel. In der Garage stand so ein Oldtimer aus den dreißiger Jahren. Ein großer Daimler. Hoch in Ehren gehalten, zur Erinnerung an ihren Mann. Mit dem Auto hatten sie vor dem Krieg wohl immer Touren gemacht. Und die musste jetzt Bodo mit ihr machen. Sonntags.«

Vanessa trinkt ihren Cognac aus und winkt der Bedienung, weil sie noch einen braucht. Vielleicht gehen ihr die Erinnerungen doch nicht so leicht über die Lippen. Bodos sonntägliche Ausflüge mit Mutter müssen ihr ein Dorn im Auge gewesen sein. Kein Wunder, welche Frau ist nicht gekränkt, wenn sie auf Platz zwei verwiesen wird. Ich sehe das Bild regelrecht vor mir: Mutter und Sohn im noblen Oldtimer. Man parkt vor dem Kurhaus Bad Neuenahr. Man sieht sofort: Das sind Leute, die immer schon Geld hatten. Und dieser gut aussehende Herr neben der vornehmen alten Dame. Sicher der Sohn. Dieweil sitzt Vanessa zu Hause und guckt Fernsehen. Da versteht man schon, warum sie vom Muttersöhnchen spricht. Dann erzählt sie weiter und guckt inzwischen amüsiert.

»Ein paar Mal war ich zum Kaffee bei denen. Das war vielleicht ein Erlebnis! Haushälterin mit weißer Schürze. Auf dem Tisch schweres Silber. Die Alte saß da wie die Fürstin. Und Bodo war plötzlich irgendwie geschrumpft. Mama hier, Mama da. Aber der tat nicht nur so, der verehrte die Frau. Das hatte weniger damit zu tun, dass sie seinen Lebensstil finanzierte. Das teure Auto und die tollen Hotels und die Nobelrestaurants. Als kleiner PR-Berater hätte er sich das nie leisten können. War mir ja auch egal. Und der Sex immer im besten Hotel, na ja, das war auch nicht zu verachten. Sekt im Kübel und Zimmerkellner, die immer diskret runterguckten, wenn sie reinkamen. So was hatte ich noch nie erlebt.«

Vanessa sieht zum Fenster hinaus, ein Cabrio ist auf den Parkstreifen vor dem Café gefahren. Das blonde Mädchen und der junge Mann darin sehen aus wie das junge Glück in einem Werbespot. Als sie sich wieder Hanna zuwendet, schaut sie ein bisschen irritiert, ehe sie fortfährt.

»So weit, so gut. Aber irgendwann hatte das seinen Reiz verloren. Ich kam mir vor wie in einer Schule für junge Bräute. Obwohl Bodo kein einziges Mal von Heirat gesprochen hatte. Im Bett wartete er immer auf die große Hingabe der erwählten Frau. Als ich dahinter kam, warum er mich seine Freya nannte, wurde mir manches klar.«

Hanna sieht sie fragend an, und Vanessa klärt auf: »Freya war die Göttin der Liebe und der Fruchtbarkeit bei den alten Germanen. Wusste ich auch nicht, bis er es mir gesagt hat. Glaub mir, Hanna, der vornehme Bodo ist ein verkappter Neonazi. Mit der Zeit ließ er immer mehr den Chauvinisten raus, redete von Deutschtum und Blut und Ehre und so was. Ging mir immer mehr auf den Geist, das Gerede.« Vanessa macht eine Pause, schiebt wohl ein paar Erinnerungen weg.

»Sag deiner Freundin, sie soll die Finger von Bodo lassen, Hanna! Ich tue vielleicht so obenhin, wenn ich von Bodo und mir spreche, aber der Kerl hat mich ganz schön durcheinander gebracht.« Dann beugt sie sich über den Tisch und sagt leise mit rauchiger Stimme: »Aber gräme dich nicht um mich, Hanna. Mein geheimes Lotterleben habe ich längst wieder aufgenommen!«

Eine lange Stunde vergeht mit allerhand Geplauder. Ich sitze dabei und bin nicht gefragt. Habe auch genug damit zu tun, mein Bild von Bodo neu zu justieren. Schließlich wird Vanessa ein bisschen nervös und hält den Parkstreifen vor dem Fenster im Blick. Dann erscheint dort ein schwarzer SSK mit einem älteren Herrn am Steuer. Vanessa winkt ihm zu und sagt eilig »Tschüss« und »Bis bald mal wieder« und überlässt uns das Zahlen.

Als die Bedienung weg ist, beugt Hanna sich vor und legt ihre Hand auf meine.

»Hör auf mich, Justus. Der Mann ist verdächtig. Hinter der Fassade des Herrn Bodo von Herwarth verbirgt sich ein Fall für den Seelenklempner. Dieses elitäre Getue und das Durcheinander von Mutterbindung und Germanenkult und Nationalsozialismus. Dem Mann ist nicht zu trauen.«

Ich nehme mir Zeit mit der Antwort. Ihre Idee, über diese Vanessa mehr von Bodo zu erfahren, war gut. Hat uns vielleicht ein Stück weitergebracht. Andererseits ist Hanna schon dabei, sich ein regelrechtes Täterprofil zurechtzuzimmern. Aber das soll mich nicht hindern, ihr zu sagen, wie toll ich sie fand. Und wie perfekt sie gelogen hat. Das mache ich, und Hanna lobt wieder ihren Bauch, der uns auf die richtige Spur gebracht hat, wie sie felsenfest glaubt.

Als wir über den Eigelstein bummeln, denke ich an Hannas Reisetasche, die noch bei mir in der Diele steht, und rege an, was Gutes beim Türken einzukaufen. Ich habe die Hoffnung, dass sich Hanna mehr und mehr mit meiner Wohnung anfreundet.

17.

Es ist ein schöner Morgen. Nicht was das Wetter angeht, es ist regnerisch. Ich denke an das Frühstück mit Hanna und die Stunde davor. So sollte jeder Tag beginnen.

Das Thema Mord und Bodo haben wir bis zum Bürobeginn ausgeklammert. Als wir die Treppe im Turm hinaufsteigen, bitte ich Hanna, das Büro der Touristenführer anzurufen. Zimmermann wird wissen wollen, was uns das Treffen mit Vanessa gebracht hat.

Er kommt um zwölf, da macht er Pause. Wir lassen uns in meiner Besucherecke nieder, und Zimmermann packt sein kräftiges Mittagsbrot aus. Hanna hat im Vorzimmer mit Faxen aus L.A. zu tun, die über Nacht eingelaufen sind.

Vanessas Geschichte von Bodos Göttin Freya im Hotelbett schmücke ich ein wenig aus. Aber sie erheitert ihn weniger, als ich erwartet habe. Seine Generation kennt sich mit dem Germanenkult aus. Er weiß, was er in vielen Köpfen angerichtet hat. Nach dem Gespräch mit Vanessa scheint sich ein Persönlichkeitsbild von Bodo abzuzeichnen. Das hilft uns ein Stück weiter. Wir sind uns klar darüber, dass wir es inzwischen mit einer ganzen Mordserie zu tun haben. Erst ein Toter, dann drei und jetzt Nummer vier, die Kolschinski. Dass sie miteinander in Zusammenhang stehen, scheint sicher zu sein. Was uns fehlt, ist die Vorgeschichte für die Rachemorde an den englischen Fliegern. Ein persönliches Motiv. Nicht so ein allgemeines wie die Vergeltung für die Terrorangriffe überhaupt. Darüber will ich mit Zimmermann reden. Ich brauche nicht lange nach seiner Meinung zu fragen, er hat längst darüber nachgedacht. Spricht aus, was auch ich mir denke: Das Motiv muss in der Familiengeschichte der von Herwarths zu finden sein. Darauf weisen eine Reihe von Indizien. Vor allem der Mord an der Kolschinski, die im Hause der von Herwarths gearbeitet hat.

»Vielleicht kann uns Benno Bach helfen«, sagt Zimmermann. »Der hat im letzten Kriegsjahr und in der Zeit danach in Marienburg gewohnt. Der müsste die von Herwarths gekannt haben.«

Benno Bach ist ein ehemaliger Kollege von Zimmermann und seit ein paar Jahren gleichfalls pensioniert. Benno Bach, an den sich vor allem die reiferen Damen im Präsidium gern erinnern und den auch ich immer noch vor mir sehe. Seinen etwas zu groß geratenen Kopf auf den schmalen Schultern, die schmächtige Figur, von der man kaum glauben mochte, dass sie früher einmal in der Uniform eines Streifenpolizisten gesteckt hatte. Benno Bach hatte es nicht bis zum Hauptkommissar gebracht, was er offensichtlich auch nicht angestrebt hatte. Dafür aber kannte seine Beliebtheit keine Grenzen. Nachdem er zu Beginn seiner Laufbahn beim Aufeinandertreffen mit Ringganoven mehrfach den Kürzeren gezogen hatte und im Krankenhaus gelandet war, machte man ihn zum Innendienstler. Hier konnte er seinen klugen Kopf ungefährdet einsetzen. Vor allem die Damen im Präsidium hielten ihn für den Schlauesten. Und nicht nur das, wie man munkelte.

Zimmermann, der immer noch einen losen Kontakt zu ihm aufrechterhält, weiß, dass er jetzt mit einer Frau Ilse zusammenwohnt. Seine Telefonnummer hat er dabei, und die wählt er von meinem Apparat aus.

»Wir sollen vorbeikommen, heute gegen fünf, und ich könnte dich gern mitbringen«, sagt er und hält die Sprechmuschel mit der Hand bedeckt. »Passt das?«

Und wie mir das passt. Hauptsache, wir kommen weiter mit unseren Recherchen.

Auf dem Klingelbrett neben der Haustür steht Bach und darunter Fohr. Der Türöffner summt erst, nachdem wir zum dritten Mal geklingelt haben. Vielleicht muss Frau Ilse noch was an ihrer Frisur richten.

Die Haustür klemmt. Werbeprospekte, deren Einwurf man sich laut Messingschild verbittet, bedecken den Boden des Flurs. Auf der Treppe begegnen wir auf einem Eimer und ein paar Stufen darüber dem Hinterteil der Putzfrau, an dem wir uns mühsam vorbeidrücken.

Auf dem Absatz der ersten Etage steht Benno und grinst uns erfreut entgegen.

»Mensch, Heinrich, dass du dich mal wieder sehen lässt! Und deinen neuen Chef hast du auch mitgebracht, den Lukas, der auf die Pension gepfiffen hat! Kommt rein!«

Frau Ilse scheint tatsächlich noch schnell etwas für die Frisur getan zu haben. Ihr hübsches rundes Gesicht strahlt Zimmermann an, der nach einem passenden Kompliment sucht, es aber zwischen Tür und Angel nicht findet. Bennos Zuhause ist schön altmodisch eingerichtet. Schränke Nussbaum poliert und die Bücher hinter Glas. Das Fenster des Wohnzimmers geht zum Hof hinaus und hat eine Tür zu einer großen Terrasse, auf der eine Vielzahl von immergrünen Pflanzen in Tontöpfen stehen. Dazwischen ringelt sich ein gelber Wasserschlauch wie eine friedliche Schlange. Wir treten beide hinaus und betrachten die Hinterhoflandschaft des Belgischen Viertels. Zwischen den glatt verputzten Rückfronten der neueren Häuser sieht man die rotbraunen Ziegelmauern der Vorkriegsveteranen. Abenteuerliche Anbauten zeugen von vergangener Wohnungsnot. Feuerleitern führen hinunter in die ummauerten kleinen Höfe, in denen sich Wäscheleinen von Wand zu Wand spannen. Über die Dächer dringt das leise Brausen des Großstadtverkehrs in das Geviert des Häuserblocks. Zimmermann steht versonnen am Rand der Terrasse. Erinnert er sich an die in Trümmern versunkene Friesenstraße, in der er als Junge gewohnt hat?

»Ihr kommt doch sicher nur, um mir einen guten Tag zu wünschen«, grinst Benno, als wir uns in den Chippendale-Sesseln gegenübersitzen. »Oder habt ihr was auf dem Herzen?«

»Du könntest uns was erzählen, Benno. Was von früher«, sagt Zimmermann.

»Von früher? Aber nur, was die Ilse hören darf«, feixt er.

»Nee, von noch früher. Du hast doch mal in Marienburg gewohnt, so kurz nach dem Krieg.«

»Ach ja, in der Scheißzeit, damals. Da waren wir so was wie heutzutage die Haubesetzer. Keine feinen Marienburger. Die waren abgehauen, als die Stadt zu einem Trümmerhaufen wurde. Aber meine Mutter und die Oma und ich waren in Köln geblieben. Trotz Bomben. Unsere Wohnung im Severinsviertel war ja weg. Aber die feinen Villen in Marienburg hatten kaum was abgekriegt. Standen leer. Nur dass keine Fenster mehr drin waren. Und da sind wir rein. Hausbesetzer aus dem Vringsveedel. Ins Souterrain. Oben regnete es aufs Parkett, aber unten war es trocken. Und dann kamen die Amis. Und später, 1946, die Familie Sollmann, der die Villa gehörte. Die hatten sich wegen der Bombenangriffe abgesetzt nach Sachsen, wo sie aber auch nicht gerade willkommen gewesen waren. Aber die waren nett, die Leute, haben uns fast zwei Jahre da unten wohnen lassen, bis mein Vater aus der Gefangenschaft zurückkam und wir wieder eine eigene Wohnung kriegten, diesmal in Sülz.«

Zimmermann nickt und sieht wohl die Bilder von damals vor sich, als fast die ganze Stadt so aussah wie heute Nekropolis.

»In der Zeit, als ihr da in Marienburg gewohnt habt, da kanntest du doch Leute, die dort geblieben oder zurückgekommen waren.«

»Kennen schon, aber die waren nicht alle so wie die Sollmanns. Hatte sich ja auch allerhand Gesocks da breit gemacht. Da konnte man schon verstehen, dass sie die aus den Villen raus haben wollten. Wir hatten da Gott sei Dank keine Probleme. ›Die arme Frau Bach mit der alten Oma und dem Jung!‹, sagten die Sollmanns. ›Das sind anständige Leute, da unten im Souterrain.‹« Benno sieht Heinrich fragend an. »Von den alten Marienburgern, willst du von denen was wissen?«

»Genau«, nickt Zimmermann. »Kanntest du in der Kastanienallee die von Herwarths?«

»Klar, das war 'ne hochnäsige Frau. Der Mann war im Krieg gefallen. Hoher SS-Offizier, alter Parteigenosse.«

»Diese Frau von Herwarth, was weißt du noch von der?«

»Dass du dich gerade für *die* so interessierst«, wundert sich Benno. »Ist das wegen dem Prozess damals, bei dem es um das beschlagnahmte Vermögen ging? Das ist aber längst gegessen, Heinrich. Die Frau ist reich, weil das Geld von ihrem Vater stammt, und nicht von den von Herwarths. Das waren zwar Adlige, aber Geld hatten die keins. Jedenfalls nicht viel.«

Zimmermann schüttelt den Kopf.

»Eigentlich geht es mir um den Sohn, den Bodo. Aus welchem Stall der kommt, das interessiert mich.«

»Also spielst du doch wieder Kommissar, was? Hat der Dreck am Stecken, der Bodo?

»Könnte sein. Frag mich jetzt noch nicht danach. Erzähl mir nur was von der Familie, das ist mir wichtig.«

Frau Ilse erscheint mit Kaffee und Apfelstrudel, warm aus dem Ofen. Als sie das Tablett auf den Couchtisch stellt, meint sie, dass sie gern mithören wolle, was es da zu erzählen gäbe aus dieser Zeit. Obwohl sie da noch in den Windeln gelegen hätte, fügt sie kokett hinzu.

Benno Bach, der immer schon nichts lieber tat, als alte Geschichten zu erzählen, ist in seinem Element. Frau Ilse sieht mit gekrauster Stirn zu, wie er sich respektlos beeilt, mit ihrem Apfelstrudel fertig zu werden.

»Die Frau von Herwarth war eine geborene Cäcilie Offermann. Einziges Kind der Familie. Stinkreiche Leute. Der Vater hatte eine Eisengießerei und auch mit dem Bergbau zu tun. Anteile und Aktien.

Das Mädchen muss eine Schönheit gewesen sein, ein verwöhntes Töchterchen, dem alles zu Füßen lag. Nur dass sie schlicht Offermann hieß, das war ihr auf Dauer nicht genug. Und da tauchte eines Tages ein junger adliger Herr in der Villa der Offermanns auf. Carl von Herwarth. Der gehörte zu den neuen braunen Machthabern, mit denen der alte Offermann nützliche Verbindungen unterhielt. Ein schmucker Kerl, besonders in seiner schwarzen SS-Uniform. Und ein Von. Genau das, was der schönen Cäcilie noch zu ihrem Glück gefehlt hatte. Große Hochzeit, viel NS-Prominenz dabei und wichtige Leute aus der Industrie. Der Alte kaufte dem jungen Paar die Villa in der Kastanienallee, und alles war zum Besten. Dann kam der Krieg, und Carl von Herwarth musste zum Militär. Und bekam natürlich einen hohen Rang in der Waffen-SS. Ist dann irgendwann an der Ostfront gefallen. Den Bodo, das Kind der beiden, habe ich kaum gekannt, der war ja noch klein, als wir in der Marienburg gewohnt haben. Und die Frau von Herwarth lebte ja auch sehr zurückgezogen, weil man plötzlich was gegen die hatte, als Witwe von einem hohen Nazi und SS-Offizier. Später gab es auch mal diesen Prozess wegen ihres Vermögens, aber die Aktien hatte der alte Offermann damals vorsorglich auf den Namen seiner Tochter angelegt.« Benno hält Ilse seine Kaffeetasse entgegen. »Mehr weiß ich nicht von denen, Heinrich. Ist ja alles auch schon so lange her.«

Der Rest des Nachmittags vergeht mit Anekdoten aus der gemeinsamen Dienstzeit. Einige Male habe ich Probleme, Bennos Geschichten zu folgen. In meinem Kopf beginnt sich langsam ein Bild zu formen. Trotzdem wissen wir immer noch zu wenig über die von Herwarths.

18.

Hanna hat Bodos Mutter angerufen und sich als Historikerin ausgegeben. Sie würde der Geschichte von alten Kölner Familien nachgehen, um ein Buch darüber zu schreiben. Ob sie ihr ein persönliches Gespräch gewähren würde? Frau von Herwarth habe zunächst gezögert, aber dann zugesagt. Bitte pünktlich um halb vier zum Tee solle sie da sein. Und bitte niemanden mitbringen. Auf Gäste wäre sie nicht eingerichtet, da sie zur Zeit leider ohne Haushälterin auskommen müsse. Das war gestern. Bis jetzt hat Hanna nicht gesagt, was sie dabei rausgekriegt hat. Sie meint, das wäre keine Sache, über die man mal eben zwischen Tür und Angel im Büro reden könnte. Wir sollten uns am Abend wieder zusammensetzen.

Exakt um acht klingelt es an der Wohnungstür. Zimmermann ist pünktlich wie immer. Den Aufzug hat er verschmäht, weil er Treppensteigen für ein gutes Rentnertraining hält. Er schnuppert den Pizzaduft in der Diele und freut sich, dass es nicht wieder gesunde Schnittchen gibt.

Als die leeren Pizzakartons abgeräumt sind, legt Hanna mein Diktiergerät auf den Tisch, das sie mitgenommnen hat, um das Gespräch mit Bodos Mutter aufzunehmen. Es gebe da ein paar Passagen, die es wert seien, im Original gehört zu werden. Zimmermann nickt anerkennend, Genauigkeit geht ihm über alles.

Hanna berichtet.

»Ich hab mein Auto vorsichtshalber zwei Ecken entfernt von der Kastanienallee geparkt«, sagt sie. »Die Leute da haben jeden im Blick, der nicht dorthin gehört. Hätte ja sein können, dass sich einer wundert, wieso da eine alte Kiste wie mein Fiesta vor der Herwarth-Villa steht.« Hanna zieht ihren Schreibblock zu sich heran und tippt auf eine Notiz. »Die Adresse Kastanienallee 18c ist übrigens nicht richtig. Die Villa liegt schräg gegenüber auf der anderen Straßenseite. Da stand der Name von Herwarth groß auf einem Messingschild am Gittertor. War Grünspan drauf. Wohl nicht richtig geputzt von der Kolschinski. Die Villa ist ein alter Kasten. Die Auffahrt wenig gepflegt. Vor dem Hauseingang Stufen und rechts und links Blumenkübel mit nichts drin.

Der Messingklopfer an der Haustür hat nicht funktioniert. Dafür gab es einen nachträglich angebrachten Klingelknopf. Frau von Herwarth hat selbst geöffnet. Klar, die Haushälterin liegt ja im Leichenschauhaus.

Dass sie mich als Frau Beier ansprach, hat mich für einen Moment aus dem Konzept gebracht. Bin ja schließlich nicht gewohnt, mit einem falschen Namen umzugehen. ›Ja, guten Tag‹, hab ich ziemlich verdutzt geantwortet. Ich frage mich jetzt noch, ob sie nicht ein ›gnädige Frau‹ erwartet hat.

Dann hat sie mir die Hand gereicht und mich in eine dunkle, holzgetäfelte Diele gebeten, in der ein Kronleuchter brannte. Trotz des Tageslichts. Als Garderobe stand da ein schwerer Trierer Barockschrank. In den durfte ich meinen Mantel hängen.

Die alte Dame ist schon eine Erscheinung. Schlank, hält sich sehr aufrecht. Ein schmales, aber keineswegs hageres Gesicht. Klare blaue Augen, keine Brille. Weißes, sorgfältig frisiertes volles Haar. Ein altmodisches, hochgeschlossenes Kleid. Kaum zu glauben, dass sie schon über achtzig ist.

Dann hat sie mich in den Wintergarten geführt, weil wir da das wunderbare bunte Herbstlaub im Blick hätten. War auch wirklich schön, in der altmodischen Korbsesselgarnitur zu sitzen und rauszugucken und Tee zu trinken. Keine Eile, zum Thema zu kommen. Wir haben über dies und das geplaudert. Über die Mühe, einen so großen Garten in Ordnung zu halten, über das alte Haus und die Schwierigkeit, zuverlässige Handwerker zu bekommen. Über das schöne Marienburg, das längst nicht mehr sei, was es einmal war. Fast hätte ich vergessen, weshalb ich dort war.

Das alte Marienburg war das Stichwort für das Thema alte Kölner Familien. Ich hab ein bisschen was zusammengelogen über meine Absicht, ein Buch darüber zu schreiben, und dass ich mich freue über ihr Entgegenkommen, blablabla. Sie ist auch gleich darauf eingestiegen, hat nicht lange nachgefragt, Gott sei Dank.

Ob es mir denn um die Offermanns oder um die von Herwarths ginge? Natürlich um beide, hab ich gesagt. Obwohl ich befürchtete, dass sie sich lange bei der Jugend der schönen Cäcilie aufhalten würde. Aber dann hat mich die Schilderung ihrer Jugend in den zwanziger und den beginnenden dreißiger Jahren doch interessiert.

Also, das war ein Prinzessinnenleben für die kleine Cäcilie. Auch später noch, als sie ein Teenager war. Ein Backfisch, so hat man wohl damals gesagt. Dass zu der Zeit in Köln das Elend der großen Arbeitslosigkeit herrschte, davon hat sie nichts erwähnt. Von Onkeln und Tanten war die Rede. Allerdings mehr von den reichen als von den armen. Von Hochzeiten und Mesalliancen, ungeratenen Vettern und Enterbungen. Daneben erstaunlich lebhafte Erinnerungen an städtische Ereignisse, die sie an der Hand ihres heiß geliebten Vaters erlebt hatte. Das Luftschiff ›Graf Zeppelin‹ über Köln, die Eröffnung der Mülheimer Brücke, das geigende Wunderkind Yehudi Menuhin in der Messehalle. Erinnerungen an ihre strenge Schulzeit bei den Ursulinen. Mädchenträume vom Prinzen, der dann eines Tages auch kam. In der schwarzen Uniform der SS. Carl von Herwarth.

Meistens hab ich schweigend zugehört. Nur mal pflichtschuldigst Zwischenfragen über den Stammbaum der Offermanns gestellt. Nachdem zum erstenmal der Name Carl von Herwarth gefallen war, begann ihre Erzählfreudigkeit nachzulassen. Über ihre Zeit nach 1938 zu sprechen, würde ihr Probleme bereiten, sagte sie. Hat mich plötzlich auch ganz kühl gemustert. Sie möchte nicht, dass durch irgendwelche Veröffentlichungen der Name ihres Mannes Schaden nehmen würde. Er sei ein überzeugter Nationalsozialist und ein hochrangiger Angehöriger der SS gewesen. ›Er ist für das Vaterland und für unsere Idee gefallen, was ich zu respektieren bitte‹, hat sie wörtlich gesagt. Ich hab mich gehütet, weiterhin Notizen zu machen. Aber der letzte Satz hat sich mir auch so eingeprägt. Unsere *Idee*, hat sie gesagt. Das bedeutet doch, dass in diesem Haus immer noch die Nazizeit lebendig ist.

Ab dann hab ich das Diktiergerät eingeschaltet. Da könnt ihr selbst hören, wie das weiterging. Setzt euch mal näher ran, das Ding ist ja nicht besonders laut.«

Gehorsam beugen wir uns über das Gerät, aus dem erst mal Tassengeklapper kommt und ein schwaches Hüsteln. Dann geht es los. Zunächst Hannas Stimme: »Nein, Frau von Herwarth, die Stellung Ihres Mannes im Nationalsozialismus ist für meine Recherchen uninteressant. Welche negativen oder gar schmerzlichen Erfahrungen Sie und Ihre Familie in dieser Hinsicht gemacht haben, würde mich allerdings schon interessieren. Auch aus menschlichen Gründen, wenn ich das so sagen darf.«

Pause. Im Hintergrund quietscht ein Korbsessel. Eine Tasse wird abgesetzt. Dann die Stimme der alten Dame: »Schmerzliche Erfahrungen in der Nachkriegszeit hat es genug gegeben. Aber es gab viele wunderbare Erinnerungen, an denen ich mich immer wieder aufgerichtet habe. Sehen Sie diese Eiche dort hinten im Garten? Die haben mein Mann und ich gemeinsam gepflanzt. Im Jahr 1935, als mein Vater uns dieses Haus geschenkt hat. Auch sie ist ein Teil dieser Erinnerungen. Eine deutsche Eiche. Wenn Sie verstehen, was ich damit sagen will.«

Wieder eine Pause und nur das leise Kassettenrauschen aus dem Diktiergerät. Dann spricht sie weiter: »Nun gut, halten wir es so, Frau Beier: Sie stellen Fragen, und ich werde Ihnen erzählen, was ich aus unserer Familiengeschichte für erwähnenswert halte.«

Hanna: »Nachdem Sie mir eben von ihrem Elternhaus, Ihrem Herrn Vater und der Familie erzählt haben, wüsste ich gern mehr über Ihr Leben nach Ihrer Hochzeit.«

Die Stimme der alten Dame wird lebhafter als zuvor. In ihren wohlgesetzten Worten schwingt Stolz mit.

»Nach meiner Hochzeit mit Carl von Herwarth haben sich alle meine Vorstellungen vom Leben an der Seite eines bedeutenden Mannes erfüllt. Dafür sorgten schon die vielen offiziellen Anlässe, zu denen Carl von Herwarth mit mir als seiner schönen jungen Gattin geladen war. Feste und Gesellschaften bei Bankiers und Industriellen, Tribünenplätze in der ersten Reihe bei den großen Aufmärschen. Die letzten Reichsparteitage in Nürnberg. Unvergessliche Erlebnisse! Und Carl von Herwarth stand mit auf der Führertribüne! Bekanntschaften mit den Prominenten der obersten Führung, Namen kann ich mir ja wohl sparen. Viele sind in die Annalen der tragischen deutschen Geschichte eingegangen.«

Hier versucht Hanna sie zu unterbrechen und fragt, welche Funktion Carl innerhalb der SS ausgeübt habe. Frau von Herwarth scheint die Frage überhört zu haben. Die Schilderung ihres längst vergangenen Glücks duldet keine Unterbrechung.

»Wenn ich an die Urlaubsreisen in unserem Daimler durch die herrliche deutsche Landschaft denke! Aber auch ins Ausland. Italien! Dieses schöne romantische Land. Rom und dieser charmante Graf Ciano! Fast hätten wir den Duce persönlich kennen gelernt.«

Hanna hält das Tonband an.

»So etwas muss man heutzutage doch selbst hören, um es zu glauben. Wer wird sich da noch über Bodo wundern! Aber da kommt noch mehr.« Hanna löst die Stopptaste.

»Carl war ein wunderbarer Mann«, sagt die alte Dame. »Und als er fiel, war ich eine stolze Witwe. Bin es heute noch. Geblieben ist mir unser Sohn Bodo, der mit mir in seines Vaters Haus zusammenlebt. Kommen Sie, Frau Beier, Sie sollten ein paar Fotos sehen.«

»Ich erzähl erst mal, wie das weiterging«, sagt Hanna und schaltet das Gerät aus.

»Sie ist mit Elan aus ihrem Sessel aufgestanden und hat mich sogar bei der Hand genommen und mich durch die Halle in das Herrenzimmer gezogen. Das Herrenzimmer war ein Relikt aus vergangenen Zeiten. Dahin hatten sich damals die Männer zurückgezogen, um sich über die Dinge zu unterhalten, die ihre Frauen nichts angingen. Dunkel getäfelte Wände, ein wuchtiger Schreibtisch, an den Kanten mit geschnitzten Leisten verziert. Unter einer Lampe mit einem grünen, gerippten Schirm lag eine schwere lederne Schreibmappe. Davor eine Utensilienschale aus Marmor. In einem silbernen Halter steckte ein klassischer Mont-Blanc-Füllfederhalter. Wahrscheinlich eine in Ehren gehaltene Hinterlassenschaft. Alles sah aus, als ob Carl von Herwarth gestern noch hier gesessen hätte. Das ganze Zimmer wie ein Museum für den gehobenen Einrichtungsstil der dreißiger Jahre. Um einen Rauchtisch mit geschweiften Beinen standen vier schwere, lederne Clubsessel. Daneben eine kleine mobile Bar, auf der Zigarrenkisten standen wie ehedem. Ich fühlte mich glatt in einen alten Ufa-Film versetzt. Herren in feinen Nadelstreifenanzügen und am Revers das runde Parteiabzeichen mit dem Hakenkreuz in der Mitte.

Zunächst dachte ich, dass ich jetzt dicke Fotoalben Seite für Seite zu bewundern hätte. Aber simple Fotoalben waren der Herwarth'schen Vergangenheit wohl nicht angemessen.« Hanna macht eine bedeutsame Pause und sieht uns an. »Jetzt kommt das Größte! Frau von Herwarth führte mich vor einen schmalen, zweitürigen Wandschrank, drehte den Schlüssel und öffnete gleichzeitig mit beiden Händen die Türen. Irgendwie feierlich. Dann trat sie zur Seite und gab mir den Blick frei. An der Rückwand und an den Innenseiten der beiden Türen hingen Dutzende von gerahmten Fotos. Ein regelrechtes Triptychon! Die Schau begann auf der linken Seite mit verblassten, bräunlichen Bildern aus den ersten Jahren des zwanzigsten Jahrhunderts: Die Offermanns. Streng gescheitelte Herren mit hochgezwirbelten Schnurrbärten. Hochmütig guckende Damen mit ihren herausgeputzten Kindern. Ein paar Fabrikansichten. Auf der Frontseite einer Halle stand: ›Offermann Eisengießerei‹. Vor der Belegschaft stolz der Prinzipal, Cäciliens Vater.

Carl von Herwarths Vorfahren waren nicht so reichlich vertreten. Dafür aber er. Zweimal in Großformat, gerahmt in Silber. Und ich sage euch, der Mann sah toll aus! So ein blonder Recke, astrein der nordische Typ. Ein Jung-Siegfried wie aus den deutschen Heldensagen. Ein bisschen kantig das Gesicht, aber ein voller, sensibler Mund. Sinnlich, würde ich sagen. Da muss die Cäcilie Offermann hin und weg gewesen sein, als der auftauchte. Und dann auch noch der Adel! Als Krönung dann das Hochzeitsfoto. Arrangiert wie ein Bühnenbild!

Auf den Fotos von Carls Familie waren fast immer Uniformen zu sehen. Alles Offiziere. Carl von Herwarth in der schwarzen Uniform der SS und dann in Feldgrau, als Offizier der Waffen-SS. Umgeben waren die Bilder von Schnappschüssen, auf denen Cäcilie und Carl allein und mit Freunden zu sehen waren. Hin und wieder gab Frau von Herwarth ein paar Erklärungen zu den Personen auf den Bildern ab. Ein paar kamen mir irgendwie bekannt vor, wahrscheinlich aus Originalaufnahmen in den Filmen über das Dritte Reich.«

Neben mir beginnt Zimmermann ungeduldig zu hüsteln. Wir fragen uns im Stillen, ob Hanna außer der Familienstory auch so etwas wie eine handfeste Spur entdeckt hat.

Sie hat, wie sich zeigt: »Auf einem Foto waren zwei Babys nebeneinander in einem Kinderwagen zu sehen. Zwillinge. Nichts Ungewöhnliches bei einem so großen Familienclan, hab ich gedacht. Aber dann sagte Frau von Herwarth etwas, das uns gewaltig zu denken geben sollte: ›Links das Kind ist mein Sohn Bodo. Sein Zwillingsbruder Harald wurde getötet. Von einer englischen Fliegerbombe. Obgleich ich besser *ermordet* sagen sollte.‹« Hanna sieht erst mich und dann Zimmermann an: »Na, was sagt ihr?«

Zunächst sagen wir mal nichts, versuchen zusammenzubringen, was Hanna glaubte erkannt zu haben. War diese kultivierte alte Dame von angeheiratetem Adel der späte Racheengel, der hinter den drei Morden an den englischen Bombenfliegern steckte? Hannas Augen funkeln triumphierend. Doch ihr Bericht ist noch nicht zu Ende: »Natürlich hab ich mir nicht anmerken lassen, was da in meinem Kopf vorging. Nur teilnahmsvoll geguckt und gehofft, dass da noch mehr kommt. Tat es aber zunächst mal nicht. Sie hat dann das Familien-Triptychon wieder verschlossen und gemeint, wir sollten zurück in den Wintergarten gehen, um die alten Geschichten zu Ende zu bringen.

Dort waren die freundlichen Farben hinter den Fenstern des Wintergartens zusammen mit der Nachmittagssonne verschwunden. Überhaupt hatte sich die ganze Stimmung verdüstert. Vor allem bei mir. Immerzu musste ich an das Foto mit den Zwillingen im Kinderwagen denken. Einer davon war Bodo. Der andere ermordet von einer englischen Fliegerbombe, wie Frau von Herwarth es ausgedrückt hatte. War das ihr Motiv, den Zwillingsbruder Bodo zu den Morden anzustiften?

Irgendwie hatte ich das Gefühl, in Gefahr zu sein. Ich wusste zwar, dass Bodo bei dieser Fachtagung in Hamburg war, trotzdem hatte ich Sorge, dass er plötzlich in der Tür stehen würde. Gleichzeitig befürchtete ich, dass Frau von Herwarth unser Gespräch jetzt beenden würde.

Ich habe nach meinen Notizen gegriffen und ein bisschen ungeduldig mit dem Kugelschreiber gespielt. Schließlich habe ich sie einfach gefragt, wie das mit dem Tod des Zwillingsbruders von Bodo gewesen sei und ob sie mir mehr darüber erzählen möchte. Sie hat dann geantwortet, dass sie das nur ungern tue, aber eigentlich gehöre das ja auch zu ihrer Familiengeschichte. Ich habe dann das Gerät wieder eingeschaltet, und das hören wir uns jetzt im Originalton an.«

Hanna braucht eine Weile, bis sie auf dem Band die richtige Stelle gefunden hat. Zunächst klingen die Worte von Bodos Mutter wie die Berichte von Zeitzeugen im Fernsehen. Köln als ein bevorzugtes Ziel der englischen Bomber. Bewusste Angriffe auf die dicht besiedelten Wohnviertel der Stadt. Tausende von Opfern, meistens Frauen und Kinder, weil die Männer ja zur Wehrmacht eingezogen waren. Mit Stolz berichtet sie, dass trotz der gnadenlosen Bombardierung das Leben in der Stadt weiterging, dass man mit den Bomben lebte und der Widerstandswille der Bevölkerung durch die Terrorangriffe sogar noch gestärkt wurde. Schließlich kommt Frau von Herwarth zurück zu ihrer persönlichen Geschichte:

»Ich war stolz darauf, die Zwillinge zur Welt gebracht zu haben, und wollte, dass in ihnen der Geist ihres Vaters weiterleben würde, auch wenn es ihm beschieden wäre, für Führer, Volk und Vaterland zu sterben«, sagt sie mit fester Stimme. »Als mein Mann dann 1943 an der Ostfront fiel, habe ich getrauert wie Millionen anderer deutscher Kriegerwitwen. Aber ich war nicht verzweifelt, obwohl mich der erste Schicksalsschlag bereits im Jahr zuvor getroffen hatte. Das war am 31. Mai 1942, als einer der Zwillinge, mein Sohn Harald, von der englischen Fliegerbombe getötet wurde. Ich hatte am Samstag mit den Zwillingen meine Cousine Adele besucht, die in Klettenberg wohnte. Ihr Mann war Soldat und kämpfte an der Ostfront. Wir hatten seit meiner Jugend ein freundschaftliches Verhältnis. Und dass wir beide Soldatenfrauen waren, brachte uns noch näher zueinander. Wir trösteten uns gegenseitig und verbrachten viele Stunden mit der Erinnerung an die vergangenen schönen Jahre. Wie so oft wollte ich über Nacht in ihrer schönen großen Wohnung in der Hirschbergstraße bleiben. Gegen zweiundzwanzig Uhr heulten die Sirenen Fliegeralarm, was wir gelassen aufnahmen, weil die nächtlichen Luftangriffe schon seit langem zum Leben der Kölner Bevölkerung gehörten. Die gesamte Hausgemeinschaft begab sich wie gewohnt in den Luftschutzkeller des Hauses. Doch in dieser Nacht brach das Inferno über die Stadt herein. Tausend Bomber erschienen in mehreren Angriffswellen über Köln und bombardierten die Stadt. Gegen halb elf traf eine Luftmine auch unser Haus. Alle Bewohner wurden in den Kellerräumen verschüttet oder durch den Explosionsdruck der gewaltigen Luftmine getötet. Unter ihnen auch Adele mit ihrer kleinen Tochter. Als es am Morgen der Bergungsmannschaft gelungen war, zu uns vorzudringen, hatten wir kaum noch Luft zum Atmen. Man fand mich bewusstlos mit beiden Kindern im Arm. Bodo und ich waren unverletzt. Sein Bruder Harald aber hatte die Nacht nicht überlebt. Er war in meinen Armen an seinen inneren Verletzungen gestorben.«

Hanna drückt die Stopptaste und sieht stumm vor sich hin. In der Diele klingelt das Telefon. Keiner von uns kümmert sich darum. Dann lässt Hanna das Band weiterlaufen. Die Stimme der alten Frau klingt fest, aber man spürt den Zorn, der mitschwingt.

»Kommen Sie mir jetzt nicht mit Coventry, meine Liebe. Dieser deutsche Luftangriff war in Wahrheit auf Fabriken gerichtet und keineswegs ein geplanter Vergeltungsschlag auf die englische Zivilbevölkerung. Vielleicht haben Sie von diesem Luftmarschall Harris gehört, der den Befehl ausgegeben hat, gezielt nur Wohnviertel anzugreifen, um den Widerstandswillen der Bevölkerung zu brechen. Wollen Sie wissen, wie sich diese Bombenflieger ihrer Terrorangriffe gerühmt haben? Warten Sie, Frau Beier, ich gebe Ihnen etwas zu lesen. Sie können doch Englisch?«

Vom Tonband hört man, wie Frau von Herwarth ihren Sessel zurückschiebt und aufsteht. Für eine Weile läuft das Band leer, dann stoppt es von allein, weil die Kassette zu Ende ist.

Hanna lehnt sich zurück und atmet einmal tief durch.

»Und jetzt dürft ihr raten, was sie mir zur Lektüre hingelegt hat. Es war das gleiche Buch, das Justus im Zimmer von Peabody gefunden hat! Ich war wie vor den Kopf geschlagen. Erst das Foto und die Geschichte von dem toten Zwilling und dann dieses Buch. Damit war doch klar, dass Bodo in Duxford war und Peabody gekannt hat. Er wird das Buch gekauft und mitgenommen haben. Dann hat er es seiner Mutter zu lesen gegeben und damit die ganze Mordserie ausgelöst. In ihrer Vorstellung hatte Frau von Herwarth den Mörder ihres kleinen Sohnes gefunden. Oder jedenfalls einen, der an dem Bombenmassaker aktiv beteiligt war. Und sich dessen auch noch rühmte. Und den sollte ihr der Bruder des ermordeten Zwillings sozusagen zu Füßen legen. Hier in Köln, wo die Tat geschehen war. Auge um Auge, Zahn und Zahn.

Ich habe schließlich das Buch flüchtig durchgeblättert und gesagt, dass mein Englisch doch nicht so besonders sei, und es zurückgelegt.«

Hanna greift wieder nach ihrem Notizblock, und ich sehe ihr an, dass sie noch einen Trumpf in der Hand hat.

»Plötzlich kam Frau von Herwarth wieder auf Bodo zu sprechen. Auf ihren Sohn, der ihr ›noch geblieben‹ war, wie sie es vorher formuliert hatte. Da kam ein Satz, den ich mir aufgeschrieben habe, weil der uns auch noch ein Stück weiterbringen könnte, wie ich denke. Hört genau zu. Sie sagte wörtlich: ›Ich habe meinen Sohn im Geiste seines Vaters erzogen. Und glauben Sie mir, es gibt wehrhafte, junge Freunde von Bodo, die diesem Geist ebenso treu sind.‹«

Hanna zieht die Augenbrauen hoch und sieht uns nacheinander bedeutungsvoll an: »Wehrhafte, junge Freunde, die sich vielleicht auch mit der Zündung von alten Blindgängern auskennen?«

Kein Zweifel, Hanna hat die Glieder der Indizienkette gefunden und zusammengesetzt. So jedenfalls formuliert es Zimmermann. Ganz der alte Hauptkommissar, voll des Lobes für Hanna. Eigentlich sollte ich Hanna jetzt dankbar küssen. Aber das verschiebe ich. Kommt Zeit, kommt Nacht, denke ich und schließe mich Zimmermanns anerkennenden Worten an.

Das Interview mit Frau von Herwarth hatte sich zu Hannas Leidwesen noch fast eine weitere Stunde hingezogen. Noch eine Tasse Tee und noch einen Keks und noch eine kleine Geschichte über alte Kölner. Dann war sie entlassen.

Hanna meint, dass sie weniger freundlich gewesen sei, als sie sich an der Tür verabschiedet hatten. Vielleicht aus dem Gefühl heraus, dass sie ein paar Dinge besser für sich behalten hätte?

19.

Aus dem leisen Nieseln ist ein regelmäßiges, sanftes Trommeln auf dem Wagendach geworden. Ich sitze in Hannas Fiesta und warte. Zum dritten Mal in dieser Woche und bereits seit mehr als zwei Stunden.

Jetzt ist es acht. Wenn Bodo nicht auftaucht, werde ich wieder bis elf auf meinem Posten bleiben. Und morgen wieder. Und übermorgen. So lange, bis er seinen Bau verlässt und ich mich an ihn hängen kann.

Vor mir verschwimmt die Kastanienallee in den Rinnsalen der Regentropfen, die auf der Windschutzscheibe Wettläufe veranstalten. Ab und zu lasse ich die Scheibenwischer auf sie los, und ihr Spiel beginnt aufs Neue. Stumpfsinn.

Observationen waren mir schon immer verhasst. Dieses endlose Warten mit der hohen Wahrscheinlichkeitsrate, dass nichts passierte. Früher, als junger Kommissar, war das der absolute Horror für mich. Und ein Stolperstein auf meiner Polizeilaufbahn. Wie damals, als ich eine Observierung vorzeitig abgebrochen hatte und dieser Familienvater doch noch sein Haus verlassen hatte, um an der Endhaltestelle auf den Teenager zu lauern, der am nächsten Morgen im Gebüsch gefunden wurde. Zimmermann hatte Mühe gehabt, mich nachträglich zu decken.

Gestern und vorgestern hatte mir das Warten in der Kastanienallee weniger ausgemacht als heute. Über Bodo von Herwarth und über das Puzzle der Indizien und Vermutungen nachzudenken, war ein effektiver Zeitvertreib. Wenn auch nicht unbedingt ein erfreulicher. Da lebt dieser Mann mit seiner Mutter unter einem Dach, die sich als würdige Witwe einer Nazigröße fühlt und ihren erwachsenen Sohn dominiert. Der sonntags mit ihr im Vorkriegsauto seines Vaters nostalgische Ausflüge unternimmt. Der eine Geliebte im Bett mit dem Namen einer germanischen Göttin anredet. Der wehrhafte, junge Freunde hat, die mit Bomben umgehen können. Und der mir, ich muss es zugeben, nicht einmal unsympathisch ist, so wie ich ihn bisher kennen gelernt habe.

Heute weigert sich mein Kopf, all das immer wieder aufs Neue durchzukauen. Heute meldet sich die Ungeduld, meine schwache Seite. Mach zu, Bodo von Herwarth, lass dich sehen! Ich habe schräg gegenüber der Einfahrt zur Villa der Herwarths geparkt, die in vornehmer Distanz zur Straße liegt. Ein dunkler Kasten mit einer trüben Laterne über dem Eingang, die im Wind schaukelt.

An der rechten Seitenfront des Hauses wirft das einzige Fenster eine Lichtbahn auf die nass glänzenden Büsche, die vor der Mauer zum Nachbargrundstück stehen. Auf der linken Seite hat die Villa einen Garagenanbau mit einem hölzernen Doppeltor. Davor steht Bodos schwarzer Mercedes Off-Roader. Der alte Daimler wartet im Trockenen.

Ich lasse ein paar Mal die angewinkelten Arme kreisen, um meinen Kreislauf in Gang zu halten. Strecke die Beine und ziehe sie wieder an. Merkwürdig, dass sie nur einschlafen, wenn man im geparkten Auto sitzt, beim Fahren tun sie es nie. Ich sehe auf die Digitaluhr im Armaturenbrett, wo ein grüner Punkt jede Sekunde einmal pulst und die Zeit zerkrümelt. Noch drei Stunden bis zum Limit, das ich mir gesetzt habe. Was macht der jetzt da drinnen? Fernsehen? Lesen? Mit Mutter alte Geschichten aufwärmen?

Meine Ungeduld hält sich die Waage mit meiner Hartnäckigkeit, die ich von meinem Vater geerbt habe. Wenn er die nicht gehabt hätte, würde er wahrscheinlich heute noch leben. Wie seine Kollegen später berichteten, wollte er in der Nacht einer Diebesbande auf der Spur bleiben, obwohl er längst hätte abgelöst werden sollen. Am Morgen lag er erschossen neben den Schienen der Hafenbahn. Ich fürchte, dass es mir ähnlich ergehen könnte, wenn Bodo sich in die Enge getrieben fühlt.

Im Oval des linken Seitenspiegels taucht eine Gestalt auf. Eine junge Frau in einem knallgelben Regencape, so wie Hanna eins hat.

Ist sie das? Nein, natürlich nicht. Wichtiges hätte sie mir per Handy mitteilen können. Aber so, wie die junge Frau dahergeht, mit diesem zielbewussten Gang, hätte sie es sein können. Jetzt an Hanna zu denken, bringt ein bisschen Sonne in die düstere Warterei. An jenen Abend zum Beispiel, an dem sie mich aus meinem absolut verwerflichen Singledasein herausgelotst hatte. Stand plötzlich neben mir an der Bar in meiner Stammkneipe. Hinter ihr dieser schwarz bezopfte Typ, mit dem sie gekommen war und der zu ihr passte wie Judas zu Maria. Schwamm drüber. In der ersten Sekunde hatte ich sie wiedererkannt. Hanna, früher drei Klassen unter mir auf dem Gymnasium. Hanna, die stille Schönheit unter den schnatternden Gänsen um sie herum. Noch zu jung damals, um sie anzusprechen. Wie hätten die anderen da gespöttelt! Hoho, der Justus hat's mit Teenies, traut sich nicht an die richtigen Ladys! Aber dann war sie plötzlich weg von der Schule, umgezogen irgendwohin. Aus der Traum, der heimliche. Und jetzt ist sie meine Geliebte, Mitarbeiterin, Freundin, Komplizin, Mitverschworene. Sitzt zu Hause und fürchtet, dass ich mich in Gefahr begebe.

Ein Radfahrer taucht auf. Eingehüllt in einen dunklen Regenumhang, eine Kapuze über dem Kopf. Er kreuzt die Straße und hält auf die Villa Herwarth zu. Steigt ab und schiebt sein Rad in die Einfahrt. Ich beuge mich vor und betätigte hastig den Scheibenwischer. Will der zu Bodo?

Der Mann verschwindet links hinter dem Garagenanbau und taucht kurz darauf wieder auf, ohne Fahrrad. Geht die Stufen zum Eingang hinauf. Klingelt. Ohne darauf zu warten, dass sich die Tür öffnet, dreht er sich um, geht die Stufen wieder hinab und stellt sich neben den Off-Roader.

Fünf Minuten, acht Minuten. Dann öffnet sich die Tür, und Bodo erscheint. Es ist nicht zu fassen: Er trägt einen Kampfanzug. Auf dem Kopf eine Art Militärmütze mit Schirm. Wenig passend zu seiner Aufmachung eine Aktentasche, die er in der Hand hält. Die Männer begrüßen sich. Bodo öffnet die Tür seines Geländewagens und steigt ein. Der zweite Mann nimmt seinen Regenumhang ab und setzt sich auf den Beifahrersitz. Auch er trägt einen Kampfanzug. Einer der wehrhaften Freunde?

Ich lasse den Motor an. Als die Scheinwerfer von Bodos Wagen den Fiesta streifen, ducke ich mich hinter dem Lenkrad.

Von Herwarth fährt aus der Einfahrt auf die Kastanienallee und biegt in die nächste Querstraße ein. Ich warte, bis er hinter der Ecke verschwunden ist, und folge ihm, halte Abstand. Weit und breit kein anderes Auto. Die Straßen liegen wie ausgestorben in der regennassen Dunkelheit. Beim Abbiegen auf den Bayenthalgürtel schiebt sich ein Taxi zwischen uns. Als klar wird, dass Bodo in Richtung Innenstadt fährt, lasse ich mich ein paar Wagenlängen zurückfallen. Sachsenring, Salierring. Der Regen hat aufgehört und erleichtert es mir, den Off-Roader im Auge zu behalten. Doch dann überholt mich ein Kastenwagen und nimmt mir die Sicht. Es bleibt mir nichts anderes übrig, als den wilden Mann zu spielen. Ich trete aufs Gas und dränge mich wieder an ihm vorbei. Gerade noch rechtzeitig, um zu sehen, dass der Off-Roader am Ende der Grünanlage rechts abbiegt, Richtung St. Pantaleon.

Weit kann er da nicht kommen, das Viertel grenzt an den Sperrzaun zu Nekropolis. Was wollen die da? Wenn er hier irgendwo parkt, krieg ich ein Problem. Ehe ich einen Parkplatz für den Fiesta gefunden habe, sind die beiden zu Fuß längst über alle Berge.

Ich habe Glück. Als Bodo an der Klostermauer eine Lücke findet, macht kurz darauf ein VW-Bus einen Platz für mich frei. Ich parke ein, ziehe den Zündschlüssel ab und beeile mich, aus dem ächzenden Sitz zu kommen, der ein anmutigeres Hinterteil gewohnt ist.

Weiter vorn gehen zwei Männer hintereinander an den Häusern entlang. Das müssen sie sein. Keine Frage, Bodo und Genosse wollen durch den Zaun ins Sperrgebiet. Ich warte, bis sie außer Sicht sind, und setzte mich in Trab. Auf der anderen Straßenseite kommt mir ein Joggerpärchen entgegen. Wundert sich wohl, einen Mann in unsportlicher Lederjacke im Laufschritt zu sehen. Der Mann bleibt stehen und schaut zu mir herüber. Dann verschwinden beide in einem der Häuser. Die einsame, dunkle Straße vor dem Sperrzaun wirkt wie Niemandsland. In einer Parterrewohnung sitzt eine alte Frau hinter einer zurückgeschobenen Gardine und blickt mir nach. Wo der Weidenbach in einem Wendehammer am Sperrzaun endet, sehe ich eine Ansammlung von Männern stehen. Ein Dutzend, schätze ich. Vielleicht auch mehr. Alle tragen dunkle Mäntel oder Capes. Ich vermute, dass sie darunter Kampfanzüge verbergen.

Bodo und der andere Mann stoßen zu ihnen. Sie begrüßen sich mit Handschlag. Dann bilden die Gestalten einen Halbkreis um Bodo. Er scheint zu den Männern zu sprechen. Das Ganze sieht aus, als wäre es ein Befehlsempfang.

Auf der rechten Straßenseite finde ich eine Toreinfahrt, in die ich mich hineindrücke. Die Gruppe um Bodo von Herwarth steht ruhig und diszipliniert zusammen wie ein Kommandotrupp. Dann erscheint ein Mann auf der anderen Seite des Sperrzauns und winkt zu der Gruppe herüber. Er bückt sich und hantiert mit einem Werkzeug. Dann beginnt er ein Stück des Drahtzauns hochzurollen. Einer der wartenden Männern hilft ihm dabei von der anderen Seite. Die Männer formieren sich zu einer losen Reihe und verschwinden gebückt durch das Loch im Sperrzaun, das sie hinter sich offen lassen.

Ich löse mich aus dem Schutz der Toreinfahrt und gehe bis zum Ende der Sackgasse. Der Wendehammer ist ein halber Müllplatz. Überall vermatschen aufgeweichte Pappkartons. Ein paar nasse Müllsäcke glänzen blau im Licht der einsamen Straßenlaterne. Ich weiche einer ölig schimmernden Pfütze aus, die der Regen am Bordstein des Wendehammers hinterlassen hat. Dahinter liegt eine mit Gestrüpp bewachsene Böschung, die zum Sperrzaun hinaufführt. Dornige Ranken greifen nach meinen Hosenbeinen. Ich widerstehe der Versuchung, meine Taschenlampe zu benutzen.

Plötzlich sehe ich meinen eigenen Schatten vor mir. Ein Auto kurvt in den Wendehammer ein, und ich stehe voll im Licht seiner Scheinwerfer. Dann verlöschen sie, und eine Autotür fällt ins Schloss. Der Fahrer geht weg und pfeift vor sich hin. Wäre ich ihm verdächtig erschienen, hätte er das nicht getan.

Ich stapfe durch das nasse Gras bis zu der Stelle im Sperrzaun, wo der Maschendraht säuberlich hochgerollt und mit einem Stück Draht arretiert worden ist. Hat man den Durchlass für Nachfolgende offen gelassen? Ich muss mich beeilen und darauf achten, mir den Rücken freizuhalten. Ich sehe mich noch einmal um, aber da ist niemand hinter mir. Geduckt schleiche ich mich an den Sperrzaun heran und schlüpfe durch das Loch auf die andere Seite. Vor mir liegt in weniger als dreißig Metern Entfernung der von Trümmern freigeräumte Rothgerberbach. Dahinter beginnt das Ruinenfeld des Sperrgebiets.

Von rechts nähert sich auf der Straße der Jeep des Sicherheitsdienstes. Das sind meine Leute auf der zweiten Patrouillefahrt vor Mitternacht. Sie fahren langsam und mit abgeblendeten Scheinwerfern. Als der Jeep einmal kurz bremst, wird ein Suchscheinwerfer eingeschaltet, der flüchtig über die Trümmer am Straßenrand wischt und dann wieder verlischt. Von Bodo und seinen Männern ist währenddessen nichts zu sehen. Als der Jeep in Richtung Barbarossaplatz verschwunden ist, tauchen sie wieder auf. Stehen noch einen Moment zusammen und streben dann auseinander. Einige gehen den Blaubach hinauf, die anderen verschwinden zwischen den Ruinen. Zwei der Gestalten sind auf einem Trümmerhügel stehen geblieben und sprechen miteinander. Schwarze Silhouetten gegen den rötlichen Widerschein der Großstadt am Nachthimmel. Solange die dort bleiben, kann ich den anderen Männern nicht folgen. Ich frage mich, warum sie verschiedene Richtungen eingeschlagen haben. Wollen sie ihr eigentliches Ziel geheim halten? Rechnen sie mit Verfolgern? Unwillkürlich drücke ich den Arm an die Ausbuchtung meiner Jacke, hinter der die Achtunddreißiger steckt.

Jetzt setzen sich die beiden Gestalten auf dem Trümmerhügel in Bewegung und gehen quer über den Rothgerberbach. Ich schätze, dass sie die Vorhut der anderen sind, die jetzt auf Umwegen einem gemeinsamen Ziel zustreben. Ich vermute, dass es der Wasserturm sein wird. Ich warte eine Minute und folge ihnen. Als ich mir einen Weg hinunter zur Straße suche, trete ich einen Mauerbrocken los, der eine kleine Steinlawine ins Rollen bringt. Ich komme ins Stolpern und lande in einem Gebüsch. Herbstschlaffe Blätter schlagen mir nass ins Gesicht. Das Gepolter der Steine könnte mich verraten haben. Ich gehe in die Hocke und taste mich seitwärts bis zu einem Mauerrest, der mir Deckung gibt. Es hat wieder zu regnen begonnen. Ein heftiger

Windstoß fährt in das Buschwerk um mich herum und reißt einen Schwung müder Blätter von den Ästen. Irgendwo kollern Ziegel zu Boden. Ich schlage den Kragen hoch und bringe die letzten Meter bis zum Rothgerberbach hinter mich.

Die beiden Männer sind verschwunden. Ich hätte ihnen schneller folgen sollen. Kann nur hoffen, dass ich mit meiner Vermutung Recht habe, der Wasserturm könnte das gemeinsame Ziel der beiden Gruppen sein. Wenn ich vor den Männern dort ankommen will, muss ich mir einen Weg quer über das Trümmerfeld suchen. Aber das ist kein Problem.

Der Wasserturm hebt sich massig gegen den fahlen Nachthimmel im Osten ab und weist mir die Richtung. Die einzige Gefahr ist die, unterwegs über eine verrottete Kellerdecke zu spazieren und einzubrechen. Doch schon nach kurzer Zeit spüre ich einen Trampelpfad unter meinen Füßen, der mich schneller voranbringt.

Der Wind ist zum Sturm geworden und erprobt seine Kraft an den Ruinen. Nicht weit von mir kapituliert eine Fassade und geht krachend zu Boden. Als ich vor dem Wasserturm stehe, wirbeln lose Zweige und Kaskaden von Blättern um das gigantische Fass aus Mauerwerk herum, begleitet vom Heulen und Brausen des Sturms. Eine schaurig-schöne Nacht für Trümmertouristen. Nicht für jemanden, der Bodos gefährlichen Freunden nachspioniert.

Um den Wasserturm verläuft ein schmaler Pfad. Hier hat der Regen matschige Stellen hinterlassen, die an meinem Schuhsohlen saugen. Über mir kreischt Metall auf Metall. An einem Eisenträger, der aus der Wand ragt, schwingt ein rostiges Blech im Sturmwind hin und her. Wenn es herunterkommt, wirkt es wie das Fallbeil einer Guillotine. Fast hätte das kreischende Blech die Männerstimmen hinter mir übertönt. Das muss die erste Gruppe sein. Ich mache ein paar hastige Schritte vorwärts, will runter von dem Weg. Aber das dichte Buschwerk an seinem Rand ist eine undurchdringliche, nasse Mauer.

Die Stimmen kommen näher. Ich muss meinen Vorsprung halten. Also weiter auf dem rutschigen Weg, von dem ich nicht weiß, wohin er führt. Doch dann, nach drei, vier Schritten, öffnet sich zwischen den Büschen eine Lücke, die auf einen anderen Trampelpfad führt. Ich biege ab und hoffe inständig, dass die Männer auf dem oberen Pfad bleiben.

Nach ein paar Metern knickt der untere Pfad ab. Beide Pfade verlaufen jetzt parallel bis zu einem Betonblock, in den zwei dicke Rohre münden, die aus der Erde wachsen. An einer Seite ragt ein verrostetes Handrad hervor, mit dem man wahrscheinlich ein Absperrventil betätigen konnte. Der Betonblock ist gerade hoch genug, um mich hinter ihm verbergen zu können.

Der erste der Männer kommt um die Rundung des Wasserturms herum, lässt in kurzen Abständen seine Taschenlampe aufblitzen.

Bleiben sie auf dem oberen Pfad? Ich halte den Atem an. Ja, sie gehen an der Abzweigung vorbei. Ich zähle die Gestalten, die folgen. Es sind acht. Plötzlich scheinen sie nacheinander wie vom Erdboden verschluckt zu sein. Entweder ist dort eine Treppe, die hinunterführt, oder es gibt einen Mauerdurchbruch dicht über dem Boden.

Ich schätze, es waren mindesten ein Dutzend Leute, die sich am Sperrzaun versammelt haben. Ich muss sicher sein, dass sie vollzählig im Wasserturm verschwunden sind, ehe ich ihnen folgen kann. Vorher werde ich meine Deckung nicht verlassen können. Der Sturm gönnt sich keine Pause und lässt die Guillotine unablässig in höchsten Tönen kreischen. Meine Knie beginnen zu schmerzen, und ich riskiere es, mich aus der Hocke zu erheben. Nach fünf Minuten nähert sich der zweite Trupp, und ich gehe wieder in Deckung. Ich höre Bodos Stimme, der seine Leute laut abzählen lässt wie auf dem Kasernenhof. Dann verschwinden auch sie in der Versenkung. Ich werde mindestens eine Viertelstunde warten, bis ich etwas unternehme. Ich fasse mich in Geduld und kontrolliere die Zeit auf meiner Armbanduhr.

Plötzlich schwankt wieder ein Lichtkegel über den Pfad. Zwei Männer platschen im Laufschritt durch die Pfützen. Bevor sie abtauchen, sagt einer ärgerlich: »Wir sind mal wieder die Letzten, Toni.«

Ich gebe mir noch einmal fünf Minuten. Der Regen, der mir

in den Kragen gelaufen ist, lässt mich frösteln. Was zum Teufel tue ich hier?

Irgendwo da drinnen tagt ein Haufen verhinderter Kämpfer für irgendwas. Wenn sie mich entdecken, werden sie mich zusammenschlagen. Mindestens. Es hat ja bereits vier Morde gegeben. Und alte Keller unter Ruinen sind verschwiegen. Warum gehe ich dieses Risiko ein?

Es sind die Bilder im Kopf, die ich nicht loswerde. Ich sehe Peabody tot am Straßenrand im Trümmerdreck liegen. McNeal, dem der Betonbrocken das Herz zerquetscht hat. Coullen, der unter den Steinen kein Gesicht mehr hat, das man erkennen könnte. Katharina Kolschinski, die armselige Dienstbotin, die zu viel wusste und auf einem schäbigen Küchenboden sterben musste.

Die fünf Minuten sind um. Niemals kneifen, Junge, hat mein Vater immer gesagt. Ich verlasse mein Versteck und gehe zurück auf den oberen Pfad. Er endet an einem ummauerten Abstieg, der seitlich an der Wand des Wasserturms in die Erde führt. Dort ist eine Treppe, die auf einem Absatz endet, an dem links eine Türöffnung zu sehen ist.

An einer Seite des Abstiegs liegt ein Gebilde aus ineinander verflochtenen Ästen und belaubten Zweigen, das man beiseite geräumt hat. Offensichtlich eine Tarnung. Ich gehe die Betonstufen hinunter. Am Ende der Treppe trete ich durch die Türöffnung, dahinter eröffnet sich ein dunkler Gang, der ins unterirdische Innere des Wasserturms führt. Mit der linken Hand taste ich mich an der Wand entlang. Fühle kalte Nässe und Flecken von Moos und klebrige Spinnweben. Ich entschließe mich, meine Taschenlampe zu benutzen. Der Gang hat eine gewölbte Decke und ist grob verputzt. Seine Länge schätze ich auf zehn, zwölf Meter. Entlang der Wände liegt herabgefallener Putz auf dem Boden, den man flüchtig zusammengekehrt hat. Als ich die Taschenlampe wieder ausschalte, sehe ich am Ende des Ganges einen Lichtpunkt. Eine Taschenlampe, die nur noch wenig Saft hat? Wenn dort jemand steht, hat er mich längst entdeckt. Ich warte darauf, dass er mir etwas zuruft. »Parole!« oder so was, das würde zu dem Haufen passen. Mir bleibt keine Wahl. Ich drücke den Schalter meiner Lampe. Ihr Strahl fällt auf eine graue Stahltür mit einem gläsernen Guckloch. Das ist der Lichtpunkt. Licht, das aus dem dahinter liegenden Raum kommt.

Die Tür sieht aus wie das Schott in einem Schiff. Sie hängt in einem stählernen Rahmen und hat in der Mitte unter dem Guckloch ein Handrad. Rechts von der Tür zweigt ein weiterer Gang ab. Ich leuchte hinein und sehe, dass er nach ein paar Metern vor einem Berg Trümmerschutt endet, der bis zur Decke reicht. Hierhin könnte ich mich zurückziehen, um mich notfalls in Sicherheit zu bringen.

Ich trete dicht an die Tür heran und beuge mich vor, um durch das Guckloch sehen zu können. Es hat einen Weitwinkeleffekt, der es möglich macht, den dahinter liegenden Raum fast vollständig zu überschauen. Der liegt ein paar Stufen tiefer und sieht aus wie ein gekacheltes Schwimmbassin. Ich vermute, dass der Raum ein Auffangbecken des ehemaligen Wasserturms war. Weil die Stahltür keinen Laut durchlässt, wirkt die Szene, die ich durch das Guckloch sehe, wie aus einem Stummfilm. Die Männer sitzen auf langen Bänken und wenden mir den Rücken zu. Vor ihnen steht Bodo von Herwarth. Nicht lässig, wie bei seinen Publikumsvorträgen in der Hahnentorburg, sondern soldatisch stramm. Ein anderer Mensch. Er spricht mit knappen Gesten zu seinen Leuten, die mit geraden Rücken dasitzen. Hinter ihm, an der gekachelten Wand, hängt eine Fahne. Schwarz-Weiß-Rot wie zu Kaisers Zeiten. Darüber spannt sich ein Transparent:

»FREIKORPS 45 – Zurück zur Ehre«.

Freikorps? Ich blättere in meinem Gedächtnis: Geschichtsunterricht Oberstufe. Ein Buch von Ernst von Salomon, der hat darüber geschrieben. Dann habe ich es: Freikorps nannten sich soldatische Freiwilligenverbände nach dem Ersten Weltkrieg. Sie hatten Attentate auf Politiker der Weimarer Republik ausgeführt und einen Putsch versucht. Hat Bodo von Herwarth so was im Sinn?

In den Stummfilm hinter dem Guckloch kommt Bewegung. Einer der Männer, der in der ersten Reihe sitzt, springt auf und nimmt stramme Haltung an. Von Herwarth scheint ihm einen

Befehl zu erteilen. Der Mann verlässt die Bankreihe und kommt mit schnellen Schritten auf die Tür zu. Hastig trete ich zurück und drücke mich in den Seitengang. Das Handrad dreht sich, und die Stahltür schwingt auf. Im herausflutenden Licht wirft der Mann einen langen Schatten in den Gang. Für einen Moment ist von Herwarths Stimme zu hören, der einen Vortrag zu halten scheint. Der Mann drückt die Tür hinter sich zu und geht mit knirschenden Schritten bis zum Eingang, der ins Freie führt. Bleibt dort stehen. Kurz darauf ist das Ritschratsch eines Feuerzeugs zu hören. Wenn der Typ sich eine Zigarette anzündet, hat er nicht die Absicht, hinaus in den Regen zu gehen. Also ist er ein Posten, den Bodo zum Eingang beordert hat.

Fatal. Jetzt ist es unmöglich für mich, ungesehen hier herauszukommen. Jedenfalls nicht, bevor dieses merkwürdige Freikorps seine Zusammenkunft beendet hat. Bleibt nur die Chance, sich hinter dem Haufen als Letzter herauszuschleichen. Und das bedeutet wahrscheinlich stundenlanges Warten in dieser eiskalten Gruft. Ich taste mich bis ans Ende des Seitengangs und finde einen Betonbrocken, auf den ich mich setze. Langsam beginnen meine Augen sich an die Dunkelheit zu gewöhnen. Das wenige Licht, das durch das Guckloch fällt, lässt mich immerhin die gegenüberliegende Wand des Gangs erkennen.

Von draußen ist das Prasseln des Regens auf den Betonstufen zu hören. In der Eingangsöffnung steht jetzt der verdammte Posten, der mich zwingt, in diesem Loch auszuharren, bis es Bodo passt, sein Freikorps zu entlassen. Langsam beginnt mir die Kälte ins Gebein zu kriechen. Das Warten weckt unangenehme Vorstellungen. In diesem Seitengang lasten Tonnen von Trümmerschutt über mir. Nicht dass die urplötzlich ins Rutschen geraten könnten. Aber sie lassen mich an andere Trümmer denken. An gebrochene Augen, an Arme, zur Seite gestreckt wie gekreuzigt. An den zweiten Mann, gesteinigt von einer Trümmerlawine. Ich sollte mich auf mein dickes Polizistenfell besinnen.

Wenn der Posten die Tür ein Stück offen gelassen hätte, könnte ich hören, was von Herwarth da drinnen predigt. Neonazi-Parolen? Verdrehten Geschichtskram? Verkündet er womöglich einen Einsatzplan? Wer ist dieser Mann? Auf der einen Seite

Adelsspross und seriöser Leiter unserer Presse- und Informationsabteilung. Auf der anderen sein Alter Ego: Der Untergrundkämpfer. Der Führer. Einer, der getreue Verschworene um sich geschart hat. Der das Volk zurück zur Ehre führen will, wie es auf seiner Fahne steht. Und: Sohn einer traumatisierten Mutter, die ihn beherrscht. Ein Mörder.

Aber er weiß nicht, dass er einen Verfolger hat, der jetzt keine zehn Meter entfernt von ihm ins Dunkle starrt und noch einmal die Ereignisse Revue passieren lässt, die ihn hierher gebracht haben.

Der rätselhafte Anfang: Die blau-roten Drähte, die Zünder mir zuliebe übersehen hat. Das Gräuelfoto mit der Todesbotschaft, das jetzt zu Hause in meinem Schreibtisch liegt. Mr Beaver, der ein erstes Licht ins Dunkel gebracht hat. Der Entschluss, nach England zu fliegen. Ich sehe mich wieder im Zimmer des alten Bombenfliegers stehen. Die Bilder an der Wand, die ihn als jungen Offizier zeigen. Die Klassenfotos, auf denen er als Lehrer der Mittelpunkt ist. John Peabody, ein Mann, den die Vergangenheit nicht losließ und der ein Buch geschrieben hat, das zu seinem Todesurteil wurde.

Weiter mit der Bilanz: Schwellenbach und Reyter, Error. Aber der Hintergrund für die Tat ist deutlicher geworden. Und dann Kommissar Zufall: Bodo in meinem Büro, als die Haushälterin anrief. Der Mord an der Kolschinski. Die Spur zu Bodo und seinem Freikorps, dieser merkwürdigen Truppe, die jetzt da drinnen tagt und Sachen ausbrütet, die den Verfassungsschutz angehen sollten.

Jetzt, wo ich diese Leute gesehen habe, passt auch die Aktion mit dem Blindgänger ins Bild: Bodo hat in seiner Truppe Männer, die sich mit Sprengungen auskennen. Fachleute. Aber zu blöde, um die Reste der Zündleitung zu beseitigen, die mich auf ihre Spur gebracht haben. Bei denen werde ich ansetzen, wenn ich Bodo nicht selbst in die Zange kriege.

Ich lasse meine Omega aufleuchten und sehe, dass ich inzwischen schon länger als eine Stunde in diesem Loch hocke. Dann, unverhofft, das gleiche Spiel wie zuvor. Das Handrad dreht sich, die Stahltür schwingt auf. Alarmierend hell nach der langen Dunkelheit fällt eine Lichtbahn in den Gang. Die Ablösung für den Posten am Eingang erscheint. Der Mann wirft die Stahltür hinter sich zu, tappt im Dunkeln an meinem Versteck vorbei. Vom Eingang dringen Wortfetzen, nicht zu verstehen. Gleich wird der erste Posten zurückkommen. Hoffentlich, ohne mit seiner Taschenlampe in den Seitengang zu leuchten.

Ich höre seine Schritte. Vor meinem Schlupfwinkel bleibt er stehen. Seine Taschenlampe malt einen Lichtkreis auf die Tür. Er drückt seine Zigarette an der Wand aus, dreht das Handrad. Wieder fällt das bedrohlich helle Licht in den Gang. Für einen Moment dringen aus dem Versammlungsraum Stimmen und raues Gelächter. Dann fällt die Tür ins Schloss, und das sorgt wieder für Dunkelheit und Grabesstille.

Draußen muss sich der Sturm gelegt haben. Schlechter als jetzt könnte meine Lage kaum sein. Vor dem Eingang ein Wachposten und ein Dutzend aufgeheizter Revoluzzer hinter der Tür. Einfach abhauen? Mich auf eine Keilerei mit dem Posten einlassen? Dann wäre von Herwarth gewarnt und würde wissen, dass ich ihm und seinem Verein auf der Spur bin. Nur keine Panik, Lukas. Ich werde warten, bis die Truppe den Wasserturm verlässt. Danach noch eine halbe Stunde zugeben und verschwinden. Was soll da schon schief gehen. Ich entspanne mich und schalte auf Stand-by, worin ich inzwischen Übung habe.

Das Stand-by dauert zwei Stunden, unterbrochen von einer weiteren Wachablösung, die bei mir inzwischen keinen zusätzlichen Herzschlag mehr auslöst. Dann läuft alles wie erwartet. Die Truppe kommt aus ihrem Bau und ist bester Stimmung. Was hat Bodo ihnen geboten? Aussichten auf Ruhm und Ehre? Kampf gegen lasche Demokraten?

Er kommt als Letzter, ohne die Tür zum Versammlungsraum hinter sich zu schließen. Das Licht lässt er brennen. Bleibt vor dem Seitengang stehen. Hat mich nicht entdeckt. Wendet sich ab und geht weiter.

Plötzlich völlige Dunkelheit. Dann fällt am Eingang nach draußen donnernd eine Tür ins Schloss. Wie hatte ich nur die Außentür übersehen können!

20.

Die Nummer vom Bereitschaftsdienst in der Hahnentorburg ist im Handy gespeichert. Ein Tastendruck, und meine Leute werden sich aufmachen und die verdammte Tür aufbrechen. Und morgen weiß es dann der ganze Laden, dass ich mich wie ein Anfänger benommen habe. Lukas in der Falle. Selbst schuld, der Chef. Zimmermann anzurufen wäre besser. Heinrich könnte es wahrscheinlich allein schaffen, mich hier herauszuholen. Diese Tür am Eingang. Warum habe ich die nicht bemerkt? Klar, es war stockfinster. Und die Tür muss bis zum Anschlag offen gestanden haben. Bis dicht an die Wand. Und an der habe ich mich erst entlanggetastet, als ich die ersten Schritte hinter mir hatte. Trotzdem, ich hätte mir denken können, dass die Truppe den Eingang nicht einfach für jeden offen lässt, der zufällig um den alten Wasserturm herumstreicht. Dumm gelaufen.

Ich schalte die Taschenlampe ein und halte sie mit den Zähnen an ihrer Ledertasche fest. Das Handy steckt in der Jackentasche mit dem Reißverschluss. Der klemmt. Unsinn, ich bin nicht nervös. Handy einschalten. Abwarten, bis sich auf dem Display das Signal für die Feldstärke aufbaut. Da kommt nichts. Ich versuche es noch mal. Ausschalten, einschalten, warten. Wieder nichts. Ist eigentlich normal in diesem Kellergang, denke ich. Hier drinnen schirmen Tonnen von Stahl und Beton die Funkwellen ab. Ich muss zurück bis zum Eingang, da wird es gehen. Endlich wieder die Beine bewegen zu können, das ist eine Erlösung. Vor mir den trüben Lichtkreis der Taschenlampe, gehe ich bis zum Eingang zurück. Die Tür nach draußen ist aus Stahl und auf der Rückseite kreuzweise mit zwei Streben verstärkt. Eine stabile Sache. Zu stabil, um mir Hoffnungen zu machen.

Ich halte das Handy ins Licht der Taschenlampe. Wieder keine Anzeige auf dem Display. Nicht einmal hier, so nahe an der Außenwelt. Für das Trümmergebiet wird die Telekom keine extra Antenne für nötig gehalten haben. Was auch immer der

Grund für das Funkloch ist, niemand wird meinen Ruf empfangen. Besser gesagt meinen Hilferuf. Ich lehne mich an die Wand und bekämpfe das Gefühl, das bekanntlich der schlechteste Ratgeber ist: Angst.

Mit dem Strahl der Taschenlampe folge ich dem Verlauf des massiven Türrahmens, der noch aus vergangenen Zeiten zu stammen scheint. Die Tür selbst ist neu, wurde augenscheinlich später eingesetzt. Rechts oben entdecke ich einen grauen Kasten an der Wand, in den zwei Stromkabel hineinführen. Hier mündet wahrscheinlich eine Leitung der alten Netzes, das Bodos Leute wieder aktivieren konnten. In seiner Mitte ist ein Schloss eingelassen. Offenbar der Hauptschalter der Stromversorgung, zu dem man einen Schlüssel braucht.

Ich lösche die Taschenlampe. Wie lange wird die Batterie halten? Bestenfalls noch eine Stunde. Und es kann Tage dauern, bis sich Bodos Leute wieder im Wasserturm treffen. Zeit genug, um in diesem Loch langsam zu verrecken.

Meine Hoffnung ist der Raum, in dem sich die Truppe versammelt hat. Da könnte ich eine Handlampe finden. Und Werkzeug, mit dem sich die Außentür aufhebeln lässt. Womöglich sogar Sprengstoff, mit dem Wehrsportleute oder ähnliche Gestalten gern herumspielen. Aber wie sprengt man eine Stahltür auf?

Ich stoße mich von der Wand ab und halte die Arme ausgestreckt vor mir. Taste mich zurück zu der Tür des Versammlungsraums, die von Herwarth offen gelassen hat. Ab und zu berührt meine linke Schulter das Mauerwerk. Im Dunkeln erscheint mir der Gang länger, als ich ihn in Erinnerung habe. Einmal bleibe ich stehen und höre auf die Geräusche, die von draußen kommen. Der Sturm hat wieder eingesetzt und heult um den Wasserturm herum wie ein Derwisch. Der Himmel gibt sich alle Mühe, mir meine Situation noch dramatischer erscheinen zu lassen, als sie ohnehin schon ist. Etwas flitzt über meinen rechten Fuß. Das muss eine Ratte gewesen sein.

Reflexartig greife ich nach der Taschenlampe und schalte sie wieder ein. Die Panzertür zum Versammlungsraum steht halb offen. Dahinter spiegelt sich das spärliche Licht meiner Lampe in den hellen Kacheln an den Wänden. Die Tür hat eine hohe

Schwelle, über die ich fast gestolpert wäre. Eine Reihe von Stufen führt auf den ebenfalls gekachelten Boden hinunter. Als ich zwischen den Bankreihen stehe, lasse ich den Strahl der Lampe kreisen. Hinter dem Tisch, neben dem von Herwarth gestanden hatte, befindet sich ein grauer Stahlschrank. Zwei niedrigere Schränke schließen sich seitlich an. Auf einem Podest stehen ein Videoprojektor und ein Rekorder. In einem Fach darunter liegen ein paar Kassetten. Schulungsmaterial für die wehrhaften Freunde?

Ich gehe an den Stahlschränken entlang und versuche die Griffe an den Türen zu drehen. Keiner rührt sich, außer einem. Ich befestige die Taschenlampe mit ihrer Lederlasche an einem Knopf meiner Lederjacke und ziehe die Schranktür auf. Auf den eingehängten Böden liegen Papierkram und zusammengerollte Karten. Die oberste nehme ich heraus und rolle sie auseinander. Es ist ein Messtischblatt von dem Gebiet um Münstereifel. Das Gelände um das Gebäude einer Parteitagungsstätte ist rot umrandet. Was ich bis jetzt nicht ernsthaft glauben wollte, scheint bedrohliche Wirklichkeit zu sein. Dieses Freikorps hat mehr im Sinn, als ehemalige Bombenflieger umzubringen. Dass *sie* den Blindgänger gesprengt haben, wird offensichtlich, als ich die Karte wieder zusammenrolle und zurücklege: Auf dem unteren Schrankboden steht ein schmaler hoher Metallkasten, aus dem oben ein Doppelgriff herausragt. Ein Induktor, ein Zündapparat, wie man ihn bei Sprengungen verwendet. In einer Schachtel ohne Deckel liegen zwei röhrenförmige Sprengkapseln. Daneben steht eine Kabeltrommel mit verdrilltem rotblauem Draht. Wenn ich lebend hier herauskomme, brauche ich mir um Beweismittel keine Sorgen zu machen.

Halb verdeckt von der Kabeltrommel sehe ich eine Handlampe mittlerer Größe. Ich fasse nach dem Griff und stelle sie auf den Boden vor dem Schrank, betätige den Schalter. Sie funktioniert. Aber ihr Licht ist nicht so hell, wie ich gehofft habe. Ich richte mich auf und lasse meine Augen durch den Raum wandern. An seiner linken Schmalseite ragt ein dickes Wasserrohr aus der Wand. Es gibt keine zweite Tür, keinen offenen Lüftungsschacht. Nichts als glatte, gekachelte Wände und die Stahlschränke und der Projektor, der dort steht, um Sprengstoff in die hohlen Köpfe von Bodos Leuten zu transportieren, die zurück zur Ehre wollen.

Wo finde ich ein Werkzeug, mit dem ich die Außentür angehen kann? Der Vortragstisch vor den Bankreihen könnte in jeder Küche stehen. Er hat hölzerne Beine, mit denen sich an einer Stahltür nichts ausrichten lässt. Die Bänke, auf denen Bodos Gefolgschaft gesessen hat, sehen nach Biergarten aus. Ihre Untergestelle sind aus Stahl und scheinen klappbar zu sein. Das wäre eine Möglichkeit. Ich nehme mir die vorderste Bank vor und drehe sie um. Dann stelle ich einen Fuß auf die Rückseite der Sitzfläche und versuche einen der Stempel herauszuheben. Vergeblich. Schweiß bricht mir aus.

Entmutigt hebe ich die Handlampe auf und trage sie zur Längsseite des Raums, wo die Flagge hängt. Dort setze ich mich auf den Boden. Das Licht der Lampe ist bereits weniger hell als zu Anfang. Widerstrebend entschließe ich mich, sie auszuschalten.

Um mir selbst näher zu sein, ziehe ich die Beine eng an den Körper und lege den Kopf auf die Knie. Ich stellte mir vor, wie Hanna inzwischen unruhig auf meine Rückkehr wartet. Wie sie immer wieder von der Couch aufsteht und zum Fenster geht, um auf den Parkstreifen vor dem Haus hinunterzusehen. Wird sie irgendwann jemanden alarmieren? Zimmermann? Hucklenbroich? Die Leute vom Sicherheitsdienst in der Hahnentorburg? Spätestens morgen wird man mich vermissen und nach mir suchen. Aber wo? In den Ruinen und Trümmerfeldern von Nekropolis bin ich die berühmte Nadel im Heuhaufen.

Wie lange kann ich durchhalten in dieser Gruft? Am schlimmsten würde der Durst sein. Wann würde ich beginnen, die feuchten Mauern nach ein paar Tropfen Wasser abzulecken? Ich widerstehe der Versuchung, meine Uhr aufleuchten zu lassen, versuche die Zeit zu ignorieren. Die Dunkelheit um mich herum hilft mir, die Wirklichkeit meines Gefängnisses zu verdrängen, und lässt mich in einen unruhigen Schlaf fallen. Einmal wache ich auf und finde mich krumm wie ein Fragezeichen auf dem Boden liegen. Ich richte mich auf und lehne mich mit ausgestreckten Beinen an die Wand. Dann schlafe ich wieder ein.

Mit einem Schlag ist es blendend hell. Das Licht des Halogenstrahlers an der Decke ist direkt auf mich gerichtet, sticht mir schmerzhaft in den Augen.

»Kommen Sie zu sich, Lukas«, sagt von Herwarth und stößt mich mit dem Fuß an.

Langsam schiebe ich mich mit dem Rücken an der Wand hoch. Halte meine Augen halb geschlossen, bis sie die Helligkeit ertragen.

Von Herwarth ist ein paar Schritte zurückgetreten. Steht vorsichtige drei Meter entfernt und hat eine Pistole in der Hand.

»Los, Kollege, keine Müdigkeit vorschützen. Ich will mit Ihnen reden.«

Ich spiele den Benommenen.

»Okay. Reden wir. Aber lassen Sie das Spielchen mit der Pistole.«

Er schüttelt den Kopf. »Eine Waffe als Gesprächsgrundlage hat sich schon oft bewährt, Lukas.«

Ich warte und schweige ihn an. Nichts zu sagen ist auch eine bewährte Gesprächsgrundlage. Lernt man bei Verhören.

»Ziemlich leichtsinnig, hier herumzuspionieren«, sagt von Herwarth. »Sehr, sehr leichtsinnig. Unprofessionell, würde ich sagen. Ich habe Sie natürlich gesehen, als Sie da im Seitengang hockten. Und als dann das Licht ausging und die Tür zu war, kriegten Sie es mit der Angst zu tun. War doch so, nicht wahr? Aber Sie hatten ja Ihr Handy. Dass es hier unten nicht funktioniert, haben Sie nicht geahnt. Ziemlich ärgerlich, auch für uns, wenn wir im Wasserturm tagen, aber was will man da machen.«

Ich lege eine Hand an die Stirn, um den Halogenstrahler abzuschirmen. »Haben Sie nicht eine freundlichere Beleuchtung für mich?«

»Ne«, sagt von Herwarth, »betrachten Sie unsere Unterhaltung mal als Verhör. Macht man doch so mit dem Licht bei der Polizei, oder?«

Ich zucke die Achseln. »Ich sag Ihnen auch so, was Sie wissen wollen. Kleines Abschiedsgeschenk unter Kollegen. Also fragen Sie.«

Bodo grinst. »Abschiedsgeschenk ist gut gesagt. Sie erkennen die Situation.«

Kein Zweifel, er hat vor, mich zu beseitigen. Was soll sonst auch die Pistole? Auf einen Mord mehr oder weniger kommt es ihm nicht mehr an. Mich zu erschießen würde eine saubere Sache sein. Blut auf Kacheln ist kein Problem. Da genügt ein Lappen. Eine Leiche in den Trümmern zu entsorgen macht auch keine Schwierigkeiten. Warum also dieses Verhörspielchen? Will er die Galgenfrist genießen, die er mir gibt? Wurmt es ihn, nicht zu wissen, wie ich ihm auf die Spur gekommen bin? Das Spiel in die Länge zu ziehen, ist meine einzige Chance. Ich muss seine Eitelkeit ansprechen, um ihn selbst zum Reden zu bringen. Dabei wird seine Aufmerksamkeit nachlassen. Zwangsläufig. Auch das ist ein Stück Verhörpraxis.

Von Herwarth setzt sich auf eine der Bänke, ohne die Pistole aus ihrer Zielrichtung zu bringen.

»Dass Sie nach England geflogen sind, um rauszukriegen, wer die alten Kameraden nach Köln gelockt hat, war nicht dumm. Was hat Sie eigentlich auf diese Idee gebracht?«

Die Sache kommt in Gang, ich habe ihn an der Angel. Aber ich werde mich hüten, Professor Beaver in Gefahr zu bringen.

»Peabody hatte seinen Ausweis als Touristenführer in der Brieftasche«, behaupte ich. »Da konnte ich mir einiges zusammenreimen. Dachte, dass ich unter dem Personal in Duxford jemanden finden könnte, der sich an einen Besucher aus Köln erinnert, mit dem Peabody zu tun gehabt hatte. Leider erfolglos, wie Sie ja wohl wissen.«

»Nein, weiß ich nicht«, sagt er. »Dann war es also allein die blöde Kolschinski, die Sie weitergebracht hat. Was ich wissen will, ist, wie Sie die Spur zu unserem Haus gefunden haben.«

Ich muss Zeit schinden. Also spare ich nichts aus, lasse mir Zeit zwischen den Brocken, die ich ihm serviere.

»War Ihr Fehler. Sie hätten die Wohnung der Kolschinski durchsuchen sollen, nachdem Sie die Frau erschossen haben.«

Er runzelt die Stirn, streitet nichts ab. Warum auch. Ich werde ihm nicht mehr gefährlich werden können.

»Nur zu, Lukas! Was haben Sie bei der Kolschinski gefunden?«

»Sie wollte sich bewerben.«

»Was soll das heißen? Lassen Sie sich nicht alles aus der Nase ziehen, das bringt Ihnen doch nichts.«

»Ihre Mutter hatte die Kolschinski doch rausgeschmissen. Deshalb hat sie sich eine neue Stelle gesucht.« Ich sehe, wie es in seinem Kopf arbeitet.

»Sie haben ein Bewerbungsschreiben in ihrer Wohnung gefunden?«

»Genau.«

»Und darin hat sie erwähnt, dass sie bei uns gearbeitet hat?«

»Sie haben es erfasst.« Plötzlich bin ich es leid, Katz und Maus zu spielen. »Im Schreibtisch von der Kolschinski habe ich ein Bewerbungsschreiben gefunden, in dem sie die Stellung bei Ihrer Mutter erwähnt hat. Danach war alles klar. Schließlich waren Sie der Einzige, der außer Hanna den Anruf von der Kolschinski in meinem Büro mitgekriegt hat.«

»Da sieht man wieder, dass man immer schön vorsichtig sein sollte, wenn man telefoniert und andere Leute zuhören«, sagt von Herwarth ungerührt. »Aber mal weiter im Text. Sie haben Frau Steguweit als angebliche Historikerin zu meiner Mutter geschickt, um sie auszuhorchen. Von da an war ich vor Ihnen gewarnt. Dummerweise hat meine Mutter Ihrer Hanna auch das Buch von Peabody gezeigt, der so stolz auf seine Bombeneinsätze über Köln war.« Von Herwarth genießt seine Rolle. »War übrigens keine Glanzleistung, was Sie sich da ausgedacht haben mit der angeblichen Historikerin. Nie was von Videoüberwachung gehört? Die Kamera über der Haustür war doch leicht zu erkennen. Als ich nach Hause kam, hat mir meine Mutter von dem netten Besuch erzählt. Interessehalber habe ich mir die Dame auf dem Videoband angesehen. Und wer stand da vor der Hautür und begehrte Einlass? Frau Hanna Steguweit, das Betthäschen vom Chef! War das eine Überraschung!«

Ich zwinge mich zu einem Lächeln.

»Wir machen alle mal Fehler, Bodo.« Zeit gewinnen. Ich werde der verehrten Mutter Herwarth Blumen streuen: »Ihre Frau Mutter ist eine gebildete Dame, sagt Hanna. Wie kann sie dann der Ansicht sein, dass sich die Bombenflieger persönlich schuldig gemacht haben?«

Von Herwarths Stimme wird scharf. »Die so genannten Kriegsverbrecher-Prozesse haben uns doch beigebracht, dass auch der Einzelne für Gräueltaten verantwortlich ist. Egal auf welcher Seite er gestanden hat. So sieht es meine Mutter. Sie hat niemals das schreckliche Erlebnis vergessen, mit ihren beiden Kindern eingeschlossen unter den Trümmern zu liegen. Sie hat es niemals verwunden, dass eins von ihnen in ihrem Arm qualvoll gestorben ist. Mein Zwillingsbruder Harald. Getötet von einer Bombe, die ein englischer Bombenschütze abgeworfen hat. Meine Mutter glaubt an das natürliche Recht auf Vergeltung. Das ist keine Frage von Noblesse oder Bildung, wie Frau Steguweit zu sagen beliebt hat. Aber lassen wir das Thema.«

Irgendwann muss der Moment kommen, an dem seine Aufmerksamkeit nachlässt. Ich hoffe, dass er sich auf weitere Fragen von mir einlässt.

»Wieso sind Sie eigentlich nach Duxford in dieses *War Museum* gefahren? Im Auftrag Ihrer Mutter?«

»Unsinn. Das *War Museum* mit der Flugzeugschau lag ganz einfach am Weg, als ich mir Cambridge angesehen habe. Kleiner Bildungsurlaub. Mach ich öfter, so was.«

»Und Peabody? Haben Sie bewusst nach einem Bombenflieger von damals gesucht?«

»Ach was – wie sollte ich. Der Auslöser war das Buch von Peabody. Das hat meine Mutter so aufgebracht. Und warum hätte ich es mir nehmen lassen sollen, ihr so einen Bombenmörder auszuliefern? Ich hoffte, dass sie das endlich von ihrem Trauma befreien würde. Und zu Dank verpflichtet war ich ihr auch. Allein schon, weil sie mein Freikorps immer großzügig finanziell unterstützt hat.«

Ich merke, dass er die Geduld verliert.

»Noch Fragen, ehe wir unser Spiel hier zu Ende bringen?«

Ruhig Blut bewahren, wenn der andere den Finger am Abzug hat? Wie macht man das, wenn einem die Angst die Kehle zuschnürt? Versuch es, Lukas! Ich muss ihn provozieren.

»Dann hat Sie also erst Ihre Mutter dazu gebracht, ein zweites Mal nach Duxford zu fahren und Peabody den Köder mit dem angeblichen Militaria-Handel hinzuwerfen. Nicht Sie, sondern Ihre Mutter hatte die Idee. Und der Sohn hat sie brav ausgeführt. Das war doch so, oder?«

»Unsinn, denken Sie doch mal nach, wenn Sie dazu noch imstande sind: Was weiß eine alte Frau schon von Militaria-Händlern und von Resten abgeschossener Flugzeuge, die man verkaufen kann. Und noch mal nach Duxford zu fahren und Peabody gegenüber plötzlich als Militaria-Händler aufzutreten? Hätte der mir doch nie geglaubt! Dafür hatte ich einen von meinen Leuten, der gut Englisch spricht. Hat die Rolle perfekt gespielt, der Mann.«

»Und dieses ganze Melodram mit dem Blindgänger? Wozu das?«

»Einfach nur eine gute Übung für meine Leute, so eine Sprengung. Könnte durchaus einmal bei einer Aktion notwendig werden.« Dabei dreht er sich zur Seite und weist auf die schwarz-weiß-rote Fahne an der Wand. »Im Namen der Ehre, wenn das ein Begriff für Sie ist.«

Sein Fehler, dass er für die dramatische Geste die Hand mit der Pistole benutzt. Den Hahn meiner Achtunddreißiger spanne ich, noch während ich sie aus der Jacke ziehe. Schon mein erster Schuss trifft den Halogenstrahler an der Decke. Der zweite zwitschert als Querschläger durch das Dunkel. Über mir splittern Kacheln unter den drei Schüssen, die von Herwarth ins Dunkel abfeuert.

Ich rolle mich nach links ab und halte die Waffe mit beiden Händen. Wenn er noch einmal feuert, kann ich ihn im Mündungsblitz erkennen. Ich habe keine Skrupel, ihn mit dem nächsten Schuss zu erledigen. Aber die Chance gibt er mir nicht.

Pulverdampf hängt im Raum. Was wird er jetzt tun? Wahrscheinlich genau das, was auch ich vorhabe: versuchen, als Erster die Tür zu erreichen.

Ein leises Scharren sagt mir, dass er sich im Raum bewegt. Ich stütze die Ellbogen auf den Boden und beginne mich langsam dicht am Boden vorwärts zu schieben.

Von Herwarth stößt eine der Bänke an. Aber von denen stehen zu viele im Raum, um mir seinen Standort zu verraten. Rechts von mir schlägt ein Gegenstand weich auf den Boden. Ein Schuh vermutlich. Hat ihn ausgezogen und dorthin geworfen, wo er garantiert nicht steht oder liegt. Bis zur untersten der Stufen, die zur Tür hinaufführen, sind es fünf oder sechs Meter. Ich ziehe ein Knie nach dem anderen an und richte mich halb auf. Löse die Taschenlampe von der Jacke. Sie einzuschalten ist ein Risiko. Aber ich muss es tun. In der Trommel sind nur noch vier Schuss. Zu wenig, um auf Verdacht ins Dunkel zu feuern.

Ich halte die Lampe seitlich am ausgestreckten linken Arm. Wenn ich ihren Strahl in die falsche Richtung lenke, habe ich nichts gewonnen, und er weiß, wo ich mich befinde. Ich zögere noch eine Sekunde. Dann drücke ich den Schalter. Von Herwarth steht aufrecht im Raum. Keine drei Meter entfernt. Die Pistole in der Hand. Schießt sofort. Trifft den Boden dicht bei der Taschenlampe. Steinsplitter stieben in alle Richtungen. Ich lasse die Lampe los, die jetzt einen trüben Lichtkreis an die Decke wirft. Ich hechte vorwärts und bekomme seine Beine zu fassen. Reiße sie an mich. Als er rücklings auf den Boden kracht, macht sich seine Pistole scheppernd über den Boden davon. Wie eine Warnung blitzt ein Bild in meiner Erinnerung auf: von Herwarth, wie er vor dem Dombunker den Autonomen fertig gemacht hat. Ich habe es mir einem Kampfsportler zu tun.

Ich werfe mich über ihn, aber er bekommt meinen Hals zu fassen, presst beide Daumen an meinen Kehlkopf. Keine Luft mehr. Farbige Kreise vor den Augen. Meine rechte Hand umklammert immer noch den Kolben der Achtunddreißiger. Ihr kurzer Lauf findet sein Gesicht. Bohrt sich in seine Nasenlöcher. Ich stoße nach mit aller Kraft. Blut spritzt. Mit einem gurgelnden Stöhnen lässt er meinen Hals los und versucht sich zur Seite zu wälzen. Es gelingt mir, über ihm zu bleiben.

Ich lasse meine Waffe fallen und fasse mit beiden Händen nach seinem Kopf, ziehe ihn hoch und schlage ihn mit aller Kraft auf den Boden. Die gnadenlose Härte der Kacheln bringt ihm das Aus. Keuchend hocke ich auf ihm und suche die Taschen seines Kampfanzuges nach dem Schlüssel für die Außentür ab. Es sind zwei, und ich finde sie neben einem Ersatzmagazin für seine Pistole.

Von Herwarth atmet leise schnaufend, aber er rührt sich nicht. Zwei Armlängen neben mir wird der Lichtkreis der Taschenlampe zu einem trüben Schimmer. Dann verlischt sie. Irgendwo auf dem Boden liegt von Herwarths Pistole, die ich nicht zurücklassen darf.

Ich stehe auf und taste mich an der Wand hinter mir entlang. Dann stoße ich auf die Handlampe, die neben mir gestanden hat, als ich eingeschlafen war. Ich hebe sie auf und schalte sie ein. Bodos Pistole finde ich am Fuß der Treppe, nicht weit von seinem schlaff daliegenden Körper. Ich leuchte ihm ins Gesicht. Habe ich ihn getötet? Nein, das Blut, das aus seiner aufgerissenen Nase rinnt, bildet Blasen. Also atmet er. Stoßweise. Seine Augenlider beginnen bereits zu flattern. Bodo ist ein zäher Hund. Ich werde ihn fesseln müssen. Mir fällt die Kabeltrommel ein, die ich in dem Stahlschrank gesehen habe. Ich hole sie hervor und rolle ein Stück Draht ab. Um es abzutrennen, fehlt mir ein Werkzeug. Doch dann hilft mir eine scharfe Kante an der Stahltür. Ich nehme seine Arme, die noch kraftlos neben dem Körper liegen, und bringe die Handgelenke so zusammen, dass ich sie mit dem Draht fesseln kann. Mit seinen Füßen spare ich mir die Mühe.

Die Handlampe ist kurz davor, ihren Geist aufzugeben. Ich beeile mich, die Stufen hinaufzukommen. Stolpere, fange mich wieder. Von Herwarth hat die Außentür hinter sich abgeschlossen. Der größere Schlüssel knirscht und klemmt, aber dann bewegt sich der Riegel. Der kleinere gehört zu einem Sicherheitsschloss, das keine Mühe macht. Ich ziehe die Tür auf, und die nasse Kälte der Nacht ist wie ein Geschenk des Himmels. Die Betonstufen, die nach oben führen, sind nass und glitschig. Ich fühle Schwäche in den Beinen und stütze mich an der Wand ab. Dann stapfe ich über den matschigen Pfad am Fuß des Wasserturms, bis ich auf den Trümmerpfad stoße, der zum Rothgerberbach führt.

Als ich die Straße erreiche, setze ich mich auf einen Mauerrest und registriere, dass mein Handy wieder Empfang hat. Die

Nummer der Kriminalwache im Präsidium habe ich im Kopf. Sie schicken zwei Streifenwagen mit Blaulicht.

Wie erkläre ich den Weißmützen, dass ich ihnen einen gefesselten Mann bereitgelegt habe, den sie bitte auf der Kriminalwache abliefern möchten? Sie sind hartnäckig und misstrauisch. Dass ich mich als Sicherheitschef von Nekropolis ausweisen kann, macht sie zugänglicher. Aber sie wollen die ganze Geschichte hören.

Aber was ist die ganze Geschichte? Der letzte Akt muss reichen: Ich sage, dass ich es mit meinen Pflichten als Sicherheitschef genau nehme und dass ich deshalb auch schon mal allein unterwegs im Sperrgebiet sei. So wie heute Nacht. Und da sind mir Leute aufgefallen, die ein Loch in den Zaun geschnitten haben und ins Sperrgebiet eingedrungen sind. Denen bin ich gefolgt. Und was stelle ich fest? Das ist eine Wehrsportgruppe oder so was Ähnliches. Die verschwinden im alten Wasserturm, wo sie ihr geheimes Versammlungslokal haben. Ich ihnen nach. Observiere sie. Stelle fest, dass es eine gefährliche Truppe ist. Werde fatalerweise in meinem Versteck eingeschlossen. Ihr Anführer kommt zurück und will mich beseitigen, fürchtet, dass ich seine Kampfgruppe auffliegen lasse. Es kommt zu einer Auseinandersetzung mit vorliegendem Ergebnis. Alles klar?

Natürlich wollen die Polizisten, dass ich mit ihnen hineingehe. Sie holen ihre Lampen aus den Wagen, und ich marschiere voraus. Von Herwarth hat sich aufgerichtet und brabbelt, dass er einen Arzt will. Kurze Beratung. Erst Arzt verständigen oder gleich auf die Wache? Ich empfehle die Wache. Nur keine Umstände mehr mit Herrn von Herwarth. Die beiden Uniformierten stützen ihn von beiden Seiten und bringen ihn zu ihrem Streifenwagen.

Draußen sage ich, dass ich mich ziemlich angeschlagen fühle, was sie verstehen. Ich verspreche, mich am Morgen auf dem Präsidium zu melden, und wir machen im Stehen ein Stichwortprotokoll. Dann sind sie weg. Wieder mit Blaulicht, das die Ruinen filmreif in Szene setzt. Doch hinter ihnen erscheint schon ein neuer, ein hellerer Tag und zeigt mir den Weg aus den Trümmern der Vergangenheit.

Epilog

Trotz allem sind die Dinge schließlich gut für mich gelaufen. Ich stehe aus meinem neuen, bescheideneren Schreibtischsessel auf und schließe wegen des verdammten Baulärms, den die Bagger und Räumfahrzeuge vom Morgen bis zum Abend veranstalten, das Fenster.

Nekropolis Cologne wird platt gemacht. Gegenüber, dort, wo hinter dem Zaun die Ruinen der ehemals prächtigen Bürgerhäuser standen und hohläugig zu mir herübersahen, stapeln sich jetzt Bürocontainer. Zwei übereinander, manchmal drei. Zwischen den Arbeitern wuseln Anzugträger mit weißen Schutzhelmen herum, Papierrollen mit Bauplänen unter dem Arm und stets in Eile. Schließlich hat man fast fünfzig Jahre warten müssen, um hier endlich Tabula rasa zu machen und das große Geld der Investoren zu verbauen.

Zu meinen feinen Designermöbeln haben sich zwei schlichte Schreibtische und ein altmodischer Rollschrank für Akten gesellt. Die weiße, pickelige Raufasertapete hat bleiben dürfen in diesem unserem provisorischen Büro des hoffnungsvollen Unternehmens *LUKAS-SECURITY*.

Wir haben einen dicken Ordner mit Zeitungsberichten über den so genannten Herwarth-Prozess. Darunter sind auch welche aus der englischen Presse, die sich weniger über den Rachemord an den englischen Piloten aufgeregt hat als erwartet. Man spricht dort nicht mehr gern über Luftmarschall Harris und die von ihm befohlenen Terroreinsätze.

Wir haben Geld auf der hohen Kante. Nicht mehr sehr viel, weil unsere Firma erst mal Geld kostet, ehe sie was einbringt. Wir hatten einen guten Start mit den Abfindungen, die uns *Historic Enterprises* gezahlt hat. Von dem Presserummel um meine Heldentaten angeregt, haben sich einige der Bauträger entschlossen, *LUKAS-SECURITY* mit der Bewachung ihrer Baustellen zu betrauen. Es hat sich herumgesprochen, dass die Hälfte meiner Leute aus der alten Mannschaft stammt, die sich bestens im Gelände auskennt.

Gerade kommt meine erste und beste Kraft aus der Küche und bringt unseren Bürokaffee, ganz wie früher. Wenn ich es recht bedenke, hat der Tod der alten Bombenflieger sogar ein glückliche Wende in unser Leben gebracht. Kein schöner Gedanke, aber so ist es nun mal. Zur glücklichen Wende gehört auch, dass Hanna endlich zu mir gezogen ist. Trotz der pickeligen Raufasertapete in der Wohnung. Natürlich sprechen wir immer noch über den Prozess und über jene Dinge, die Gott sei Dank geheim geblieben sind: Das Bild von den Bombenopfern und der Todesbotschaft für die Bombenflieger hat es einfach nie gegeben. Die verdächtigen Drähte in den Trümmern? Auch nicht. Mitwisser?

Einer von denen wird gleich erscheinen, um mit mir eine Baustelle zu inspizieren, die ein neuer Kunde von uns bewachen lassen will. Dem hat man in der vorigen Woche nachts einen ganzen Caterpillar geklaut, und jetzt macht ihm wohl seine Versicherung Schwierigkeiten. Heinrich Zimmermann wird ihn nach den Details befragen. Hoffentlich schlägt er dabei nicht wieder seinen Verhörton an.

Worüber wir es langsam leid sind zu sprechen, sind Bodo und seine Mutter. In der Presse haben sich genug Psychologen und Historiker darüber ausgelassen. Bodo von Herwarth hat wegen vierfachen Mordes »lebenslänglich« bekommen. Daran konnte auch sein komplettes Geständnis nichts ändern. Seiner Mutter war die Anstiftung zum Mord nicht zu beweisen. Hanna hat im Prozess dazu keine Aussage gemacht. Die »wehrhaften, jungen Freunde« haben den Verfassungsschutz beschäftigt. Aber dabei ist bis dato nichts wirklich Strafbares herausgekommen. Bodo hat in diesen Punkten eisern geschwiegen.

So haben sich die Dinge bis hierher entwickelt. Eins sollte ich vielleicht noch erwähnen: In der vergangenen Nacht, gegen halb drei, hat es einen gewaltigen Rums gegeben. In der Küche klirrte Porzellan, und irgendwas schlug zu Boden. Wir wurden beide wach, und Hanna murmelte schlaftrunken: »Nein, bitte nicht wieder ein Blindgänger ...«